BASTEI LÜBBE

Taschenbücher von P. C. Doherty
im BASTEI-LÜBBE-Programm:

13 603 Die Legende vom Teufelskult
13 647 König der Bettler

P.C. DOHERTY

KÖNIG DER BETTLER

Historischer Roman

Ins Deutsche übertragen
von Ingrid Herrmann

BASTEI LÜBBE

BASTEI-LÜBBE-TASCHENBUCH
Band 13 647

Erste Auflage:
Mai 1995

Deutsche Lizenzausgabe 1995
Bastei-Verlag Gustav H. Lübbe
GmbH & Co., Bergisch Gladbach
Originaltitel:
A Tapestry Of Murders
Lektorat: Dr. Edgar Bracht
Titelbild: Linda Gray
Umschlaggestaltung:
Karl Kochlowski
Satz: KCS GmbH,
Buchholz/Hamburg
Druck und Verarbeitung:
Brodard & Taupin,
La Flèche, Frankreich
Printed in France

ISBN 3-404-13647-0

Der Preis dieses Bandes
versteht sich einschließlich der
gesetzlichen Mehrwertsteuer.

HISTORISCHE VORBEMERKUNG

1308 heiratete Edward II. Isabella, die Tochter Philips IV. von Frankreich. Edward entpuppte sich als unfähiger König, und er verprellte den Adel durch seine verheerende Kriegspolitik und seine Vorliebe für bäuerische Beschäftigungen, wie das Ausheben von Gräben und das Decken von Strohdächern.

1322 zettelte Roger Mortimer, Graf von March, eine Rebellion an, die sich gegen Edward und seine Günstlinge richtete, die Lords de Spencer. Mortimer wurde eingekerkert, später flüchtete er ins Ausland. 1325 gelang Edwards Frau Isabella die Flucht nach Frankreich, wo sie gemeinsam mit Mortimer im Exil lebte. 1326 kehrten Isabella und Mortimer nach England zurück.

PROLOG

Es hatte die ganze Nacht lang geregnet, und düstere graue Wolken jagten über die frische, grüne Landschaft von Kent. Die Schauer waren so heftig gewesen, daß die Pilger in ihrem Gasthof ausharren mußten, einem großen, dreistöckigen Bau nahe des Dominikanerklosters in Dartford. Kein Wunder, daß sie langsam unruhig wurden. Seit ihrem Aufbruch aus der Taverne *Tabard* in Southwark hatten sie die frische Frühlingsbrise genossen, den hellen Vogelgesang und die friedvolle, ländliche Umgebung. Es war der Lenz des Jahres, und an den Bäumen hingen weiße und rosa Blüten. Selbst der ärmste Bauersmann sang, während er seinen schmalen Ackerstreifen bestellte, und freute sich auf eine reiche Ernte unter einer kräftiger werdenden Sonne.

Harry, der Gastwirt, saß in einer Ecke neben dem großen Kamin der Taverne und musterte besorgt die Pilgerschar. Beim Schwanze Satans, dachte er, eine wahrhaft bunt zusammengewürfelte Gesellschaft, und so schwer zufriedenzustellen! Zum Beispiel der Ritter mit seinem stahlgrauen Haar und dem wettergegerbten Gesicht. Unentwegt beobachtete er den Mönch aus seinen scharfen, von der Kapuze halb verborgenen Augen. Harry rieb sich seine wulstige Unterlippe. Zwischen diesen beiden Männern herrschte eine tiefgehende Feindschaft. Der Ritter und der Mönch kannten sich offensichtlich, und jedesmal, wenn der Mönch in Sir Godfreys Nähe kam, zuckte dessen Hand zu dem Elfenbeingriff des Dolches, der in seinem Gürtel steckte. Der Sohn des Ritters, ein Schildknappe mit frischen jungenhaften Gesichtszügen, war ebenfalls wachsam.

»Glaubt Ihr, es könnte etwas mit der Erzählung des Ritters zu tun haben?« fragte Harry den frommen, aber armen Pfarrer.

»Gott sei mein Zeuge, Sir!« entgegnete der Bursche. »Was sollte ein Mönch über das alte Theben wissen? Über den glorreichen König Theseus oder Vettern wie Arcite und Palemon, die zu Rivalen wurden, als sie beide um die schöne Emily warben?«

»Nein, nein, das meinte ich nicht«, brummte Harry und drehte den anderen Pilgern den Rücken zu, damit sie nicht mithören konnten. »Ich denke da an die andere Geschichte, die uns der Ritter erzählte – in der es um die Strigoi ging, die bluttrinkenden Vampire, die die Stadt Oxford heimsuchten.«

Der arme Pfarrer bekreuzigte sich nur und wandte sich ab. Harry jedoch spann seine Gedanken fort. Der Mönch mit dem gebräunten, glänzenden Gesicht, der Glatze und den listigen, fröhlichen Augen, schien eigentlich ein recht angenehmer Geselle zu sein; er saß gut zu Pferde, und angeblich war er auch ein geschickter Jäger. Harry schaute zu dem Mönch hinüber, der jetzt gerade in ein Gespräch mit dem bärtigen Gutsbesitzer vertieft war. Noch nie hatte er gesehen, daß sich der Mönch bekreuzigte, ein Gebet sprach oder irgendeine Bemerkung über den *Monseigneur,* seinen Heiland Jesus Christus, von sich gab. Harry drehte sich um, räusperte sich und spuckte in die weiße Asche des Kamins. Zwischen den Pilgern herrschten noch andere Spannungen. In einer hinteren Ecke der Schankstube erwachte gerade der rotgesichtige, bärtige Müller und griff nach seinem Dudelsack.

»Schlaf lieber wieder ein, du Trunkenbold«, knurrte Harry.

Neben dem Müller saß der Koch, dessen mit Geschwüren übersätes Bein unter dem Mantel hervorlugte, und stritt sich hitzig mit dem sauertöpfischen Vogt. Die hübsche, aber geziert dreinschauende Priorin stieß immerzu tiefe Seufzer aus und schlenderte, ihren gutaussehenden Priester im Schlepp, von einer Pilgergruppe zur anderen, als sei keiner der Mitreisenden ihrer Beachtung wert.

Harry musterte die Priorin verächtlich; ihr Habit war aus feinstem Tuch, und ihre Schuhe aus weichem Leder waren mit falschen Perlen bestickt. Sie spielte mit dem Medaillon an ihrem Hals, auf dem der törichte Satz *Amor vincit omnia* stand, und streichelte ihr Schoßhündchen, das sie mit in Milch getunktem Weizenbrot fütterte.

»Eine feine Gesellschaft«, murmelte Harry und rieb sich das Gesicht.

»Sir? Fehlt Euch etwas?«

Harry blickte hoch.
»Mir geht es bestens, Master Chaucer.«
Harrys Blicke wurden verstohlen. Er mochte den Burschen, blieb ihm gegenüber jedoch auf der Hut; er hatte gehört, wie der Advokat sagte, Chaucer habe beträchtlichen Einfluß bei Hofe. Master Chaucer, Diplomat, Dichter, Zöllner, machte einen recht fröhlichen Eindruck mit seinen glänzenden Augen, dem runden, lächelnden Gesicht und dem adrett gestutzten Oberlippen- und Kinnbart. Ein blitzgescheiter Mann, dachte Harry. Chaucer war ein guter Beobachter und schlagfertig obendrein; er neigte dazu, die Schwächen seiner Mitmenschen mit gutmütigem Spott aufs Korn zu nehmen.
Nun setzte er sich neben den Gastwirt.
»Dieser Gasthof ist nicht so gut wie Euer *Tabard*«, meinte er jovial.
Harry schmunzelte. »Vielen Dank, Sir. Aber Ihr habt ja recht.« Er ließ seinen Blick durch die Schankstube gleiten. »Die Binsen sind frisch und die Tische geschrubbt, aber die Pasteten schmecken altbacken und sind zu stark gewürzt.« Er rümpfte die Nase und tätschelte munter Chaucers Knie. »Gott sei Dank ist es Frühling. Bald gibt es saftigen Kapaun, frisches Lammfleisch und knusprigen Schweinebraten.«
»Wir werden damit wohl warten müssen, bis wir in Canterbury sind.«
»Allerdings.« Harry seufzte und starrte auf die weiße Asche im Kamin. »Dort will ich auf den Knien die Stufen zur Marienkapelle hinaufrutschen und den Gebeinen des Märtyrers meine Reverenz erweisen.«
»Warum?« erkundigte sich Chaucer.
Harry lächelte verschmitzt, schüttelte jedoch den Kopf. »Solche Fragen stellt man nicht, das solltet Ihr eigentlich wissen, Master Chaucer. Der Grund für meine Pilgerfahrt ist ein Geheimnis.«
»Lauter Geheimnisse!« flüsterte der Dichter und streckte die Beine aus. »Habt Ihr schon bemerkt, Harry, wie viele unserer Mitreisenden einander kennen?«
»Ei, freilich, Master Chaucer. Mir ist auch aufgefallen, daß Ihr viele von ihnen kennt.«

Nun war es der Dichter und Höfling, der listig lächelte. Er zeigte auf die Fenster, an denen die Regentropfen entlangrannen.

»Wenn es noch lange regnet, benötigen wir ein Schiff, das uns nach Canterbury bringt.«

»Wenn es noch lange regnet, erreichen wir nie den heiligen Schrein«, erwiderte Harry. Mit einer Handbewegung deutete er auf die Pilger. »Weil sie sich alle noch vor Einbruch der Nacht gegenseitig an die Gurgel gehen.«

»Was haltet Ihr davon, wenn wir mit Eurem Wettbewerb weitermachen, Harry.«

Der Gastwirt schürzte die Lippen. »Glaubt Ihr, jetzt sei die rechte Zeit dafür gekommen?«

Chaucer fröstelte und schaute sich in der schummrigen Schankstube um, in der Binsenlichter und Kerzen flackerten.

»Gewiß, jetzt ist genau der richtige Augenblick«, meinte Chaucer. »Aber nicht für eine Eurer vergnüglichen Geschichten, sondern für etwas Schauriges – für eine Geschichte, die von Blut und Leidenschaft handelt.«

»Jetzt wäre wohl die gute Frau aus Bath mit dem Erzählen an der Reihe«, sagte Harry und schaute die muntere fünffache Witwe mit dem derben Gesicht an, die den gelangweilt dreinschauenden Verwalter mit Geschichten von ihren Pilgerreisen nach Santiago de Compostela und Cologne malträtierte.

»Dann laßt uns beginnen«, murmelte Chaucer.

Harry brauchte keine zweite Aufforderung. Er erhob sich und klatschte in die Hände, bis alle still waren.

»Liebe Weggefährten«, sagte er und strahlte übers ganze Gesicht. »Wir pilgern nach Canterbury, den heiligen Gebeinen des Märtyrers unsere Ehrerbietung zu erweisen.« Er zeigte auf ein Fenster. »Falls wir vorher nicht ertrinken.«

Die Pilger lachten höflich, ohne ihre Aufmerksamkeit von dem Wirt abzuwenden. Sie betrachteten Harry als ihren Anführer und stimmten stillschweigend darin überein, daß es Zeit wurde, sich die Langeweile zu vertreiben.

»Wie wäre es mit einer neuen Geschichte?« fragte Harry.

Mit seinem stummeligen, feisten Finger zeigte er auf die rauchgeschwärzten Dachsparren. »Denkt daran, jeder von uns soll zwei Geschichten erzählen – tagsüber eine heitere, um uns zu unterhalten und das Reisen angenehmer zu machen. Und später dann eine gruselige und unheimliche, die jedem Zuhörer das Blut in den Adern gefrieren läßt.«

»Aber eine solche Geschichte ist doch nur für den Abend vorgesehen«, wandte der Ablaßkrämer mit seiner Fistelstimme ein, während seine knochigen Finger an den gelbgefärbten Haarsträhnen zupften.

»Um diese Zeit könnten wir ebensogut im Bett liegen«, versetzte die Frau aus Bath schalkhaft.

»Wir?« brummte der Kapitän.

»Das sollte keine Einladung an Euch sein.« Die Frau aus Bath schob das Kinn vor, rückte ihr breites Hinterteil auf dem Stuhl zurecht und schwenkte die Unterröcke über die ledernen Schnürstiefel.

»Sie ist wie eine Zugbrücke«, lästerte der Gerichtsbote, während sich auf seinem roten, schmierigen Gesicht ein hämisches Grinsen breitmachte. Genüßlich kratzte er sich die warzige Knollennase.

»Wer ist wie eine Zugbrücke?« fragte die Frau aus Bath mit scharfer Stimme.

»Manche Frauen«, antwortete der Gerichtsbote. »Für jeden Mann legen sie sich nieder.«

Die Frau aus Bath glotzte ihn an, dann stürzte sie sich wie ein Raubvogel mit einem Wutschrei auf ihn; ihr breitkrempiger Hut rutschte in den Nacken, als sie mit den Fäusten auf den lachenden Gerichtsboten eindrosch.

Harry, der Gastwirt, sah sich zum Eingreifen genötigt. Er packte die Frau an den drallen Armen, zerrte sie von dem trunken grölenden Gerichtsboten herunter und setzte sie sanft auf ihren Stuhl zurück.

»Beachtet ihn gar nicht, Mistress«, riet er der empörten Frau.

Er verstummte, als sie ihn aus klaren, eisblauen Augen ansah. Harry blinzelte. Bis jetzt hatte er die Reisende aus Bath für eine aufgetakelte Schlampe gehalten, mit ihrem teuren, purpurbestickten Schal, dem schneeweißen Kopftuchbund und dem großen schwarzen Hut. Eine Sau in Seide, hatte er einmal bei sich gedacht, als er ihr breites, rotbackiges Gesicht betrachtete. Aus der Nähe sah er nun, daß ihre blauen Augen in Tränen schwammen, weil sie sich durch die halblauten Sticheleien einiger Pilger gekränkt fühlte; plötzlich kam sie ihm unschuldig und kindlich vor.

Harry griff nach ihrer fleischigen, beringten Hand. »In Eurer Jugend müßt Ihr eine sehr schöne Frau gewesen sein«, flüsterte er.

Die Frau aus Bath seufzte; ein hellwacher, berechnender Blick trat in ihre Augen. »In meiner Jugend«, tönte sie vernehmlich, »war ich eine hehre Festung. Männer bestürmten sie, doch nur wenigen war es vergönnt, die Pforten zu passieren. Waren sie jedoch erst einmal drinnen« – in einer gespielt keuschen Geste führte sie die Hand an die Lippen –, »fanden sie dort das wahre Paradies.« Wütend funkelte sie den Gerichtsboten an. »Ein Haderlump wie du würde eine Dame gar nicht erkennen, selbst wenn er eine vor sich hätte.«

»Auf das Wörtchen ›wenn‹ kommt es hier an«, schnauzte der Gerichtsbote.

Harry trat zu dem Trunkenbold und stellte sich mit seinem schweren Stiefel auf dessen Zehen; er drückte so fest zu, daß sich der Mann vor Schmerzen krümmte.

»Haltet den Mund!« zischte der Gastwirt. »Und wenn ich schon dabei bin, Euch zu ermahnen, dann rate ich Euch, die Finger von der Geldkatze des Gutsbesitzers zu lassen!«

Der Streit wäre noch weitergegangen, doch der Müller, der in seiner Ecke schnarchte und dabei den Dudelsack umarmte, als wäre dieses Musikgerät ein kleines Kind, fiel laut furzend vom Stuhl. Zur allgemeinen Belustigung wachte er völlig beduselt auf, wobei sein Hinterteil noch weitere donnernde Geräusche von sich gab. Die Pilger lachten schallend oder kicherten geziert, bis sich sogar der Ritter mit dem grauen, verhärmten Gesicht ein Schmunzeln gestattete.

Harry war froh, daß sich die allgemeine Anspannung löste, klatschte erneut in die Hände.

»Denkt an unsere Abmachung!« brüllte er. »Jeder Pilger erzählt zwei Geschichten. Und sowohl für die beste heitere als auch für die beste düstere Erzählung ist ein Preis ausgesetzt worden. Heute ist ein düsterer Tag, und wir hocken in dieser

Taverne und kabbeln uns. Laßt uns lieber eine Geschichte hören, in der es um schändliche Taten geht und um Herzen, finster wie die Nacht.«

»Und wer erzählt die Geschichte?« fragte der Pflüger und Landmann in quengelndem Ton. »Wir können nicht ewig hier herumsitzen und uns nur zanken.«

»Ich will Euch wohl gern ein schauriges Lied singen«, meldete sich der Advokat zu Wort, der bis jetzt still in einer Ecke gesessen hatte.

Alle Pilger drehten sich um und starrten ihn an. Der Advokat erhob sich, legte sich seinen gestreiften, mit Lammwolle eingefaßten Rock um die Schultern und steckte die Daumen in den Ledergürtel, der um seine schlanke Taille geschlungen war.

Harry musterte ihn. Ein ruhiger Geselle, fand er. Wenn der Advokat eine Bemerkung machte, dann meist in zynischem Ton; fragte man ihn nach irgendwelchen Gesetzen, so wußte er sie aus dem Kopf zu zitieren, angefangen von den ersten Statuten König Henrys III. bis hin zu den jüngsten Parlamentsbeschlüssen.

»Das beste wird sein, ich fange gleich an«, fuhr der Advokat fort, und ein Lächeln erhellte sein Gesicht, in dem immer ein leicht spöttischer Ausdruck lag. »Sonst sitzen wir noch hier und streiten bis zum Jüngsten Tag.«

Harry folgte den ernsten Blicken des Advokaten und merkte, daß dieser unentwegt die Priorin anschaute, die mit äußerst hochnäsigem Gesichtsausdruck dasaß und ihr Schoßhündchen mit teuren Leckereien fütterte. Eine sonderbare Schar hat sich hier zusammengefunden, sinnierte Harry. Die Priorin, Lady Eglantine, schaute hoch, errötete und senkte wieder den Kopf, als würden die Worte des Advokaten sie verlegen machen.

Auch bei einigen anderen Reisenden zeigte sich eine leichte Unruhe; ihre Bewegungen und Gesten wurden fahriger, wie Harrys scharfem Blick nicht entging: Der Verwalter erhob sich halb von seinem Stuhl, seine Kinnlade klappte herunter, offenbar war er baß erstaunt über die Ankündigung des Rechtsverdrehers, doch dann besann er sich und nahm wieder Platz. Der Gerichtsbote stellte den schweren Bierkrug ab und sah mittlerweile so beschwipst aus, wie er sich schon die ganze Zeit über gestellt hatte.

»Der Advokat hat recht«, mischte sich der Ritter ein. »Möge er doch sogleich mit seiner Geschichte beginnen.«

Von allen Seiten erhob sich zustimmendes Gemurmel, und Harry bugsierte den Advokaten zu einem wuchtigen, geschnitzten Stuhl am Kopfende des Tisches.

»Bitte sehr, Herr Rechtsanwalt. Erzählt uns eine Geschichte über finstere Taten und mordlüsterne Herzen!«

Der Advokat deutete ein Lächeln an. Er rückte seinen Gürtel zurecht, setzte sich auf den Stuhl und griff nach dem Pokal mit Wein, den Harry vor ihn hingestellt hatte.

»Das will ich gern tun«, antwortete er. »In meiner Geschichte geht es um heimtückische Ränkespiele, gerissene und durchtriebene Prinzen und vor allem um die Gier nach Macht. Ich erzähle euch von Bluttaten, die im Dunkel der Nacht begangen wurden, doch nicht weit genug vom Auge Gottes entfernt!«

DER PROLOG DES ADVOKATEN

In einer Kammer hoch oben in Castle Rising, einer Burgfestung, die drohend aus der flachen Landschaft Norfolks herausragte, lag Isabella, die Königinwitwe und Mutter des mächtigen Edward III. im Sterben. Jedenfalls schwirrten solche Gerüchte durch die Gänge und Galerien dieser öden, vielfach verschachtelten Burg.

Der Lebensfaden der alten Königin sollte durchtrennt werden; und da es hieß, sie sei ein Opfer der Pest geworden, hielt sich jeder von ihr fern. Die alte Königin, deren einstmals berühmtes blondes Haar nun eine schmutziggraue Farbe angenommen hatte, lag auf ihren Kissen und musterte ihren geliebten Knappen Vallence. Der junge Mann erinnerte sie in vielerlei Hinsicht an Mortimer, die große Liebe ihres Lebens, den walisischen Baron, mit dem sie im Exil gelebt hatte, bis er wie ein Racheengel nach England zurückgestürmt war, ihren unfähigen Gemahl Edward II. und seine machtvollen Helfershelfer, die Lords de Spencer, aus dem Weg zu räumen.

»Sie sind alle verschwunden, wie Schatten im Sonnenlicht. Vallence, ist alles bereit?« Ihre Worte waren mehr dahingehaucht, als laut ausgesprochen.

Der junge Knappe nickte und öffnete den Mund, um zu sprechen, doch rasch streckte die Königin die Hand aus und legte sie dem jungen Mann auf den Mund. Für eine Frau, die im Sterben lag, besaß die Königin verblüffend viel Kraft.

»Genug! Genug!« flüsterte Isabella. »Was ist mit dem Sarg?«

»Eine Bleikiste und ein Eichensarg stehen bereit.« Der Knappe bemühte sich, seine Aufgeregtheit nicht durchklingen zu lassen. »Der König ist damit einverstanden, daß Ihr auf der Mile End Road überführt und in Greyfriars beigesetzt werdet.«

Isabella lächelte und nickte.

»Und er kommt nicht hierher?« fragte der Knappe besorgt.

»Warum sollte er?« murmelte Isabella. »Was haben er und ich

schon gemeinsam?« Sie spie die Worte voller Verachtung aus. »Soll er doch seinen mörderischen Krieg führen und die schönen Felder Frankreichs in blutdurchtränkte Äcker verwandeln! Gott wird Vergeltung an ihm üben, so wie ich auch! Vallence, ich frage dich zum letzten Mal, ist alles bereit?«

Der junge Knappe nickte.

»Dann laß mich jetzt bitte allein. Es wird Zeit, daß ich sterbe!«

EIN GESPRÄCH ZWISCHEN DEN PILGERN

Als der Advokat an dieser Stelle seine Erzählung unterbrach, klatschte die Frau aus Bath in die Hände.

»Eure Geschichte handelt von Isabella«, trumpfte sie auf. »Diese Jezabel, die Wölfin aus Frankreich!«

»Eine böse Frau«, pflichtete der Arzt ihr bei. »In ihrer Jugend soll sie angeblich sehr schön gewesen sein. Sie heiratete König Edward, den Großvater unseres gegenwärtigen Königs, und bereitete ihm die Hölle auf Erden.«

»Einen Hahnrei machte sie aus ihm!« kreischte der Ablaßkrämer und strich sich die gefärbten Haarsträhnen aus der Stirn. »Edward hatte einen Buhlknaben, Hugh de Spencer, da nahm sich Isabella im Gegenzug einen Liebhaber, Roger Mortimer.« Er reckte den Hals hoch wie eine alte Henne und glotzte in die Runde. »O ja, ich kenne die Geschichte. Isabella traf Mortimer im Tower, und sie wurden Bettgenossen. Sie flüchteten nach Frankreich und kehrten später mit einer Armee zurück.«

»Zu der Zeit war ich noch ein Knabe und lebte in London«, meldete sich der Vogt zu Wort, bestrebt, seine Kenntnisse an den Mann zu bringen. »Der König floh mit de Spencer nach Westen, als sich der Pöbel gegen ihn erhob. Ich hielt mich gerade auf dem Markt in Cheapside auf. Ein paar Anhänger de Spencers wurden auf dem Friedhof von St. Pauls eingekesselt. Die Meute zerrte die Männer von den Pferden und schlug sie tot; die ausgedärmten, blutigen Leichen ließ man einfach liegen, wie Vieh auf einer Schlachtbank.«

»Damals war ich noch ein ganz junges Ding«, fiel die Frau aus Bath ein, »aber an den Aufruhr erinnere ich mich gut. Wie Ihr wißt, wurde Spencer in Hereford hingerichtet. Ein Verwandter von mir sah ihn sterben. Man baute für die Hinrichtung ein besonderes Schafott.« Ihre Stimme senkte sich zu einem Flüstern. »Er wurde gehängt und gestreckt.« Mit der Hand machte sie eine Bewegung, als wenn sie eine Axt niedersausen ließe. »Und so hat man ihm das Gemächt abgehackt!«

»Und was geschah mit ihrem Ehegemahl, dem König?« frage der Pflüger.

»Er wurde nach Burg Berkeley verschleppt«, erwiderte die Frau aus Bath, »und zusammen mit verwesenden Tierkadavern in eine tiefe Grube geworfen. Dort sollte er krepieren . . .«

»Aber?«

Die Frau aus Bath rückte sich das Kopftuch zurecht. Dann beugte sie sich vor, erfreut, im Mittelpunkt der allgemeinen Aufmerksamkeit zu stehen.

»Eines Nachts drangen Mörder in die Zelle des Königs ein. Sie warfen den unglücklichen Prinzen zu Boden, drückten einen Tisch auf seinen Rücken und stießen ihm einen rotglühenden Feuerhaken in die Eingeweide, damit der Leichnam keine Verletzungen aufwies. Mein Verwandter«, fügte sie stolz hinzu, »sah den toten König in seinem Sarg, ehe man ihn in der Abteikirche zu Gloucester beisetzte.«

»Und was wurde aus Isabella?« wollte der Pflüger wissen.

»Drei weitere Jahre lang regierten sie und Mortimer das Königreich«, erklärte die Frau aus Bath, »und Isabellas Sohn, unser edler Edward, diente ihnen als Marionette. Bis Edward endlich seine Ansprüche geltend machte und sich durchsetzte. Eines Nachts ließ er Mortimer in Burg Nottingham verhaften und schickte ihn nach Tyburn, wo er wegen des Mordes an seinem Vater gehängt wurde.«

»Und Isabella?«

»Edward verbannte sie bis zu ihrem Tod auf Castle Rising.«

Jetzt meldete sich der Ritter zu Wort. »Bei ihrer Bestattung war ich ein Mitglied der Ehrengarde.« Aus leicht zusammengekniffenen Augen musterte er den Advokaten. »An dem Tag, als die Königin beigesetzt wurde, gab es eine Menge Wirbel, nicht wahr?«

Der Advokat starrte durch die Stube hinweg die Priorin an. »Allerdings, es herrschte beträchtliche Aufregung«, antwortete er, aus seiner Versunkenheit gerissen. »Doch hört mir gut zu, denn die Beisetzung der alten Königin führte zu weiteren blutigen Morden.«

TEIL I

DIE GESCHICHTE DES ADVOKATEN

An einem Donnerstagnachmittag durchquerten zwei Männer, John Waters, ein Schmied, und William Bramwell, ein Bäcker, das öde Brachland am Fuß des Primrose Hill; sie waren unterwegs zur Taverne *White House,* die in der Nähe von St. John's Wood liegt. Es war ein kalter, dunkler Tag, und sie freuten sich schon auf ein heißes, herzhaftes Mahl und einen Humpen Ale.

In der Ferne sahen sie bereits schwach die Lichter der Talgkerzen in einer Taverne schimmern, da blieb Bramwell jählings stehen. Er packte seinen Gefährten beim Arm und zeigte auf einen großen, mit Schilf bewachsenen Teich, über den zwei schwarze, kahle Bäume emporragten.

Unweit des Teichs verlief ein tiefer, von Dornengestrüpp überwucherter Graben, und im Dickicht am Rand der Böschung erspähten sie im schwindenden Tageslicht einen langen Gehstock mit silbernem Knauf, ein Paar gefütterte Handschuhe und eine leere Schwertscheide. Die beiden Männer hasteten an die Stelle. Als Bramwell sich bückte, um die Handschuhe aufzuheben, bemerkte er, daß jemand im Graben lag.

»Grundgütiger!« schrie er und wich einen Schritt zurück. »Da liegt ja ein toter Mann!«

Sie zwängten das dornige Gestrüpp beiseite und erblickten den Leichnam eines großgewachsenen, schlanken und schwarzgewandeten Mannes, der bäuchlings auf dem Grund des Grabens lag. Ihr Entsetzen steigerte sich noch, als sie eine sechs Zoll lange Schwertspitze entdeckten, die gleich unter dem rechten Schulterblatt aus dem Rücken des Mannes hervorragte. Sie wechselten ungläubige Blicke und stierten wieder nach unten.

Der Körper lag in einer verrenkten Stellung da, nicht flach am Boden des Grabens, sondern ein wenig der linken Böschung zugewandt. Der linke Arm ruhte angewinkelt unter dem Kopf, der rechte war weit ausgestreckt.

Im ersten Moment hätte man meinen können, der Mann schliefe bloß. Bramwell ging in die Hocke, schob sich näher an den Leichnam heran und starrte in das weiße Gesicht, das sich in die Armbeuge schmiegte. Er kämpfte gegen die aufsteigende Galle an, während er die bläuliche, fleckige Haut und die blutgefüllten Augen betrachtete.

»Wer ist das?« flüsterte Waters.

»Keine Ahnung«, erwiderte Bramwell. »Aber er ist gut gekleidet und wurde von seinem eigenen Schwert durchbohrt. Ob es wohl Freitod ist – oder Mord?« Er sah genauer hin. »Ich glaube, ich kenne ihn doch«, sagte er heiser. »Gott steh uns bei, es ist der Richter, Lord Stephen Berisford!«

In der Taverne *Locked Heart* in der Pig Alley, die von der Chick Lane abzweigt, hockte Wormwood, ein berufsmäßiger Mörder, still in einem schmierigen Winkel der Schankstube, wo der Fußboden mit Rattenpisse durchtränkt war. Ein schmutziger, zerlumpter Bettler kam unter Bücklingen an den Tisch scharwenzelt. Wormwood verpaßte ihm einen Fußtritt, und die armselige Kreatur flüchtete eilends in die hinteren Bereiche der langen, düsteren Schankstube.

Ob ich hier auch sicher bin? fragte sich Wormwood. Der Hüter der Tore würde sein Versprechen doch wohl halten? Der Abend war schon weit fortgeschritten, und die Schenke war immer noch proppenvoll mit Zechern. Der Lärm war ohrenbetäubend. Der ärgste Radau kam aus einer tiefergelegenen Kammer, zu der ein paar Stufen hinabführten.

Wormwood bestellte sich noch einen Humpen Bier, doch als dieser gebracht wurde, ließ er ihn mit der Beschwerde, das Bier sei wolkig, zurückgehen und verlangte statt dessen einen Becher Südwein. Dann stand er auf, stakste durch die Schankstube und ging die Treppe hinunter in die kleine, schmutzige Kammer, wo ein Hahnenkampf stattfand.

Eine buntgemischte Menschenmenge hatte sich dort versammelt. Lords, vornehme Kavaliere, Schreiber und Lehrlinge standen Schulter an Schulter mit jedweder Art von Schurken, ganz gleich, welchen Standes, die die Stadt aufbieten konnte. Alle drängten sich um eine mit Sägemehl bestreute Grube, brüllten die Höhe ihrer Einsätze und schlossen Wetten ab.

In der Grube selbst kämpften zwei riesige Hähne, das schwarze, seidige Gefieder voller Blut und Staub, wie wilde Gladiatoren. Sie umkreisten einander und bearbeiteten sich gegenseitig mit ihren Sporen, bis einer in einem Haufen blutgetränkter Federn im Sägemehl liegenblieb, während sein Bezwinger, mit blutigem Schleim besudelt, den Hals reckte und triumphierend krähte.

Wormwood erschauerte und schielte in die Runde. Er fragte sich, wann der Bote wohl endlich aufkreuzen würde. Ein üppiges, hübsches Weibsbild, mit glänzendem Haar, das ihr über die bloßen weißen Schultern fiel, sah ihn prüfend an. Ihre schwarzumrandeten Augen standen in krassem Gegensatz zu ihrer elfenbeinfarbenen Haut. Sie lächelte Wormwood zu und vollführte mit dem Körper aufreizende Bewegungen; während sie sich träge rekelte, ließ sie ihn keine Sekunde lang aus den Augen.

Wormwood, dem der Wein wärmend ins Blut ging, grinste zurück. Wieso eigentlich nicht? Er hatte getan, was der Hüter von ihm verlangte. Jetzt hatte er sich doch wohl eine Belohnung verdient? Er spürte, wie sich in seinen Lenden etwas rührte. Ein bißchen Vergnügen? Warum nicht? Verstohlen näherte er sich der Frau.

»Mistress, darf ich Euch zu einem Trunk einladen?«

Im stillen gratulierte sich der Meuchelmörder zu seinen artigen Manieren. Er wußte, wie man eine Dame behandelte, auch wenn sie nur eine Schöne der Nacht war. Die Frau dankte ihm mit einem beredten Augenaufschlag, und sie gingen zu dem Sitzplatz, den sich Wormwood in einer Fensternische ergattert hatte.

»Ihr seid ein Schotte. Euer Akzent verrät Euch.«

Die Frau hatte eine weiche, dunkle Stimme und setzte sich dicht neben Wormwood. Ihr schwüles Parfüm stieg ihm in die Nase, und ihr warmer Schenkel preßte sich gegen den seinen. Wie alle Männer, die sich in der Gesellschaft einer schönen Frau befinden, verspürte Wormwood den Drang zum Schwadronieren.

Nachdem er für beide Wein bestellt hatte, unterhielt er die Schöne mit Geschichten, die seine eigene Bedeutung und Wichtigkeit ins rechte Licht rücken sollten; er streute Anspielungen über seinen Reichtum ein, und er schmunzelte hämisch, als sie meinte, die Schotten seien starke Trinker und großartige Liebhaber. Die Zeit verstrich, und die Schenke begann sich zu leeren. Entschlossen, als ob sie keinen Widerspruch duldete, packte die Frau Wormwood beim Handgelenk.

»Ich habe ein Zimmer hier«, sagte sie. »Es ist warm und behaglich. Wir brauchen uns nicht auf der kalten Straße herumzutreiben.«

Wormwood ließ sich nicht zweimal bitten. Er folgte der Frau eine wackelige Stiege hinauf und bewunderte dabei den Schwung ihrer Hüften, ihre wohlgeformten Knöchel und die hochhackigen Schuhe mit den goldenen Rosen am Spann. Am Ende der Treppe öffnete sie eine Tür, und Wormwood betrat hinter ihr die Kammer.

»Was jetzt?« murmelte er.

Die Frau kicherte. Wormwood hörte, wie ein Licht entzündet wurde, und dann flackerte eine Kerzenflamme auf. Langsam näherte sich die Frau Wormwood, und der Schein der Kerze tauchte ihr Gesicht in einen hellen Kreis.

»Hier, haltet das mal«, sagte sie.

Wormwood nahm ihr die Kerze ab. »Du geiles Weibsstück! Komm her zu mir!«

Lächelnd, und mit glitzernden Augen, legte ihm die Frau eine schmale, schöne Hand auf die Schulter. Aus ihren blauen Katzenaugen sah sie ihn an, und dem Meuchelmörder dämmerte, daß etwas nicht stimmte. Das Lächeln auf ihrem Gesicht erlosch, und sie senkte halb die Lider. Er öffnete den Mund, um zu schreien, und versuchte rückwärts auszuweichen, aber dazu war es zu spät. Das Messer in der Hand der Frau bohrte sich tief in seine Brust, gleich unter dem Herzen. Der Raum um ihn herum begann zu schwanken, das Bild in seinem Auge zerriß in zwei Hälften, die auseinanderstrebten. Er wollte schreien, so fürchterlich war der Schmerz, der ihn durchzuckte.

»Der Hüter läßt dich grüßen«, flüsterte die Frau. »Und er sagt dir Lebewohl!«

Der Advokat legte eine Pause ein, weil er sich aus der Küche der Taverne etwas zum Essen bestellen wollte.

»Ich habe großen Hunger«, erklärte er, »und beim Erzählen, wenn Kopf und Mund beschäftigt sind, merkt man erst recht, wie leer der Magen ist.«

»Dann schlagt Euch nur munter den Bauch voll!« rief Harry. »Denn für einen Advokaten ist dies eine sehr düstere Geschichte.«

»Sie wird sogar noch finsterer werden.«

Der Advokat wandte sich an einen Diener, der auf Harrys Gebrüll hin herbeieilte und nach seinem Begehr fragte. Kaum hatte der Mann die Tür wieder hinter sich geschlossen, da kreischte der Ablaßkrämer: »Gott steh mir bei!«

Aller Augen richteten sich auf ihn.

»Gott steh mir bei!« wiederholte der Ablaßkrämer. »Von diesem bösen Mann habe ich gehört.«

»Meint Ihr den Hüter der Tore?« vergewisserte sich Harry.

»Genau den meine ich, Sir.«

»Und wer ist er?«

»Ach, Ihr werdet ihn nicht kennen«, versetzte der Ablaßkrämer. »Ihr lebt in Southwark, wo das Gesetz der Stadt nicht hinreicht, aber am anderen Flußufer übt der Hüter der Tore seine Gewaltherrschaft aus. Jedenfalls pflegte es früher so zu sein.« Der Ablaßkrämer kniff seine fahlen Augen zusammen. »Er kommt und geht wie der Wind. Man sieht ihn niemals, doch seine Gegenwart ist überall zu spüren.«

»Was soll das heißen?« fragte der Schildknappe.

»In London wimmelt es von Halunken und Vaganten«, mischte sich der Mönch ein. »Es sind wahre Heerscharen von Lumpen, bei Satans Klöten! Sie haben einen Prinzen, den König der Bettler; dieser Mann nennt sich selbst ›Hüter der Tore‹, denn ohne seine Einwilligung erhält niemand Zutritt zu Londons Unterwelt.«

»Unsinn!« schnaubte der Vogt aus Norfolk.

»Das soll Unsinn sein?« fragte der Ablaßkrämer, dessen Stimme vor Empörung zitterte.

»Es ist kein Unsinn!« bekräftigte der Advokat und riß sich vom Anblick der Priorin los. Er verstummte, als der Diener das Essen brachte, leicht gegrillten Fisch zwischen Weizenwecken, die mit Butter bestrichen und einer Petersiliensoße übergossen waren. Der Advokat bedankte sich.

Zwischen einzelnen kleinen Happen, die er manierlich kaute, sagte er: »Hört mir gut zu, dann werdet ihr die Wahrheit über den König der Bettler erfahren!«

TEIL II

KAPITEL 1

Mit lautem Stöhnen erwachte Nicholas Chirke.

»Zu viel Wein«, brummte er. Sein Mund und die Kehle fühlten sich noch pelzig an von dem starken Rotwein.

Mühsam erhob er sich und betrachtete die Bettdecke mit dem Muster aus Elefanten, auf denen Neger ritten. Die Elefanten schienen sich wie von selbst über die Decke zu bewegen. Nicholas streifte sein Nachtgewand ab und tauchte das Gesicht in die Schüssel mit dem kalten Wasser, die auf einem hölzernen Gestell stand.

Nachdem er sich mit einem Lappen abgetrocknet hatte, ließ er sich wieder auf das Bett sinken. Der Wein, der immer noch in seinem Blut rumorte, übte eine tückische Wirkung aus. Da ihm kalt war, schlüpfte er in seinen Schlafrock aus schwarzem Damast und stülpte sich die Nachtmütze mit dem Besatz aus goldener Spitze über, beides Geschenke von seiner Schwester. Dann verschränkte er die Arme und blickte sich in dem Zimmer um, das er sein ›kleines Paradies‹ nannte.

»Im Himmelreich erwarten mich Schätze«, murmelte er vor sich hin und lachte leise. Er hoffte nur, daß es im Himmel Reichtümer gab, die ihn für seine Armut hienieden entschädigten. Nicholas fand, er stünde noch eine Stufe unter jenen erbärmlich aufgetakelten Stutzern, die den St. Paul's Walk entlangschnürten, den Geldbeutel leer, den Kopf voller Sorgen.

Er besaß nur wenige Habseligkeiten – zwei Truhen (von denen nur eine ihm gehörte), drei Stühle (einer davon zerbrochen), ein Badezuber, zwei Satz Bettücher, einen halben Teppich und einen verschlissenen Wandbehang, der David zeigte, wie er Bethsabe nachstellte; ein dankbarer Klient, der die Gebühren nicht bezahlen konnte, hatte ihm dieses Schmuckstück geschenkt.

Chirkes Blick wanderte zu einer hohen Truhe. Sie enthielt einen silbernen Kerzenleuchter und eine goldene Lichtputzschere, die er getrost verscherbeln konnte, da er lediglich eine einzige Kerze besaßt, und die bestand aus Talg. Er legte sich aufs Bett und starrte zur Zimmerdecke empor. Haderte er mit seinem Schicksal? Nein, seine Schwester und sein Schwager, John Gawdy, waren über alle Maßen großzügig. Er verabscheute es, auf ihre Kosten zu leben, und das schloß auch das Fest ein, das John am vergangenen Abend ausgerichtet hatte.

Er hatte es für seine Zunftbrüder gegeben, aber Nicholas war auch eingeladen. Den gestrigen Tag hatte er damit verbracht, um St. Paul's herumzulungern und auf Klienten zu hoffen, wobei er von fetten Gebühren träumte und sich verzwickte Fälle ausmalte, in denen es um unveräußerlichen Besitz oder Klageschriften bezüglich *quo warranto* ging.

Natürlich hatte sich nichts ergeben, und hungrig wie ein Wolf war Chirke durch die naßkalten Straßen von London zurückgeschlichen. Später hatte er große Mengen Hecht in heißer Minzsauce verputzt, ferner gebratene Amseln und Quittentörtchen; dazu hatte er sich reichlich aus der großen Flasche Rotwein bedient, die John kredenzt hatte.

Jetzt schloß Nicholas die Augen. Er hatte die Lateinschule von Norwich besucht, im berühmten Trinity-Kollegium zu Cambridge studiert und war ein Scholar des Inneren Tempels. Bereits mit achtundzwanzig Jahren hatte er sich zu einem Anwalt der Rechte gemausert – und das Ende vom Lied war, daß er sich von seiner Schwester aushalten lassen mußte.

Chirke stand auf und verscheuchte den Anfall von Selbstmitleid. Vielleicht würden sich die Dinge schon heute zum Besseren verändern. Sir Amyas Petrie, Mitglied des Parlaments und Sheriff von London, hatte mit dem kleinen Finger gewunken, um seinem entfernten Verwandten ein zweites Mal zu helfen. Durch Sir Amyas' Einfluß hatte sich Chirke ein warmes Plätzchen im Inneren Tempel ergattert, doch als Nicholas ihm dafür danken wollte, hatte er seinen Brief ignoriert.

Nun hatte Sir Amyas, auf dem Gipfel seiner Macht, Nicholas, seinen ›lieben Anverwandten‹, aufgefordert, ihn in seiner Wohnung an der Chancery Lane zu besuchen. Seufzend erhob sich Nicholas vom Bett. Das Treffen war für zwölf Uhr mittags anberaumt. Er spähte durch das mit Hornscheiben verglaste

Fenster, doch der vom Fluß heranwabernde Nebel deckte den größten Teil von Poultry und Walbruck mit einer eisigen Decke zu.

Nicholas hörte die Glocken von St. Mary le Bow und das tiefere Geläut von St. Paul's und schloß daraus, daß es gegen zehn Uhr vormittags sein müsse. Mit einer Mischung aus Essig und Honig schrubbte er sich die Zähne, bis seine Finger schmerzten, dann zog er über ein löcheriges Batisthemd sein bestes, wenn auch verschlissenes, Wams an.

Seine Kniehose und die Strumpfhose waren neu, aber John und Catherine hatten ihm die Sachen zum Dreikönigsabend geschenkt. Nicholas dachte daran, wie klamm und kalt es gestern gewesen war, und er schlüpfte in drei Paar wollene Socken, ehe er seine armen Füße in die stramm sitzenden Lederstiefel zwängte. Zum Schluß kämmte er sich das schwarze Haar und verbarg seine armselige Bekleidung unter der schweren, gestreiften Anwaltsrobe.

Nachdem er sich davon überzeugt hatte, daß das Binsenlicht gelöscht war, trat er nach draußen auf den schmalen Durchgang und kletterte die Stiege hinauf, die zu Scathelockes Dachkammer führte. Er stieß die Tür auf; das Zimmerchen war leer, das Bett mit einer Decke versehen. Wie immer war die kleine Kammer sauber und aufgeräumt; die Habseligkeiten seines Dieners befanden sich ordentlich in Reih und Glied auf den beiden Regalbrettern an der Wand oder waren in den großen, eisenbeschlagenen Truhen verstaut, die Scathelocke stets verschlossen hielt.

Chirke hätte es gereizt, in den Kisten herumzustöbern, und er schämte sich dafür. Er schnüffelte Scathelocke hinterher, denn er war neugierig wie jeder Anwalt, und dieser Mann blieb ihm nach wie vor ein Rätsel. Chirke lehnte sich gegen den Türpfosten. Wie lange kannte er ihn jetzt schon? Ein Jahr?

Gewiß, ungefähr ein Jahr lang. Chirke hatte sich, wie so viele seiner Standesgenossen, auf der Suche nach Kundschaft in St. Paul's herumgetrieben. Er gewahrte Scathelocke, der den Mittelgang des Kirchenschiffs entlangschlenderte. Der Bursche schien Selbstgespräche zu führen, und als Nicholas sich ihm näherte, gelangte er zu dem Schluß, er müsse verrückt sein oder irgendwelche Zaubersprüche murmeln.

Am nächsten Tag war Nicholas ganz aus dem Häuschen vor Freude, weil er sich einen Fall ergattert hatte; es ging um einen lukrativen Erbstreit, das Testament eines alten Mannes sollte angefochten werden. Als er die Taverne *Bishop's Head* verließ, die sich gegenüber der Kathedrale befindet, fing Scathelocke ihn ab.

»Braucht Ihr einen Diener?« hatte der Kerl ihn gefragt. »Ich heiße Henry Scathelocke. Empfehlungsschreiben habe ich keine vorzuweisen, aber ich bin ehrlich und fleißig. Ich kann nähen, schreiben und sparsam wirtschaften.«

»Na so was«, entgegnete Chirke, der nach dem Genuß von Rotwein so übermütig wie einst Bacchus zu werden pflegte. Er nahm den Mann näher in Augenschein und bemerkte das saubere Gewand aus Barchent, die klaren blauen Augen und das offene Gesicht, das trotz des adrett gestutzten rötlichen Bartes etwas Kindliches an sich hatte.

»Ich brauche tatsächlich einen Diener«, fuhr Chirke in einer Anwandlung von trunkener Großzügigkeit fort. Warum auch nicht? Sein Schwager benötigte einen Gehilfen im Haus, und Chirke war fest davon überzeugt, sein Schicksal habe sich zum Besseren gewendet. In gewisser Hinsicht sollte er recht behalten. Scathelocke entpuppte sich als ausgezeichneter Diener; er sparte an allem, nur nicht an seinen Mahlzeiten, da langte er hemmungslos zu.

Sonst ging es Chirke nicht besser als zuvor. Dennoch brachte er es nicht übers Herz, Scathelocke fortzuschicken. John und Catherine mochten ihn; Scathelocke war ein geschickter Handwerker, und er vermochte, die Zwillinge in Schach zu halten.

Aber ein Mysterium blieb dieser Kerl allemal. Er hatte keine Vergangenheit, keine Freunde und keine Verwandten. Ob er wohl ein Flüchtiger war, fragte sich Chirke mitunter. Er sprach mit einer leisen, kultivierten Stimme und war sowohl des Französischen als auch des Spanischen mächtig. Als beide einmal ziemlich tief ins Glas geschaut hatten, verriet er, daß er überdies auch in Latein und Italienisch bewandert war. Wo hatte er nur diese beeindruckende Bildung erworben?

»Nicholas!«

Seine Schwester rief von unten zu ihm hinauf. Ein letztes Mal schaute sich Chirke in der Kammer um. Es duftete angenehm frisch darin, nach zerstoßenen Kräutern, Wachskerzen, aber da war noch eine andere, würzigere Duftnote. Weihrauch vielleicht? Sollte Scathelocke etwa ein Teufelsanbeter sein? Chirke grinste. Er bezweifelte es. Henry sang gemeinsam mit ihm in Vater Thompkins Chor in St. Mary le Bow, wo sein dröhnender Baß einen guten Hintergrund für Chirkes klaren Tenor abgab.

Der Anwalt zuckte die Achseln und begab sich nach unten in die mit Steinplatten geflieste Küche. Ein Feuer prasselte im Kamin, und die Luft war übersättigt mit dem Aroma von frischgebackenem Brot. Die Zwillinge, sechs Lenze alt und sich gleichend wie ein Ei dem anderen, hockten mit großen, runden Augen wie zwei Eulen rechts und links von Scathelocke, der wieder eine seiner phantastischen Geschichten zum besten gab.

Der Diener hielt die Augen fest geschlossen und war ganz bei der Sache, als er in feierlichem Singsang vortrug: »In Äthiopien gibt es Drachen. Nein, nicht wie die Schlangen in Amazonien sehen sie aus, wo Menschen ohne Köpfe leben. O nein!« Er verstummte und hob eine Hand, als die Jungen aufgeregte Schreie von sich gaben. »Nein, das ist eine andere Geschichte. Diese Drachen haben gelbe Augen und einen purpurfarbenen Schuppenpanzer.«

Scathelocke öffnete die Augen und zwinkerte Nicholas zu. Der erwiderte den Gruß mit einem Kopfnicken und beobachtete die schmuddelige Magd, die den Bratenspieß drehte, an dem eine Lammkeule im eigenen Saft brutzelte; der ungeheure Hitzeschwall, den das Feuer verströmte, schien ihr nichts auszumachen.

»Guten Morgen, Nicholas.«

Catherine kam durch die Küchentür hereingerauscht, mit einem fröhlichen Gesicht unter dem schwarzen, wuscheligen Schopf. Nicholas nahm sie in die Arme und drückte sie ganz fest, wie früher, als sie noch Kinder waren und Prinzessin und Riese spielten. Catherine hatte braune Augen und einen dunklen Teint – lieber wäre sie blaß und blauäugig gewesen – und war allezeit munter wie ein Spatz.

»Nicholas!« schrie sie außer Atem.

Er ließ sie los. »Manchmal vergesse ich, wie stark ich bin.«

Sie schnitt ihm eine Grimasse, glättete ihr grünes Taftkleid und flitzte um den Tisch herum, Teller und Löffel für das Mahl auflegend. Plötzlich stieß Nicholas einen Fluch aus und hastete wieder die Treppe hinauf. Das Gezeter seiner Schwester, die es sich verbat, in Gegenwart der Kinder derbe Ausdrücke zu benutzen, beachtete er gar nicht. Er gab sich keinerlei trügerischen Hoffnungen mehr über seine Neffen hin, diesen zwei kleinen Teufeln, die ihn als ihr bequemes Opfer betrachteten. Gottlob fand er den Ledergürtel, die Geldkatze und den Schnappsack an der Stelle, wo er sie letzte Nacht achtlos hingeworfen hatte. Rasch klaubte er die Sachen zusammen und sauste wieder hinunter.

Catherine war bald mit dem Tischdecken fertig. Sie brachte zwei Krüge, Servierplatten und ein paar trickreich geformte Flaschen mit deutschem Bier; die Flaschen stellten ein Neuheit dar, und auf jeder prangte das ernste, bärtige Antlitz eines Kaufmanns der Hanse.

Dazu wurden Schüsseln mit dampfend heißer Brühe aufgetragen. Scathelocke verließ seine protestierenden Zuhörer, setzte sich neben Chirke und griff nach dem Hornlöffel. Nicholas sah zu seiner Schwester hinüber, verdrehte ob des gewaltigen Appetits seines Dieners die Augen gen Himmel und machte sich dann gleichfalls über die Mahlzeit her. Er brach das noch heiße Brot und tunkte die Brocken in die Fleischbrühe. Beunruhigt blickte er hoch. Seine Schwester hatte sich nicht von der Stelle gerührt und starrte ihn unentwegt an. Chirke stöhnte innerlich auf; er wußte, was gleich kommen würde.

»Wo ist John?« fragte er.

Catherine ließ sich jedoch nicht ablenken, sondern deutete auf den vorderen Teil des Hauses, der an der Straße lag, wo John und seine Lehrbuben die Bude mit den Tuch- und Lederwaren aufgestellt hatten. Chirke aß weiter, doch Catherine hatte nicht vor, ihn in Ruhe zu lassen.

»Robert hat geschrieben«, sagte sie.

Nicholas kniff die Augen zusammen. »Das interessiert mich nicht«, murmelte er. »Ich will nicht wissen, was in dem Brief steht.«

Er sah, daß Scathelocke ein neugieriges Gesicht machte, und

senkte den Kopf. Catherine flatterte umher wie eine aufgeregte Glucke. Wieso, fragte sie sich, konnte Nicholas mit seinem Bruder keinen Frieden schließen? Wieso konnte er nicht das alte Herrenhaus in der Nähe von Norwich aufsuchen und den Streit beilegen?

Sie kannte die Antwort genau. Schuld an dem Zerwürfnis war einzig und allein Beatrice, diese Metze mit dem hübschen Gesicht und den geilen Lenden. Sie war Nicholas' Liebste gewesen, bis er sie eines schönen Frühlingsmorgens zusammen mit seinem Bruder ertappte.

Catherines Welt war in einem Tumult aus Gebrüll und Klirren von Stahl zusammengebrochen, als die beiden Männer, die sie nach ihrem Ehegemahl am meisten liebte, um eine Frau gekämpft hatten, die sie haßte. Dann ging Nicholas fort – wie lange war es jetzt her? Sechs Jahre! Zu Semesterbeginn hatte er sein Elternhaus verlassen und war nie wieder dorthin zurückgekehrt.

Sie betrachtete sein dunkles, eigensinniges Gesicht. Die seltsamen Augen – eins blau, das andere grün – waren vor Wut zusammengekniffen, der Mund, der sonst so gern lachte, ein schmaler, harter Strich. Von den Lachfältchen um die Augen war nichts mehr zu sehen. Catherine verbarg ihre Besorgnis und lächelte ihren Bruder an.

»Bestimmt bringt dir das Treffen mit Sir Amyas Petrie Glück«, meinte sie. »Mutter sagte immer, er sei sehr hilfsbereit.« Mit dem Tuch, das sie in der Hand hielt, strich sie leicht über seinen Oberlippen- und Kinnbart. »Aber zuvor solltest du einen Barbier aufsuchen.«

Dann drehte sie sich um und rannte aus der Küche, ehe Nicholas die Tränen in ihren Augen entdeckte. Ihr Bruder stopfte sich das letzte Stück Brot in den Mund und trank den Rest von dem herben, würzigen Bier.

»Wir müssen aufbrechen«, sagte er.

Er rief seiner Schwester zu, daß sie jetzt das Haus verließen. Als keine Antwort kam, nahm er seinen Mantel und trat durch die Tür. Scathelocke griff nach seinem Mantel, versprach den Kindern, nach seiner Rückkehr die Geschichte zu Ende zu erzählen, und folgte seinem Herrn hurtig nach draußen. John

Gawdy, der in seiner Bude vor dem Haus emsig herumfuhrwerkte, rief ihnen schmunzelnd zu: »Viel Glück, Nicholas!«

Nicholas erwiderte sein Lächeln. John Gawdy, mit seinem offenen, ehrlichen Gesicht, der untersetzten Gestalt, dem widerspenstigen roten Haarschopf und den klaren grünen Augen, war ein Mann ohne große Ansprüche, dessen Leben um seine Familie und seine über alles geliebte Gilde kreiste. Er schnauzte die Lehrbuben an, die mit Stoffballen, Ledergürteln, Beuteln und Packtaschen hin- und herflitzten und alles zum Verkauf bereitmachten. Nicholas drückte John die Hand und gab ihm zu verstehen, er könne Catherine vielleicht verärgert haben. John lupfte eine Augenbraue und grinste. An die gelegentlich hitzigen Wortwechsel zwischen Bruder und Schwester war er gewöhnt, und er hatte sich schon vor langer Zeit vorgenommen, für keinen Partei zu ergreifen.

»Catherine vergißt schnell«, meinte er, ein Auge auf einen Lehrling geheftet, der sich mit einer zu schweren Last abschleppte. »Aber du solltest gut auf dich achtgeben, Nicholas. Sei auf der Hut, dann ist das Glück dir vielleicht hold.«

Sobald Nicholas und Scathelocke auf die Straße traten und unter den spitzen Häusergiebeln von Cheapside entlanggingen, spürten sie den eiskalten, böigen Wind. Der Boden, eine Mischung aus Schmutz, Eismatsch und dem Inhalt von Nachttöpfen, war steinhart gefroren. Mit hochgezogenen Schals und gesenkten Köpfen passierten sie die Scalding Alley, The Old Jewry und The King's Wardrobe. In ganz Cheapside herrschte ein Höllenspektakel; überall wurde lautstark Ware angepriesen oder gestritten.

»Fische! Kauft meine Fische!«

»Lilienweißer Essig! Lilienweißer Essig!«

Sie gingen weiter, vorbei an Ständen mit faulem Obst und vergammelten Würsten. Fliegende Händler boten Makrelen und Rosmarin feil. Ein Kesselflicker bearbeitete eine Trommel. »Repariere Messingtöpfe, Tiegel und Bratpfannen!« blökte er.

Schlitternd und knarrend holperten Karren über das unebene Kopfsteinpflaster. Von einer nahegelegenen Kirche bimmelte ein Sterbeglöckchen, beinahe übertönt von dem Gelärme eines Schweinemetzgers, der schmetternd in sein Horn blies. Die

Schenken und Garküchen waren geöffnet, und die Luft gesättigt mit den Gerüchen von kräftigem Bier, frischgebackenem Brot und schimmeligen Nahrungsmitteln, die man scharf würzte, um die Fäulnis zu kaschieren. Nicholas spürte, daß Scathelocke sich verkrampfte, wie immer, wenn sie sich in einer Menschenmenge bewegten. Chirke blieb stehen und packte seinen Diener bei der Schulter.

»Was ist los, Henry? Fehlt dir was?« fragte er, nicht zum ersten Mal. Prüfend schaute er in Scathelockes bleiches Gesicht. »Du wirst mir doch nicht etwa krank? Brauchst du vielleicht einen Arzt?«

Scathelocke schüttelte den Kopf.

Ein Gerichtsdiener trottete vorbei und zerrte eine Frau mit sich, die man verurteilt hatte, weil sie innerhalb der Stadtgrenzen ihrem unzüchtigen Gewerbe nachging. Ein eiserner Zankzaum umspannte ihren Kopf, und der Gerichtsdiener zog die arme Frau wie einen Hund hinter sich her. Nicholas machte Platz. Scathelocke drehte sich um, und Nicholas war davon überzeugt, daß er versuchte, sein Gesicht zu verbergen, obwohl es ihm nicht gelang, die Angst in seinen Augen zu vertuschen. Nicholas seufzte. Ob er richtig gehandelt hatte, diesen Mann in das Haus seiner Schwester zu schleppen?«

»Henry«, wisperte er. »Wovor fürchtest du dich? Wer bist du?«

»Dasselbe könnte ich Euch fragen, Master«, gab der Diener unwirsch zurück. »Welches Geheimnis hütet Ihr? Wer ist Robert? Wer ist Beatrice? Wieso kehrt Ihr nicht nach Norwich zurück? Eure Schwester spricht unentwegt davon, und Ihr plappert es im Schlaf, wenn Ihr betrunken seid.«

Nicholas lächelte säuerlich. »Eines Tages werde ich dir alles erzählen, Henry.«

»Freilich, Master. Eines Tages. Bis dahin wollen wir beide unsere Geheimnisse für uns behalten. Wir haben etwas zu erledigen.«

Nicholas faßte ihn unter, und sie marschierten an dem einschüchternden, wuchtigen Gefängnisbau von Newgate entlang. In den Zwingstöcken schmachteten bereits die Missetäter – ein Händler, ein Diener, den man bei der Unzucht erwischt hatte, zwei Taschendiebe. Nicholas dachte an Scathelocke. War er vielleicht ein Lüstling? Hatte er Eheweib und Kinder verlassen? Wo mochte er sich das Nachts herumtreiben? Schlich er sich womöglich in die Hurenhäuser und Bordelle von Southwark und Whitefriars? Er rückte dichter an ihn heran.

»Heute abend, Henry, bringt Pater Thompkins uns ein neues französisches Madrigal bei, das wir im Kirchenschiff singen dürfen.«

Scathelocke nickte, und das Gespräch drehte sich darum, welche Freude es machte, einen fünfstimmigen Kanon zu singen, und um die Kunst des einstimmigen Gesangs. Nicholas und Scathelocke bogen ab nach Holborn, und von dort aus gelangten sie in die Chancery Lane, unweit von Staple Inn. Hier standen stattlichere, von Gärten umgebene Häuser, obschon unter der Decke aus Eis nichts wuchs. Das größte Haus gehörte Sir Amyas Petrie. Es erhob sich frei auf einem weitläufigen Grundstück; die dicken, schwarzen Eichenbalken, die das Fachwerk bildeten, trugen ein vergoldetes Reliefmuster.

Der Bewurf zwischen den Balken schimmerte weiß wie frischgefallener Schnee. Jedes der vier Geschosse ragte ein wenig über dem jeweils tiefergelegenen Stockwerk hervor, und die Fenster bestanden aus bleigefaßten Butzenscheiben. Nicholas hob den großen Messingklopfer an, der wie der Helm einer Ritterrüstung geformt war, und ließ ihn munter niedersausen.

Ein Diener geleitete sie in eine holzgetäfelte Halle. Auf dem Boden lagen dicke Wollteppiche, und die Wände waren mit herrlichen Malereien geschmückt, in denen Nicholas den Einfluß holländischer und deutscher Meister erkannte. Sie wurden einen Treppenaufgang aus Eiche hinaufgeführt und gelangten in einen langen Gang, der so düster war, daß man die Wachskerzen in ihren silbernen Haltern bereits angezündet hatte. Am Ende des Korridors klopfte der Diener an eine Tür.

»Herein!« antwortete eine leise, kultivierte Stimme. Das Gemach des Sheriffs war mit Eiche getäfelt, die das modische Riffelmuster aufwies. Auf den gewienerten Fußböden lagen bunte Teppiche. Durch die kleinen Fenster drang nur kümmerliches Licht herein, aber Kerzen tauchten ein Pult aus Eichenholz in goldenes Licht.

Hinter dem Pult saß Sir Amyas; seine beringte Hand trommelte geräuschlos auf der Tischplatte, während er mit der anderen Papierstöße sortierte. Er blickte auf und lächelte; das dunkle, bärtige Gesicht unter der flachen Kappe verlor etwas von seiner Härte, doch die tiefliegenden Augen behielten ihren stechenden Ausdruck bei, als er seinen entfernten Verwandten musterte. Er hüllte sich fester in seine Robe und beugte sich vor.

»Guten Tag, Nicholas.«

Mit einer Handbewegung bedeutete er Nicholas, auf dem hochlehnigen Stuhl vor dem Pult Platz zu nehmen. Scathelocke schenkte er keinerlei Beachtung, als würde der Diener für ihn gar nicht existieren. Nicholas setzte sich bequem hin, und der Sheriff wandte sich halb einem Mann mittleren Alters zu, der still zu seiner Rechten saß.

»Master Chirke, ich möchte Euch mit Sir Roger Hobbedon bekanntmachen, dem Bürgermeister dieser Stadt.«

Nicholas erwiderte das Lächeln des Mannes. Auf den ersten Blick machte Hobbedon einen recht gewinnenden Eindruck, trotz seiner eng zusammenstehenden, schmalen Augen, die etwas Unergründliches hatten.

»Sir Roger ist heute vormittag lediglich als Zeuge zugegen«, erklärte Sir Amyas. »Möchtet Ihr etwas Wein?«

Nicholas nickte; der Sheriff trat an ein schmales Tischchen und kam mit einem langstieligen Venezianischen Glas zurück. Scathelocke, der stumm hinter seinem Herrn stand, wurde nichts angeboten.

»Master Chirke«, begann Sir Amyas von neuem, »Ihr seid ein guter Rechtsanwalt mit geringen Aussichten auf beruflichen Erfolg. Habe ich recht?«

Nicholas nippte an dem Wein und sah dem Sheriff fest in die Augen. Er hielt sich an den Grundsatz, im Zweifelsfall lieber nichts zu sagen.

»Man behauptet außerdem, Ihr seid ein ehrlicher Mann«, fuhr der Sheriff fort.

»Wer sagt das?«

»Ein Mannsbild namens de Guysers.«

Nicholas lächelte verhalten. De Guysers war ein armer ausländischer Händler, der vor die Richter von Westminster zitiert worden war, weil er die Handelsvorschriften der Stadt nicht beachtet hatte. Nicholas hatte de Guysers verteidigt und versucht, Schlupflöcher im Gesetz zu finden. Den Fall hatte er verloren und deshalb von dem Händler keine Gebühr verlangt. Später bereute er seine Großzügigkeit. Anfangs hatte man ihn in St. Paul's ob seiner Ehrlichkeit gelobt, doch weitere Fälle hatte er sich dadurch nicht eingehandelt, und die Stimmung war umgeschlagen. Anstatt ihn weiter für seine Aufrichtigkeit zu schätzen, machte man sich über ihn lustig.

»Ich habe gehört, daß Ihr niemals nach Norwich zurückgeht«, sagte Sir Amyas unvermittelt. »Seit etlichen Jahren habt Ihr die Schule der Kathedrale nicht mehr besucht. Aber Ihr erinnert Euch doch an sie, Nicholas, an das Gebäude, das sich in den Schatten des Blanche Towers drückt?«

Nicholas wußte, daß Sir Amyas ihn nur reizen wollte. Und ob er sich an die Schule der Kathedrale erinnerte, mit ihren kahlen Klassenzimmern, wo Master Timmons mit seinem langen schwarzen Stock seine Zöglinge in die Geheimnisse der Grammatik, der Logik, der griechischen sowie der lateinischen Sprache einweihte.

Wie alle Schüler, so hatte auch Nicholas viel Zeit damit vertrödelt, aus den Fenstern zu starren, die selbst im tiefsten Winter offenstanden. Der Blick ging auf die wuchtige, quadratische Festung, die das Geschlecht der Bigods auf einem die Stadt überragenden Hügel erbaut hatte. Er und Beatrice waren oft in den schönen Burggärten umhergeschlendert, die sich hangabwärts bis nach Mousehole Heath erstreckten.

»Schmerzliche Erinnerungen?« fragte der Sheriff listig. »Aber gewiß nicht, wenn Ihr an Cambridge denkt. Habt Ihr nicht dort studiert? Medizin bei dem großen Doktor Fabianus, dem Arzt, der Leichen aufzuschneiden pflegte?«

»Der Doktor hatte eine Lizenz, die ihm erlaubte, dies zu tun!« entgegnete Chirke mit scharfer Stimme.

Petrie lächelte, als hätte er soeben einen Sieg errungen, und Chirke wurde unbehaglich zumute. Der Sheriff lotete seine Vergangenheit aus; ein gerissener Vertreter des Rechts, legte er zwischen die einzelnen, übergangslos gestellten Fragen unheilschwangere Pausen ein, die sein Opfer dazu verleiten sollten, sich zu verplappern.

Natürlich erinnerte sich Chirke an die weißgetünchten Räume und die im Blut schwimmenden Tische in Cambridge, wo Doktor Fabianus die Leichname von gehängten Männern und Frauen öffnete und untersuchte. Er entsann sich des schmutzigen, weißen Fleisches, der schlaffen Haut, des Gestanks der silbrigblauen Eingeweide und anderer Organe, die sich auf schmierigen Tabletts türmten. All dies hatte er auf Dauer nicht ertragen, daher sein Entschluß, die Rechte zu studieren. Sir Amyas Petrie, der wie ein Possenreißer griente, wußte das alles nur zu gut.

»Nach Cambridge besuchte ich Pegasus, so wie Ihr auch, Sir Amyas«, bemerkte Chirke, den volkstümlichen Ausdruck für den Inneren Tempel verwendend. »Ich studierte in der Runden Kirche, inspizierte die Gräber der Tempelreiter, rannte wie ein Verrückter durch die Fleet Street und kaufte die Gesetzesbücher von Richard Popple. Eurem Einfluß habe ich es zu verdanken, daß ich es überhaupt so weit brachte. Ich schickte Euch auch ein Dankesbrief. Aber Ihr scheint ihn nicht bekommen zu haben, denn bis heute warte ich auf eine Antwort.«

Sir Amyas lachte bloß und schnippte mit den Fingern. Ein neues Glas Wein wurde Chirke in die Hand gedrückt, doch er hatte genug getrunken und stellte es auf dem Pult ab. Er wünschte sich, Petrie würde aufhören, mit ihm Katz und Maus zu spielen, und endlich zur Sache kommen. Statt dessen erkundigte sich Sir Amyas: »Wie geht es eigentlich Eurer Frau Mutter, meiner Verwandten?«

Nicholas dachte an die zarte, schlanke Frau, deren Gesicht von Kummer zerfurcht war. Hätte sie doch nur nicht für Robert Partei ergriffen!

»Meiner Mutter geht es gut.« Nicholas rückte seinen Stuhl nach hinten, als wolle er jeden Augenblick aufstehen. Am liebsten hätte er den Sheriff angebrüllt, und er mußte sich zügeln, die Beherrschung zu wahren. »Sir Amyas, weshalb bin ich überhaupt hier?«

Der Sheriff schürzte die Lippen und nickte. »Eine direkte

Frage verdient eine direkte Antwort. Ich will euch eine Stellung anbieten.«

Nicholas erwiderte nichts darauf.

»Ihr scheint Euch darüber nicht sehr zu freuen. Habt Ihr vielleicht etwas Besseres in Aussicht?«

»Nein, Sir Amyas, aber nicht mal ein Tölpel würde ein Pferd kaufen, das er noch nie zuvor gesehen hat.«

Sir Amyas lächelte gekünstelt. »Ich möchte, daß Ihr ein Mitglied meines Haushalts werdet.«

Nicholas riß die Augen auf. »Als was? Als Diener?«

»Nein.« Petries gute Laune begann sich zu verflüchtigen. »Ihr sollt meiner Inneren Kammer angehören. Ich schlage Euch einen Posten als Ermittler vor.«

»Ihr meint, ich soll Jagd auf Diebe machen?«

»Nein!« versetzte Petrie. »Ich brauche keine Rabauken oder Häscher in meinen Diensten. Ich benötige einen Gehilfen, der sich mit dem Gesetz genausogut auskennt wie in den finsteren Abgründen des menschlichen Herzens. Jemand, der dazu beiträgt, daß der Gerechtigkeit Genüge getan und das Böse verfolgt wird.«

Nicholas fand zwar, daß die Gesetze nicht viel mit Gerechtigkeit zu tun hatten, aber dies war sicher nicht der richtige Zeitpunkt, um seine Ansichten über die Vesäumnisse der irdischen Gerichtsbarkeit kundzutun.

»Einen Ermittler«, betonte Sir Amyas. »Einen Mann, der nach Tatsachen forscht und die Wahrheit zutage fördert. Einen Anwalt, der mir hilft, Klageschriften aufzusetzen, und der vom Gericht zugelassenes Beweismaterial sammelt. Fünf Shillinge die Woche, eine Mahlzeit pro Tag, entweder an meiner Tafel oder in einem meiner Geschäfte. Zu Weihnachten und Mittsommer neue Roben und die Erstattung aller Auslagen, vorausgesetzt, sie sind begründet und werden von meinem Verwalter akzeptiert.«

Nicholas lehnte sich zurück und betrachtete die Malereien an der Zimmerdecke. Sollte er dieses günstige Angebot annehmen? Dann wäre er aber nicht mehr sein eigener Herr, sondern ein Laufbursche des Sheriffs. Ein Lehrling in einer feinen Robe.

»Was Ihr in der Zeit unternehmt, wenn ich Euch nicht brauche, ist Eure Sache«, sagte der Sheriff, als hätte er die Gedanken seines Gegenüber erraten.

Nicholas dachte daran, wie großzügig Catherine und John immer zu ihm gewesen waren; seine Schwester hatte sich immer um ihn gesorgt, und sie würde außer sich vor Freude sein, wenn sie die Nachricht nach Norwich schicken könnte, Nicholas arbeite nun für niemand geringeren als den Sheriff der Stadt London.

»Und was wird aus meinem Diener?« fragte Nicholas.

»Euer Diener«, blaffte Sir Amyas, »geht mich nichts an.«

Nicholas starrte aus dem Fenster, das sich über dem Kopf des Sheriffs befand, und sah, daß es angefangen hatte zu regnen. Sir Amyas wandte sich auf seinem Stuhl um; zum ersten Mal ließ er sich dazu herab, von Scathelocke Notiz zu nehmen. Auf seinem Gesicht lag ein Ausdruck tiefster Abneigung. Henry hatte den Kopf gesenkt, die Schultern hochgezogen, und machte einen äußerst angespannten Eindruck. Nicholas war sich sicher, der Sheriff würde gleich eine spöttische Bemerkung machen.

»Ich nehme an«, sagte Nicholas Chirke lauter als gewollt.

»Schön!« Seufzend lehnte sich Sir Amyas zurück. »Wir haben einen Vertrag vorbereitet.« Er beugte sich über das Pult. »Außerdem haben wir auch schon Arbeit für Euch.« Schmunzelnd fuhr er fort: »Das ist der wahre Grund für dieses Treffen. Es handelt sich um eine wichtige Aufgabe, die leicht gefährlich werden könnte.«

Sir Amyas räusperte sich und faltete die Hände. Dann lehnte er sich bequem in seinem Stuhl nach hinten und schaute zur Zimmerdecke empor.

Nicholas streifte Hobbedon mit einem flüchtigen Blick; der Bürgermeister saß stocksteif wie eine Statue da. Nicholas vergegenwärtigte sich, daß der Mann als Sir Amyas' Zeuge zugegen war, er sollte dafür garantieren, daß man ihn später nicht des Verrats beschuldigte.

Ein mulmiges Gefühl machte sich in seinem Magen breit. Was hatte das alles zu bedeuten? Welche fürchterlichen Geheimnisse wollte man vor ihm enthüllen? Sir Amyas brauchte ihn nicht als Gehilfen, sondern um irgendeine besondere Aufgabe zu erfüllen, die man keinem anderen überlassen wollte.

»Nun, mein junger Verwandter, hört gut zu«, begann Petrie. »Am zweiundzwanzigsten August des letzten Jahres starb Isabella, die Mutter unseres edlen Lords Edward III., auf Castle Rising in Norfolk an der Pestilenz.« Unter seinen schweren Lidern warf er Chirke einen schnellen Blick zu. »Der Lebenswandel der alten Königin ist zur Genüge bekannt. Sie widersetzte sich ihrem Ehegemahl, König Edward II.« Petrie schaltete eine Kunstpause ein. »Sie floh aus dem Königreich und gesellte sich in Frankreich zu Roger Mortimer. Beide behaupteten, sie seien vom englischen Hof ausgestoßen worden, vertrieben durch die böswilligen Machenschaften seitens Hugh de Spencer, des Günstlings von Edward II.«

Chirke spürte, wie der Sheriff seine Worte sehr sorgfältig abwog, denn hier handelte es sich um eine höchst ernste und heikle Angelegenheit. Sir Amyas hüstelte und räusperte sich, bevor er fortfuhr. »Edwards und Isabellas eheliche Beziehung versorgte die Königshöfe in ganz Europa mit deftigen Klatschgeschichten und Skandalen. Nichtsdestotrotz ist Vorsicht geboten, wenn man über die Eltern unseres gegenwärtigen Königs spricht, der immer noch einen blutigen Krieg gegen Frankreich führt.« Petrie lächelte verhalten, als wüßte er nur zu genau, was Chirke durch den Kopf ging. »Eine kleine Lektion in Geschichte, was, Verwandter?«

Jählings beugte sich Sir Amyas vor. Seine Stimme senkte sich zu einem heiseren Flüstern, so daß sich Chirke fragte, ob Scathelocke, der hinter ihm stand, überhaupt etwas verstehen konnte.

»König Edward II.«, begann Petrie von neuem, »war es egal, mit wem er sich vergnügte, ob mit Männlein oder Weiblein.« Er befeuchtete seine Lippen. »Aber das war auf Spencers unheilvollen Einfluß zurückzuführen. Im September des Jahres 1326 gingen die Königin und Mortimer in Essex an Land. Das Königreich schlug sich auf ihre Seite. Edward und sein Günstling, Hugh de Spencer, wurden im Süden von Wales gefangengenommen. De Spencer bekam die volle Härte des Gesetzes zu spüren und wurde als Verräter hingerichtet. Den König schleppte man nach Burg Berkeley, wo er später starb. Unser jetziger König, dazumal ein Jüngling von vierzehn Lenzen, erhielt die Krone, doch die wahre Macht lag bei Königin Isabella und ihrem Helfershelfer Mortimer. Jedenfalls standen die Dinge so, bis im Winter 1330 der junge Edward das Heft in die Hand nahm und den Spieß umdrehte. Er ließ Mortimer verhaften und aufknüpfen. Seine geliebte Mutter verbannte er vom Hof, und fortan lebte sie in der Festung von Castle Rising.« Petrie legte den Kopf ein wenig schräg und sah Chirke mit gespielter Unschuld an. »Habt Ihr mich verstanden, Verwandter?«

Nicholas hatte Mühe, eine gefaßte Miene zu bewahren. Jeder wußte doch, daß Edward in Berkeley von Meuchelmördern umgebracht worden war; auf Befehl von Isabella drangen diese Kreaturen in seine Zelle ein und stießen ihm einen rotglühenden Schürhaken in die Eingeweide. Außerdem war allgemein bekannt, daß Mortimer auf Burg Nottingham im Schlafgemach der Königin festgenommen wurde. Nicholas wandte den Blick ab und starrte ins Feuer.

»Habt ihr keine Fragen, Verwandter?«

Nicholas lächelte, und Sir Amyas stieß einen leisen Seufzer der Erleichterung aus.

»Sehr schön, Verwandter«, sagte er. »Es ist auch am besten so, wenn man sich nicht den Kopf über das Tun und Lassen der Mächtigen zerbricht.«

»Aber inwiefern geht mich diese Geschichte etwas an?« erkundigte sich Nicholas.

»Das erzähle ich Euch gleich. Zuerst laßt uns den Vertrag unterzeichnen.«

KAPITEL 2

Sir Amyas erhob sich und ging zu einer Truhe, die in einer Zimmerecke stand. Er zog eine Rolle von weißem Velin heraus, das er auf einem kleinen Tischchen ausbreitete, auf dem ein Schreibtablett bereitstand. Dann holte er das Tintenfaß aus der warmen Nische im Kamin und winkte Nicholas zu sich.

Nicholas trat an den Tisch und blickte auf das Dokument hinunter, auf dem mit eleganter Schrift geschrieben stand: »Ein Vertrag, aufgesetzt und unterschrieben am heutigen Tage, dem 25. November, im einunddreißigsten Jahr der Regierung von König Edward III. Zwischen dem ehrenwerten Nicholas Chirke und Sir Amyas Petrie wird hiermit folgender Vertrag geschlossen...«

Chirke lächelte säuerlich. Er stieß sich an der Art und Weise, wie Petrie es für selbstverständlich gehalten hatte, daß er die Stelle antreten würde. Er kam sich vor wie ein von Hunden umringter Hase. Welchen Weg er auch einschlagen würde, sie mußten ihn schnappen. Er zuckte mit den Schultern. Und wenn schon!

Er nahm die Feder, tauchte sie in die blaugrüne Tinte und schrieb schwungvoll seinen Namen auf das Dokument. Im Vertrag waren sämtliche Einzelheiten aufgeführt, von denen Petrie gesprochen hatte – Bezahlung, Roben, Mahlzeiten und in welchen Geschäften er sich Lebensmittel kaufen durfte, sollte er darauf verzichten, an der Tafel des Sheriffs zu speisen.

Lächelnd schob Sir Amyas das Velin beiseite. »Nun laßt mich mit einer Geschichte fortfahren. Isabella starb am zweiundzwanzigsten August des letzten Jahres. Weil sie der Pest zum Opfer gefallen war, brachte man ihren Leichnam schleunigst über die Mile End Road, und am sechsundzwanzigsten August wurde sie in Greyfriars zu London, im Schatten der St. Paul's Kathedrale, beigesetzt.

Petrie gackerte belustigt. »Die alte Königin, vielleicht eingedenk der bösen Taten, die sie begangen hatte, wollte in einer Kutte des Ordens der Armen Klarissen eingesargt und in der Franziskanerkirche begraben werden.« Er schmunzelte in sich hinein. »Rein zufällig ruhen dort auch die zermarterten Überreste ihres ehemaligen Geliebten Mortimer. Die Beisetzung ging in einer ziemlichen Hast vonstatten. Morgens sang man die Requiemmesse, und der Leichnam wurde zur letzten Ruhe gebettet.« Sir Amyas legte eine effektvolle Pause ein. »Und am Nachmittag desselben Tages versuchte ein Vertrauter der Königin, ihr Knappe namens Vallence, an Bord einer venezianischen Galeere zu gehen, die vermutlich Kurs auf Dieppe nehmen wollte.«

»War Vallence nicht ein Franzose?« fiel Nicholas ihm ins Wort.

»Ja. Ungefähr zehn Jahre zuvor war er in die Dienste der Königin getreten.«

»Und als er sich einschiffen wollte, war seine Herrin bereits tot?«

»Ja. Ich weiß, worauf Ihr hinauswollt. Warum sollte Vallence nicht nach Frankreich zurückgehen? Aber hinter der Geschichte steckt mehr, mein teurer Verwandter, als es den Anschein hat.« Der Sheriff zupfte an seiner Lippe und starrte nachdenklich auf Scathelocke. »Bevor ich weiterspreche, muß ich darauf bestehen, daß Euer Diener den Raum verläßt. Sir Roger begleitet ihn hinaus.«

Chirke drehte sich um und nickte Scathelocke aufmunternd zu. Der folgte dem Bürgermeister und schlüpfte wie ein Schatten durch die Tür.

Der Sheriff wartete, bis die Tür sich hinter den beiden Männern geschlossen hatte.

»Sir Rogers Anwesenheit war solange erforderlich, bis Ihr den Vertrag unterzeichnet hattet. Was jetzt kommt, geht nur Euch und mich etwas an.« Der Sheriff nahm einen Schluck aus seinem Weinkelch. »Man hatte Vallence beobachtet. Wir glauben, daß die alte Königin ihm ein Geheimnis anvertraute — möglicherweise gab sie ihm ein Dokument, das England und unserem König persönlich großen Schaden zufügen könnte, würde es in die falschen Hände gelangen. Während ihrer Verbannung auf Castle Rising hatte Isabella mehrere Male darum gebeten, nach Frankreich reisen zu dürfen. Angeblich verlangten ihre dort ansässigen Verwandten nach ihr.« Petrie spielte mit einem Federkiel, der auf seinem Schreibtisch lag. »Ihr Sohn, der König, gewährte ihr nie diesen Wunsch. Und dann, just am selben Tag, an dem Isabella beigesetzt wurde, stellten Soldaten des Königs ihren Knappen Vallence am Kai von Queenshithe. Anstatt sich zu ergeben, zog er den Degen. In dem darauffolgenden Scharmützel wurde er schwer verletzt, und man brachte ihn ins Hospital von St. Bartholomew in Smithfield.«

»Was geschah mit der venezianischen Galeere?«

Sir Amyas zuckte mit den Schultern. »Venedig ist eine mächtige Stadt. Der König leiht sich viel Geld von den Bankiers dort, und die Venezianer lieben unsere englische Wolle. Mit Venedig oder seinen Schiffen fangen wir tunlichst keinen Streit an. Und selbst wenn wir es gewollt hätten, so wäre es zum Einschreiten zu spät gewesen. Durch den Krawall am Kai gewarnt, verließ das Schiff die Anlegestelle und segelte die Themse herunter.«

Chirke nickte und betrachtete einen Gobelin, der an einer Zimmerwand hing. Er versuchte, ein Gefühl des Unbehagens zu unterdrücken. Petrie lotste ihn in tiefe und tückische Wasser. Jedermann kannte die Skandale, die sich um Isabellas Leben rankten, und ihr Wunsch, in ihr Heimatland zurückzukehren, war verständlich, wenn er auch mannigfache Möglichkeiten für weitere Schwierigkeiten in sich barg. Ihr Sohn, Edward III., führte zur Zeit einen blutigen Krieg gegen Frankreich und beanspruchte aufgrund der Abstammung seiner Mutter die Krone dieses Königreichs für sich.

»Nun Verwandter?«

Chirke sah Petrie an. »Was wurde aus Vallence?«

»Wie ich schon sagte, brachte man ihn nach St. Bartholomew, wo ich selbst und zwei führende Ratsherren der City, Sir Ambrose Venner und Sir Oswald Copper, ihn aufsuchten und befragten. Außerdem wurde ein Richter, Lord Stephen Berisford, hinzugezogen.«

»Aha! Ist das nicht derjenige, der kürzlich verschwand? Dessen Leichnam man dann in der Gegend von Primrose Hill entdeckte?«

»Derselbe. Er mußte anwesend sein, weil das Scharmützel mit Vallence in seinem Bezirk stattfand. Und nun hört mir gut zu. Ich habe Vallence vernommen. Er wollte nicht zugeben, der Träger einer Geheimbotschaft zu sein, doch dann erkannte er Berisford, der oftmals Geschäfte mit dem Haushalt der alten Königin gemacht hatte. Vallence winkte ihn näher zu sich heran, umklammerte seinen Arm und flüsterte: ›St. Denis! St. Denis weiß alles!,«,

»Was meinte er damit?«

»Keine Ahnung. Kurz darauf starb er.« Petrie stierte in die flackernde Kerzenflamme. »König Edward befahl später Lord Stephen Berisford, die Umstände, die zu Vallences Tod führten, aufs gründlichste zu untersuchen. Schließlich hatte man Vallence die tödlichen Verwundungen in Berisfords Bezirk zugefügt, und die beiden hatten sich gekannt, wenn auch nur flüchtig.«

»Hatte Berisford eine Erklärung dafür, wieso Vallence ausgerechnet nach ihm verlangte und etwas über St. Denis brabbelte?«

»Ja. Anscheinend verkaufte Berisford Vorräte an Vallence, die für den Haushalt der Königin bestimmt waren. Manchmal sprachen sie über dies und jenes – aber es war nur müßiges Geplauder. Berisford sagte, was Vallence mit der Bemerkung über St. Denis meinte, wüßte er auch nicht; er hielt es für das wirre Gefasel eines Sterbenden.«

»Und das Geheimnis, das Vallence angeblich hütete?«

»Wir wissen nicht, ob es sich um ein Dokument oder um eine mündliche Botschaft handelte. Was immer es gewesen sein mag, Anfang November erhielt Berisford den Auftrag, es herauszufinden.«

Chirke blickte verdutzt drein. »Zwei Monate nach Vallences Tod?«

Sir Amyas lächelte träge. »Wir – äh – versuchten zuerst, es auf anderen Wegen zu erfahren. Als wir keinen Erfolg hatten, wandten wir uns an Berisford.«

»Und jetzt ist Berisford tot – ermordet!« rief Nicholas aus.

»Hatte man ihn nicht bereits Tage zuvor als vermißt gemeldet, ehe man seinen Leichnam in einem Gestrüpp außerhalb Londons fand?«

»Genau«, antwortete Petrie. »Laßt es mich erklären. Berisford war ein sonderbarer Mann. Er handelte mit Kohlen und Holz, und sein Haus nebst Lagerräumen stehen an der Themse, unweit von Westminster. Dort wohnte er mit seinem alten Schreiber, Mawsby.« Petrie hielt inne und sah Chirke an. »Kanntet Ihr Berisford?«

»Das nicht, aber ich habe von ihm gehört.«

»Das kann ich mir denken, denn in Gerichtskreisen war er wohlbekannt. Er war ein Einzelgänger, großgewachsen, trug immer schwarze Gewänder und einen breitkrempigen Hut. Er hatte die Angewohnheit, sich den Mund ständig mit einem Tuch abzuwischen.« Petrie spielte mit seinem Weinkelch. »Aber er war ein guter Richter, und er stammte aus Schottland. Der König beauftragte ihn, der Angelegenheit mit Vallence auf den Grund zu gehen.«

Er nahm einen Schluck und fuhr fort: »Berisford mochte der Melancholie verfallen sein, aber er ermittelte sehr gewissenhaft. Er befragte sowohl Sir Ambrose Venner wie Sir Oswald Copper. Jedoch ein paar Tage vor seinem Verschwinden, am letzten Samstag, als das Fest des Heiligen Lukas gefeiert wurde, fing er plötzlich an, seinen eigenen Tod zu prophezeien. Es war beim Wurfringspiel. Unvermittelt brach er sein Spiel ab und sagte zu einem Gefährten: ›Ich darf mich nicht länger in Eurer Gesellschaft aufhalten.‹ Einem anderen Mann gegenüber erwähnte er: ›Man wird mich am Galgen aufhängen.‹ Ein andermal ertappte sein Schreiber, Mawsby, ihn dabei, wie er eine Schüssel voll Molke mit Brot aß und dabei bitterlich weinte. Als Mawsby ihn fragte, was ihm fehle, antwortete er: ›Sie werden mich aufhängen und verbrennen!‹«

Petrie hob den Kopf und starrte Chirke mit einem durchdringenden Blick an.

»Nicholas«, sagte er leise, »ich wollte, daß der Bürgermeister fortgeht, weil das, was ich Euch zu erzählen habe, nur für Eure Ohren bestimmt ist.« Er unterbrach sich, als er vom Untergeschoß des Hauses ein Geräusch hörte. »Bald werdet Ihr unsere

Gäste kennenlernen, Verwandter«, fuhr er fort. »Wo war ich stehengeblieben . . .?«

»Ihr spracht von Berisfords Geisteszustand.«

»Ach ja! Am letzten Freitag, dem Tag, bevor er verschwand, saß er in seiner Stube am Kamin, als ein Bote in einem Kapuzenumhang bei ihm aufkreuzte und ihm einen Brief brachte. Der Mann weigerte sich, die Stube zu betreten, und blieb draußen in der Diele stehen, um auf die Antwort zu warten. Berisford öffnete den Brief und überflog ihn. Er wurde sehr aufgeregt und marschierte im Zimmer hin und her. Dann rief er Mawsby zu, er solle den Boten fortschicken, und brüllte immerzu: ›Ich werde tun, was er sagt! Ich werde tun, was er sagt!‹ Später am selben Tag nahm er an einer Versammlung der Gemeindevertreter in der Kirche zu St. Martin-in-the Fields teil, wo er die Bücher führte. Er beglich seine Schulden, und als man ihn fragte, warum er so traurig sei, antwortete er: ›Jeder Mann, der weiß, daß er auf dem Scheiterhaufen verbrannt wird, würde wohl melancholisch sein.‹«

Verwirrt schüttelte Chirke den Kopf. »Wieso befürchtet ein Richter, der vom König selbst einen Auftrag erhalten hat, er könne hingerichtet werden wie ein Schwerverbrecher? Verband ihn vielleicht mehr mit Vallence als ein paar Geschäfte mit Kohlen und Holz?«

»Nein«, antwortete Petrie auffällig rasch. Mit der Zunge befeuchtete er seine Lippen, dann fuhr er fort: »Vergangenen Samstag stand Berisford in aller Herrgottsfrühe auf. Mawsby hörte, wie er in seinem Arbeitszimmer die Truhen und Kisten durchstöberte und einen Stapel Dokumente im Kaminfeuer verbrannte. Dann wusch er sich und zog sich die schwarzen Gewänder an. Nur um den Hals trug er ein Tuch aus weißem Leinen. Er fragte nach seinem guten Ring und dem versilberten Schwert, und einen Haufen Silbermünzen nahm er auch noch an sich. Zuerst bat er Mawsby, ihm seinen neuen Wollumhang zu bringen, dann besann er sich anders und polterte: ›Nein! Ich ziehe meinen alten an! Der tut es heute auch!‹ Er schnappte sich seine Handschuhe und stürmte nach draußen. Am Ende der Straße angelangt, wandte er sich plötzlich um. Mawsby sah, wie er mit trauriger Miene sein Haus betrachtete, als ahne er in diesem Augenblick, daß er nie wieder zurückkehren würde. Als er am Abend immer noch nicht daheim war, machte sich Mawsby auf die Suche, jedoch ohne ihn zu finden.«

»Wurde Berisford noch von jemandem gesehen, nachdem er sein Haus verlassen hatte?«

»Ja – am Samstag nachmittag, bei der St. Sepulchre Kirche gegenüber von Newgate; und dann noch einmal, gegen ein Uhr, nicht weit von der Stelle entfernt, wo der Black Pig Alleyway an der Themse in die Vintry einmündet. Beide Zeugen, die einen Blick auf ihn erhaschten, sagten, er habe wild mit den Augen gerollt und sein Gesicht sei verhärmt gewesen. Danach wurde er lebend nicht mehr gesehen.« Sir Amyas warf Chirke eine kleine Pergamentrolle zu. »Das ist der Bericht des Leichenbeschauers. Berisfords Tod gibt viele Rätsel auf. Vielleicht war es ja gar kein Mord.«

»Wie meint Ihr das?«

»Na ja, im Hinblick auf Berisfords melancholische Gemütsverfassung und angesichts der Tatsache, daß er von seinem eigenen Schwert durchbohrt wurde, behaupten manche, er habe Selbstmord begangen.« Petrie lächelte in sich hinein. »Aus Gründen der Staatsraison wird über diese Möglichkeit nicht öffentlich diskutiert.«

»Aber ein Leichnam kann doch nicht fünf Tage lang in einem Graben liegen, ohne daß jemand ihn bemerkt«, hielt Chirke ihm entgegen.

Petrie schmunzelte. »Das ist wirklich sehr merkwürdig. Bei der gerichtlichen Voruntersuchung sagten viele Zeugen aus, sie seien am Montag, Dienstag, Mittwoch und sogar Donnerstag an dem Graben entlangegangen, hätten jedoch weder den Gehstock noch die Handschuhe gesehen. Der letzte Zeuge, dem nichts aufgefallen ist, kam an dem Donnerstag, als man die Leiche fand, gegen ein Uhr mittags am Graben vorbei. Und da wäre noch etwas. Das Wetter war schlecht gewesen; am Mittwoch ging ein regelrechter Wolkenbruch nieder. Aber Berisfords Kleidung war verhältnismäßig trocken.«

»Aha!« rief Chirke aus. »Also hat man den Leichnam später in den Graben gelegt, und zwar zwischen ein Uhr und . . .?«

»Zwischen eins und fünf an besagtem Donnerstag muß es passiert sein.«

»Aber wer könnte so etwas bewerkstelligen? Man kann nicht mit einer Leiche über dem Sattel durch London reiten, ohne Aufsehen zu erregen.«

»Genau«, bekräftigte Petrie zufrieden. »Im Bericht des Leichenbeschauers steht, daß Berisford schon ein paar Tage tot gewesen sein muß, ehe man sich seines Leichnams entledigte.«

»Gibt es Verdächtige? Falls es ein Mord ist . . .«

Petrie grinste. »Und ob. Man hat sogar jemanden verhaftet.«

Chirke fuhr beinahe von seinem Stuhl hoch. »Wieso braucht Ihr mich dann überhaupt noch?«

»Wartet ab, Verwandter! Sebastian Fromlich, ein Gerber aus der Leathercote Lane, wurde verhaftet. Am nächsten Freitag findet sein Prozeß statt. Fromlich, ein Gerber, der aus Flamen stammt, kaufte bei Berisford Holz und Kohle. Seine Geschäfte gingen schlecht, und er konnte seine Schulden bei Berisford nicht bezahlen, deshalb sperrte man ihn drei Tage in Marshalsea ein. Nachdem er aus dem Kerker kam, hörte man ihn oft, wie er in Tavernen und Bierschenken Haßtiraden gegen Berisford losließ und kundtat, wie gern er sich an ihm rächen würde. Fromlich kann nicht oder will nicht sagen, wie er besagten Donnerstag nachmittag oder den Samstag davor verbracht hat. Und die Krone verfügt über wertvolles Beweismaterial, das gegen ihn spricht.«

»Zum Beispiel?«

»Kommt, kommt, Nicholas! Der Oberste Ankläger, Sir Joseph Janneux, schwört, daß allein Fromlichs Weigerung, über seine Handlungen am Donnerstag und Samstag Auskunft zu geben, genügt, um ihn aufs Schafott zu schicken.«

Chirke stöhnte und wandte den Blick ab. Er kannte Joseph Janneux, der sich den Spitznamen ›der Bulle‹ eingehandelt hatte. Kahlköpfig, mit einem vierschrötigen, ramponierten Gesicht wie ein Boxer, war Janneux mehr gefürchtet als der Scharfrichter; schon manch einen Kläger hatte er zu einem zitternden Häufchen Elend zusammengestaucht.

Außerdem kannte Nicholas die Methoden des Obersten Anklägers der Krone. In London wimmelte es von berufsmäßigen Eideshelfern, die für ein geringes Entgeld jeden Meineid schwören, um einen Mann an den Galgen zu bringen. Und als

Ausländer hatte Fromlich bestimmt nicht viele Freunde. »Fromlich ist in Newgate eingekerkert«, fuhr Petrie fort. »Anscheinend ist die einzige Person, die zu ihm hält, eine entfernte Verwandte von ihm.«

»Und wer sind die Richter?« fragte Chirke.

Petrie kniff leicht die Augen zusammen. »Oberrichter Popham führt den Vorsitz, unterstützt wird er von den Richtern Dolpen und Scroggs.«

»Um der Liebe Christi willen«, entfuhr es Chirke. »Fromlich kann von Glück reden, wenn man ihn überhaupt anhört!«

»O doch, man wird ihn anhören!« betonte Petrie. »Denn Ihr, Nicholas, werdet sein Rechtsanwalt sein! Nach den Regeln des Gerichts muß sich der Beschuldigte zwar selbst verteidigen, aber nichts verbietet es, daß Ihr ihn beratet.«

Chirke starrte auf den Fußboden. Er spürte, wie er langsam in eine Falle gedrängt wurde.

»Warum?« fragte er. »Warum dieser Hokuspokus, diese Heuchelei? Fromlich wird hängen, das wißt Ihr genausogut wie ich.«

»Der König hat mich gebeten, mich in die Angelegenheit einzuschalten, selbst jedoch im Hintergrund zu bleiben.« Petrie beugte sich über den Tisch. »Natürlich wird Fromlich hängen. Aber er ist unschuldig; jemand anders hat den Mord begangen.«

»Wer könnte es denn gewesen sein?«

»Na, Blueskin zum Beispiel.«

»Wer, in Gottes Namen, ist Blueskin?«

»Nun ja, Berisford war ein strenger Richter. Vor einem Jahr, als hier die Pest wütete, trieb sich ein bekannter Grabschänder namens Blueskin des Nachts auf den Gräberfeldern und Kirchhöfen herum und buddelte Hunderte von Toten aus, um deren Leichentücher zu stehlen. In einem Pesthaus legte er davon ein regelrechtes Warenlager an und verkaufte sie an die Verwandten von Dahingeschiedenen, damit sie ihre Lieben begraben konnten. Nachdem man ihm monatelang aufgelauert hatte, wurde er von Berisford persönlich gestellt. Der ließ den Burschen mit nacktem Oberkörper quer über einen der Friedhöfe prügeln, die er geschändet hatte. Ein paar Nächte später griff

Blueskin Berisford an. Doch der Richter wußte mit seinem Schwert gut umzugehen. Blueskin wurde festgenommen, ein zweites Mal ausgepeitscht und ins Gefängnis geworfen. Erst zwei Wochen vor Berisfords mysteriösem Verschwinden kam Blueskin aus der Fleet frei. Bis jetzt konnten wir ihn noch nicht aufspüren.«

Aus der Nähe betrachtete Chirke das listige Gesicht des Sheriffs.

»Aber Ihr glaubt nicht, daß Blueskin der Mörder ist«, stellte Nicholas fest.

»Nein, ich glaube es wirklich nicht. Berisford war kein Feigling, und Kreaturen wie dieser Blueskin hätten ihn nicht einschüchtern können. Aber es gibt da jemanden in Londons Unterwelt«, der Sheriff hüstelte kurz, »vor dem selbst ich mich fürchten würde – eine finstere, unheimliche, anonyme Gestalt, die sich für den Hauptmann von Londons Verbrecherwelt hält. Er gibt Befehle aus, spricht Todesurteile und kontrolliert die Taschendiebe, die Betrüger und die Straßenräuber. Er erhält und verkauft Diebesgut. Keiner kennt ihn; seine Identität gehört zu den größten Rätseln dieser Stadt. Er selbst nennt sich der Hüter der Tore, bei einigen heißt er auch König der Bettler. Jeder Vertreter des Rechts, der ihm in die Quere kommt, muß seine Einmischung schwer büßen. Jeder Verbrecher, der seinen Befehl mißachtet, bekommt entweder die Kehle durchgeschnitten oder landet auf dem Schafott zu Tyburn.« Die Stimme des Sheriffs senkte sich zu einem Flüstern. »Von meinen zahlreichen Spitzeln weiß ich, daß der Hüter der Tore auch nach der geheimen Botschaft sucht, die Vallence anvertraut war. Und noch andere sind hinter ihr her, vielleicht sogar die Franzosen . . .«

»Da wären außerdem die Ratsherren, die bei Vallences Tod zugegen waren.«

»Natürlich.« Sir Amyas lächelte. »Wie ich höre, wird drunten eine Tür geöffnet. Sir Ambrose und Sir Oswald sind gekommen. Wir sollten gleich zu ihnen gehen.«

»Was haltet Ihr persönlich von der ganzen Geschichte, Sir Amyas?« fragte Chirke.

Der Sheriff zuckte die Achseln. »Ich glaube, Lord Berisfords Ermittlungen haben alte Wunden aufgerissen. Jemand, der sehr mächtig ist, hat ihn bedroht und schließlich umgebracht. Und Fromlich wird dafür hängen.«

»Und was wollt Ihr, Sir Amyas? Vallences Geheimnis entschlüsseln?« Der Sheriff lachte und klopfte seinem ›entfernten Verwandten‹ auf die Schulter. »Selbstverständlich will ich das! Aber Ihr sollt Fromlich verteidigen. Vielleicht vermögt Ihr ihn doch noch zu retten. Vielleicht finden wir sogar den wahren Mörder. Und wenn es Euch gelingt, hinter das Geheimnis der alten Königin zu kommen, ist Euch auf ewig die Freundschaft des Königs gewiß – ganz zu schweigen von der meinigen. Vielleicht . . .«

»Vielleicht, Sir Amyas«, fiel Chirke ihm geschwind ins Wort, »werde auch ich ermordet.«

»Ja, Nicholas. Diese Möglichkeit besteht!«

Sie stiegen die Treppe hinunter und begaben sich in die gemütliche Wohnstube. Im Kamin flackerte ein Feuer aus Kiefernscheiten. Daneben saß Scathelocke auf einem Stuhl, während Hobbedon lässig an einem Tisch lehnte und in die Betrachtung eines Gobelins versunken war, der Mars zeigte, wie er Venus nachstellte.

Die beiden Männer rechts und links von Hobbedon waren nicht so ruhig wie er. Sie zappelten nervös herum und machten keinen Hehl aus ihrem Ärger, daß Sir Amyas sie hierherbefohlen hatte, um sie so lange warten zu lassen.

Als Petrie und Chirke eintraten, standen sie auf. Wie Hobbedon, so trugen auch sie die langen, feierlichen Roben der Ratsherren, nur daß ihre aus kostbarem Taft bestanden und mit Streifen von Feh verbrämt waren. An ihren Hälsen funkelten die schweren silbernen Amtsketten. Mit ausgestreckten Händen ging Petrie auf seine Besucher zu.

»Sir Roger, habt Dank, daß Ihr meinen Gästen Gesellschaft geleistet habt. Man hat Ihnen doch hoffentlich Wein angeboten?«

»Gewiß, aber sie lehnten höflich ab«, antwortete Hobbedon.

Kühl erwiderten die beiden Ratsherren Sir Amyas' Händedruck. Chirke nickten sie lediglich zu, wärend der Sheriff ihn vorstellte. Sir Ambrose Venner war ein großer, eckiger Mann mit einem fahlen, ungesunden Teint; die tiefliegenden Äuglein verschwanden fast in dem weißen, aufgedunsenen Gesicht. Sein schütterer schwarzer Bart stand in grobem Kontrast zum fettigen grauen Haar.

Sir Oswald Copper war von gedrungener, vierschrötiger Gestalt und auf dem Kopf vollkommen kahl. Die feisten Wangen waren glattrasiert; mit seiner Stubsnase, den aufgeworfenen Lippen und den Haarbüscheln über den abstehenden Ohren, erinnerte er Nicholas an ein kleines, fettes Ferkel. Niemand nahm von Scathelocke Notiz, als Petrie seine Gäste aufforderte, Platz zu nehmen; mit einem Fingerschnipsen bedeutete er Chirke, er möge sich zu ihnen setzen.

Sir Amyas fragte die beiden Ratsherren über ihren Besuch in St. Bartholomew aus, doch ihre Berichte stimmten haargenau – schon ein bißchen zu genau für Chirkes Geschmack – mit der Geschichte des Sheriffs überein.

»Das alles haben wir schon mit Berisford durchgehechelt«, nörgelte Venner.

Alsdann wollte Sir Amyas von ihnen wissen, wo sie an dem Tag waren, als Berisford verschwand, und wie sie jenen Donnerstag verbracht hätten, als man seinen Leichnam entdeckte. Aufgeblasen, und vom Gefühl ihrer eigenen Wichtigkeit durchdrungen, haspelten die Ratsherren ihre Antworten herunter und saßen dann schweigend und mit schmollend verkniffenen Lippen da.

Sir Amyas seufzte und entließ sie. Beide Ratsherren streiften Chirke mit verächtlichen Blicken und stolzierten aus dem Zimmer. Sir Roger spreizte die Hände, zuckte die Achseln und ging ihnen nach. Man hörte, wie ihre Schritte im Korridor verhallten; dann wurde die Haustür geöffnet und wieder zugeschlagen.

»Nun, was meint Ihr dazu, Nicholas?«

»Vallences Tod ist von einem Geheimnis umgeben, aber es ist der Mord an Berisford, den es jetzt aufzuklären gilt. Seid Ihr sicher, daß es stimmt, was die beiden Ratsherren über ihr Tun und Treiben an den beiden entscheidenden Tagen erzählten?«

Petrie streckte sich und lockerte seine Rückenmuskeln.

»Ja, Nicholas, ich weiß, daß sie die Wahrheit sagen, und ich weiß auch, was Sir Roger Hobbedon an den beiden Tagen getan hat. Am Samstag und am Donnerstag hielten sich alle drei in ihren Häusern an der Strand auf. Jeder einzelne von ihnen ist von einer Schar von Bediensteten umgeben, die alle einen Eid darauf schwören würden, daß ihre Herren daheim waren. Außerdem hat man sie draußen nicht gesehen, kein Diener brachte ihnen Stiefel, Hüte oder Umhänge, kein Pferd wurde gesattelt.«

»Sie könnten alle unter einer Decke stecken. Vielleicht sind alle drei in eine Verschwörung verstrickt, die darauf abzielt, Vallences Geheimnis zu lüften.«

»Das bezweifle ich«, widersprach Sir Amyas. »Sir Roger mag mit den Ratsherren befreundet sein, aber von Vallence wußte er nichts, und mit Berisford ist er niemals zusammengetroffen.« Er spielte mit einem Ring an seinem Finger. »Und was könnten sie sich von einer solchen Verschwörung erhoffen? Sie begleiteten mich lediglich als Zeugen nach St. Bartholomew. Gewiß, sie werden neugierig gewesen sein, aber wenn sie sich später mit Berisford eingelassen hätten, so wäre dies bemerkt worden. In jedem großen Haushalt gibt es immer einen Diener, der bereit ist, seinen Herrn für dreißig Silberlinge zu verkaufen. Nein, ich bin fest davon überzeugt, daß weder Venner noch Copper noch Sir Roger – und ich schließe seinen Namen nur ein, weil er heute hier war – mit dem Mord an Lord Berisford etwas zu tun haben.«

Jählings wandte sich Sir Amyas Scathelocke zu, der immer noch mit verschlossener Miene neben dem Kamin hockte. »Master Scathelocke, geht es Euch gut?«

Der Diener hob kaum den Kopf.

»Schön!« fuhr Sir Amyas zynisch fort. »Wenn Ihr Christopher Ratolier begegnet, richtet ihm bitte meine Grüße aus.«

Scathelocke drehte das Gesicht zur Seite, doch Nicholas entging nicht, daß er zusammenzuckte, als hätte er einen Schlag erhalten. Sir Amyas richtete das Wort erneut an Nicholas.

»Ihr habt Eure Instruktionen, Verwandter. Ihr werdet Fromlich verteidigen und danach trachten, die Geheimnisse zu lösen.« Er lachte abrupt. »Gott allein weiß, wo Ihr mit Eurer Suche anfangen werdet.«

»Vielleicht kann Fromlich ein wenig Licht auf diesen raffinierten Plan werfen«, meinte Nicholas.

Petrie zuckte bloß mit den Schultern und klopfte mit der Stiefelspitze auf den Boden. Nicholas merkte, daß es Zeit war zu gehen. Er nahm seinen Mantel, machte Scathelocke ein Zeichen, und zusammen verließen sie das Haus.

Draußen begann es zu dunkeln. Kinder rannten und hüpften vorbei, in den Händen kleine Laternen, die in der Düsternis aussahen wie Glühwürmchen. Ein Pulk von rauhbeinigen jungen Kerlen ergoß sich aus einer Taverne und grölte rüde Lieder, ohne sich um die wütenden Blicke der anderen Passanten zu kümmern. Nicholas wartete, während Scathelocke einen Jungen aus dem Toreingang einer nahegelegenen Schenke anheuerte, der mit einer Fackel vor ihnen hergehen sollte. Er leuchtete ihnen den Weg entlang der Strand und dann die Fleet Street hinauf. Kurz vor ihrem Haus in Poultry entließ Nicholas den Fackelträger und wandte sich an seinen Diener.

»Du bist so still, Henry.«

Scathelocke blickte seitwärts. »Genau wie Ihr, Master, habe ich über das, was ich sah und hörte, nachgedacht. Viel haben wir ja nicht erfahren.« Scathelocke kratzte sich den Bart. »Eine äußerst verzwickte Geschichte«, brummte er.

Nicholas packte seinen Arm. »Und ich verspreche dir, sie wird noch komplizierter werden, Henry. Zum Teufel mit Sir Amyas' Heimlichtuerei! Es ist schon eine sehr unheimliche Sache . . .«

In seiner kleinen Mansarde unter dem Dach des alten Hauses in der Red Ferret Alley von Clerkenwell dachte Crabtree, ein gerissener Mann, an nichts anderes als Ratten. Er stand vor dem kalten Kamin und pinkelte hinein, denn in der Kälte wollte er nicht die vier Treppen hinunterlaufen, um sich auf der Straße zu erleichtern.

Als er schon wieder ein Quieken hörte, fluchte er laut und drehte sich um; zwei kleine, bepelzte Tiere hockten auf dem Tisch und knabberten an einem Stück Brot, das noch vom vergangenen Abend dort lag. Crabtree wusch sich die Hände in einer Schüssel, dann holte er aus einem Ledersack sein Frühstück; es bestand aus Brot und einem kleinen Krug Kanarienwein, den er aus einer schmuddeligen Taverne am Smithfield Market gestohlen hatte.

Er saß auf seiner wackeligen Bettstelle und verputzte gierig das Brot, wobei er die beiden Ratten im Auge behielt, die auf der Suche nach weiteren Essensresten auf der Tischplatte hin und herhuschten. Crabtree fand, der letzte Abend sei recht angenehm verlaufen, eine wohlverdiente Erholung nach den Entbehrungen und dem Gestank im Marshalsea Gefängnis; dort hatte man ihn eine Woche lang eingesperrt, weil ein Ladenbesitzer fälschlicherweise behauptete, er habe etwas von seinem Stand gestohlen. Crabtree starrte auf seine zerlumpten Gewänder hinunter, die nach dem Aufenthalt im Kerker vor Schmutz starrten.

»Ihr paßt nicht mehr zu meiner Stellung als Gentleman«, sagte er zu den Lumpen, »und seid meinem neuen Status abträglich.«

Die Ratten, taub gegenüber Crabtrees kurzer Rede, flitzten das Tischbein hinab und wühlten in der Binsenstreu auf dem Boden.

»Immerhin«, brummte Crabtree in seinen Bart, »haben sich die Dinge verbessert.«

Liebevoll betrachtete er das rostfarbene Wams, das über den einzigen Stuhl in der Kammer drapiert war. Durch einen unverhofften Glücksfall war er in den Besitz dieses Kleidungsstücks gelangt. Auf dem Heimweg zu seiner Behausung war er stehengeblieben und hatte sich mit einem Bäcker unterhalten, der in der Turner Street im Zwingstock steckte. Als Crabtree sah, wie elend es dem armen Kerl ging, hatte er sich hingesetzt und ihm ein paar Ratschläge erteilt. Er gab sich fürsorglich, als hätte er die Milch der Demut getrunken, wie sein Vater, der in Wahrheit nichts weiter gewesen war als ein verschlagener Heuchler.

»Weshalb hat man euch in den Stock gezwängt?« fragte er den Bäcker.

Der Bäcker, dessen Kopf zwischen zwei Holzbalken klemmte, verdrehte die Augen himmelwärts.

»Es waren die Büttel«, stöhnte er. »Sie kamen in meinen Laden und fanden einen Nachttopf voll mit dampfendem Unrat, den ich von meinem Abtritt heruntergebracht hatte. Der

Herr ist mein Zeuge, wie ich schon vor der Gilde sagte, ich wollte ihn auf die Straße kippen.«

»Du dreckiger Kerl!« brüllte Crabtree. »Man hätte dich noch viel härter bestrafen sollen!«

Er sprang auf die Füße, zog dem Bäcker das Wams und die Stiefel aus und ließ ihn allein im Stock zurück, damit er weiter für seine Sünden büßen konnte. Seufzend blickte sich Crabtree um. »Hier habe ich nichts mehr verloren«, sagte er zu sich selbst. Rasch schlüpfte er in seine neue Bekleidung, verließ das Haus und stromerte durch die Straßen, wobei er höflich vor jedem katzbuckelte, von dem er glaubte, er könnte ihm vielleicht von Nutzen sein. Er spielte mit dem Gedanken, Nicholas Chirke aufzusuchen, doch dann schüttelte er den Kopf. Er mochte den Anwalt, aber Chirkes Vorstellungen von Reinlichkeit und seine ständige Kritik an Schurkereien jedweder Art hatten Crabtree schließlich von ihm entfremdet.

Bald war Crabtree des Herumstrolchens müde. Die Stadt war laut und schmutzig, die Straßen vereist, und die Gosse quoll über vor Abfällen und Kot. Trotz der Kälte und des Frostes stach ihm der Gestank von den Misthaufen und Latrinen in die Nase. Crabtree kam vom Land. Den größten Teil seines Lebens hatte er damit verbracht, in den Fluren und Wäldern von Essex zu wildern, und an die widerwärtigen Ausdünstungen Londons würde er sich nie gewöhnen.

Wieder dachte er wehmütig an Chirke und fragte sich, wo sein ehemaliger Beschützer wohl wohnen mochte. Er blieb stehen und lehnte sich gegen eine Hauswand, bemüht, das Rumpeln der Karren und das pausenlose Geschrei der Höker zu überhören, die mit Rufen wie ›Heiße Pasteten!‹ und ›Heiße Mahlzeiten!‹ ihre Waren an den Mann zu bringen suchten.

Über ihm kreischten Frauen und Kinder aus offenen Fenstern den unten vorbeilaufenden Menschen Bemerkungen zu, wenn sie jemanden erkannten. Crabtree zog sich tiefer in einen muffigen Durchgang zurück, der nicht mal einen Meter breit war; es war nicht einmal genug Raum vorhanden, um einen Sarg aus einem Haus zu befördern, die Träger mußten ihn hochkant stellen und schräg zu einem Karren schleppen, der an der Ecke wartete.

Crabtree wanderte weiter. Als er sich bei St. Paul's wiederfand, ging er zu den Manuskriptverkäufern und verschaffte sich bei den Balladendichtern und öffentlichen Schreibern den neuesten Klatsch. Es gab wenig Neues, außer daß man den Leichnam Lord Berisfords bei Primrose Hill gefunden hatte, deshalb beschloß Crabtree, sich nach Westminster zu begeben.

Vom Stand eines Bäckers stibitzte er eine Wildpastete, aber sie stank wie der Teufel, und nach einem Bissen warf er sie weg. Sein Magen verkrampfte sich vor Hunger. Er ging in eine Kirche und hockte sich gegen den Sockel einer Säule; dann lauschte er einem glattzüngigen Ordensbruder, der leidenschaftlich die fleischlichen Gelüste verdammte, bis sein Blick auf ein hübsches, schlicht gekleidetes Mädchen fiel.

Die Maid stand auf der anderen Seite der Säule, und den Rest der Predigt brachte Crabtree mit dem Versuch zu, ihre Hand zu erhaschen. Anfangs kicherte das Mädchen, doch als Crabtree immer zudringlicher wurde, zog sie eine große Nadel aus der Tasche und drohte, ihn damit zu stechen, falls er sie nicht in Ruhe ließe. Daraufhin rülpste er laut und stakste mit wiegendem Gang aus der Kirche.

Im Portal schnappte er sich einen Umhang, der an einem Haken hing, verfluchte jedoch später dessen Fadenscheinigkeit, denn es war noch kälter geworden, und der eisige Wind erinnerte ihn an seinen Hunger.

Crabtree entschloß sich, heimzugehen. Er war auf der Hut vor den Männern des Teufels, die sich im Schutze der Dämmerung aus ihren Rattenlöchern schlichen und die Arglosen bestahlen, obwohl er kaum etwas besaß, das man ihm hätte wegnehmen können. Am Ende des Red Ferret Alleyway hob ein Bettler, der sich auf einen knorrigen Knüttel stützte, die Hand.

»Meine Wunden«, heulte der Kerl. »Bin in den Kriegen des Königs verletzt worden. Bei Crecy und Sluys!«

Er streckte den Arm aus; unter den Lumpen war die Haut mit Blasen bedeckt, und das rohe Fleisch schien hervorzuschauen. Crabtree blieb stehen und gaffte den Mann an.

»Du bist ein verdammter Lügner!« polterte er dann los. »Spiel dich nicht so auf, du falscher Held mit deinen falschen Wunden! Wie hast du dir diese Verletzungen zugezogen, heh?

Es ist doch erstaunlich, was ungelöschter Kalk und Seife der Haut antun können!«

Crabtree schlug dem Kerl auf die Schulter und bemerkte, wie ein berechnender Ausdruck in dessen blaue Augen trat. Das wohlgenährte Gesicht unter dem Kalkstaub wirkte hart und entschlossen.

»Wasch dich gründlich«, lachte Crabtree. »Und wenn du mit Butter eingefettetes braunes Papier auf deine Wunden legst, werden sie im Nu verheilen! Der alte Crabtree weiß, wann er einen Betrüger vor sich hat.«

Er setzte seinen Weg durch die dunkle Gasse fort. Dabei konnte er hören, wie der Veteran hinter ihm herhumpelte und mit weinerlicher Stimme um Almosen quengelte. Als er die Hand auf den Türknauf legte, erstarrte er, und er zuckte erschrocken zusammen, als eine kalte Stahlklinge gegen seinen Hals gedrückt wurde.

»Dreht Euch um, Master Crabtree!« sagte eine Stimme.

Langsam gehorchte Crabtree. Vor ihm stand der angebliche Soldat breitbeinig auf zwei gesunden Beinen; in einer Hand hielt er den Knüttel, mit der anderen preßte er in langes Stilett an Crabtrees Kehle.

Crabtree lächelte matt. »Ein schlauer Trick. Ein falscher Soldat, der einen Krüppel mimt, ist in Wahrheit ein Meuchelmörder.«

»Das tut hier nichts zur Sache!« schnarrte der Kerl. »Und daß Ihr mir ja keine Faxen macht, Master Crabtree!«

Crabtree glotzte den Mann an, doch dessen Gesicht war von einer weiten Kapuze verhüllt. Crabtrees Angst verflog ein wenig, und er spreizte die Hände.

»Was willst du von mir?«

»Ich will gar nichts«, entgegnete der Kerl. »Ich bringe Euch eine Botschaft vom Hüter der Tore. Habt Ihr schon von ihm gehört?«

Crabtree lief es kalt über den Rücken. »Wer hätte das nicht?« Er hielt sich für einen ausgezeichneten Dieb und Fälscher, doch der Hüter der Tore gehörte einer gänzlich anderen Klasse von Verbrechertum an. Er war ein echter Kriegsherr, der über die Schurken und Bettler Londons gebot.

»Was verlangt der Hüter von mir?« stammelte er.

Der Kerl preßte ihm die Spitze der Klinge ein wenig tiefer ins Fleisch.

»Der Hüter verlangt nichts von Euch. Aber wenn Euer Freund, Master Chirke, Euch besuchen kommt und Fragen stellt, dann werdet Ihr ihm nichts erzählen!«

»Worüber sollte er mich befragen?«

»Er könnte sich nach Blueskin erkundigen.«

Crabtree grinste erleichtert. »Mit diesem Grabschänder habe ich nichts zu tun.«

»Um so besser!« erwiderte der Mann mit sanfter Stimme. »Und ab jetzt habt ihr auch mit Master Chirke nichts mehr zu schaffen. Nun dreht Euch um, Master Crabtree, und schließt die Augen.«

Crabtree gehorchte; seine Beine schlotterten, und vor Angst drehte sich ihm der Magen um.

»Ich tue alles, was man von mir verlangt!« flüsterte er. »Ich tue alles, was man von mir verlangt!« wiederholte er dann ein wenig lauter.

Als keine Antwort kam, drehte er sich um. Die dunkle Gasse war leer und still, bis auf ein langgezogenes, spöttisches Lachen, das aus den tiefen Schatten am Ende des schmalen Durchgangs ertönte.

KAPITEL 3

Als Chirke und Scathelocke heimkamen, hatte John die Stände bereits leergeräumt, die Blendläden geschlossen und das Geschäft dichtgemacht. Nun hatte der Händler in seinem Kontor zu tun. Er saß an einem Tisch, auf dem sich Pergamentstücke und Münzen häuften. Als der junge Rechtsanwalt und sein Diener vorbeigingen, lächelte John fröhlich und winkte ihnen zu.

Die Zwillinge hatten die warme Küche in eine Kegelbahn verwandelt, und sie kreischten vor Vergnügen, als sie Scathelocke sahen. Sie zerrten ihn zu einer Sitzbank und drängten ihn, die Geschichte weiterzuerzählen, die er am Morgen begonnen hatte. Nicholas fand Catherine in der Vorratskammer, wo sie mit Einmachgläsern und Töpfen voller Quittenmarmelade herumhantierte. Sie lächelte, küßte ihren Bruder auf die Wange und machte eine zerstreute Bemerkung darüber, wie ihr Tag verlaufen sei.

»Und wie ist es dir ergangen?« fragte sie.

»Ich habe eine Stelle.« Chirke grinste verschmitzt. »Es ist eine große Beförderung.«

Catherine wischte sich die Hände am Kittel ab und strahlte vor Freude. Dann bugsierte sie ihren Bruder in die Küche zurück und ließ sich immer wieder erzählen, unter welchen Bedingungen der Vertrag mit Sir Amyas Petrie zustandegekommen war. Während der von den Kindern verursachte Lärm in der Küche weiter anschwoll, bestand sie darauf, daß Scathelocke jede Einzelheit bestätigte, die ihr Bruder erwähnt hatte.

Nicholas warf seinem Diener einen warnenden Blick zu und hoffte, er würde sich nicht näher über die mysteriöse Aufgabe auslassen, die er in Angriff nehmen sollte. Mit vor Aufregung hochroten Wangen kredenzte Catherine ihrem Bruder und Scathelocke große Becher Wein, ehe sie losflitzte, um John die gute Nachricht mitzuteilen.

Eine Magd deckte den Tisch für das Abendbrot. Tranchierbretter wurden gescheuert, Messer poliert, Mundtücher gefaltet; das große silberne Salzfaß wurde auf den Tisch gestellt und der Deckel abgenommen.

John trat herein und befahl seinen Söhnen, still zu sein, während Nicholas seine Begegnung mit Sir Amyas Petrie noch einmal schildern mußte. Als dann alle für die Abendmahlzeit an dem langen Tisch Platz genommen hatten, erzählte John wiederum den Lehrlingen von Nicholas' großem Glück. Der junge Advokat ließ ich nicht anmerken, wie beunruhigt er war, sondern nahm freundlich lächelnd die Gratulationen und besten Wünsche für die Zukunft entgegen. Scathelocke verputzte derweil ungerührt große Mengen Rindfleisch, Kalbshaxe und heiße Fleischpasteten.

»Da fällt mir etwas ein.« Vom Servieren der heißen Speisen war Catherines Gesicht stark gerötet. »Vater Thompkins läßt dir ausrichten, daß er Schnupfen hat und sich krank fühlt. Die Chorprobe ist um eine Woche verschoben worden.« Sie merkte ihrem Bruder die Enttäuschung an. »Mach dir nichts draus«, setzte sie hinzu. »Nächste Woche findet sie ja wahrscheinlich statt, und am Sonntag kannst du ja auch singen.«

Nicholas erwiderte ihr Lächeln. Auf das Singen hatte er sich sehr gefreut. Die Musik übte eine entspannende Wirkung auf ihn aus, und wenn der Chor probte, hatte er gleichzeitig die seltene Gelegenheit, die hübsche Priscilla Prudhomme zu sehen. Ihm gegenüber saß Scathelocke, grinste vielsagend und zuckte mit den Schultern.

Später hob John Gawdy die Tafel auf, zufrieden, daß alle gut gegessen und getrunken hatten. Die Zwillinge lasen aus ihren Büchern vor, und ihre Fertigkeit wurde allgemein gelobt. Nur Chirke musterte mit finsterer Miene ihre saubergewaschenen Gesichter; er hielt seine Neffen für rechte Plagegeister aus der Hölle, auf die man ständig aufpassen mußte.

Die Gebete wurden gesprochen, Psalm 149, und auf Johns Wunsch hin las Scathelocke aus dem Buch des Predigers Salomo eine Abhandlung über die Tugend des Fleißes. Nicholas hörte nur mit halbem Ohr zu, seine Gedanken kreisten um die üppig gerundete Gestalt und das kecke Gesicht von Mistress Priscilla.

Nach der abendlichen Andacht brachte John die Zwillinge in die Dachkammer hinauf. Catherine ließ sich von der Magd die Rechnungen über die Gewürze bringen. Scathelocke murmelte etwas von einer Verabredung und schlüpfte in seinen Mantel.

»Ich komme mit, Henry«, sagte Nicholas und packte seinen Diener beim Arm. »Nur auf ein Glas.«

Er nahm seinen Mantel, und bevor Catherine einschreiten konnte, verließen sie das Haus und tasteten sich vorsichtig durch die dunklen Straßen, bis sie die Taverne *Jesters Quill* erreichten. Die Schankstube war stickig und gerammelt voll; hier drängten sich die Händler und alle diejenigen, die nicht klug genug waren, um rechtzeitig heimzugehen. Nicholas und Henry setzten sich an das prasselnde Feuer und warteten, bis der Schankknecht ihnen große Becher voll schäumenden Biers servierte.

»Ihr glaubt, es handelt sich um eine ausgeklügelte Intrige?« fragte Henry unvermittelt.

»Wobei?«

»Bezüglich Berisfords Tod.«

»Das habe ich schon gesagt. Aber wer oder was dahintersteckt, weiß zu diesem Zeitpunkt nur Gott allein.«

»Ich habe den Verdacht«, fuhr Scathelocke fort, »daß der Sheriff uns wie Spürhunde benutzt. Wir sollen für ihn das Wild aufstöbern, das sich irgendwo tief im Dickicht versteckt. Und er wird nicht lockerlassen, bis wir das Ziel erreicht haben.«

»Angenommen, wir finden nichts heraus?«

Scathelocke schmunzelte. »Dann heißt es, zurück zur St. Paul's Kathedrale und sich auf die Suche nach einem anderen Auftrag machen.«

Nicholas seufzte. »Morgen, Henry, gehst du zu den Häusern von Sir Amyas, Hobbedon und den beiden Ratsherren. Stell dich geschickt an, versuche, die Bediensteten ein bißchen auszuhorchen.«

»Was soll ich fragen?«

»Versuche festzustellen, ob sie in der letzten Woche etwas Verdächtiges bemerkt haben. Besonders wichtig sind der Samstag, an dem Berisford verschwand, und der Donnerstag, als man seinen Leichnam entdeckte.«

Scathelocke leerte seinen Krug und wollte aufstehen. »Ich muß jetzt gehen«, brummelte er.

Nicholas packte ihn beim Handgelenk.

»Wohin, Henry? Wohin mußt du gehen? Komm, erzähl es mir. Und woher stammst du eigentlich? Wer ist Christopher Ratolier? Und womit beschäftigst du dich, wenn du ganz allein in deinem Zimmer bist? Wieso hast du dich vom Sheriff so einschüchtern lassen? Seine Worte haben dich ja richtig erschreckt.«

Scathelocke befreite sich aus Nicholas' Griff.

»Haltet mich nicht fest, Master«, sagte er. »Unentwegt stellt Ihr mir Fragen. Ich bin zwar Euer Diener, aber ich bleibe mein eigener Herr.« Er klopfte sich an den Kopf. »Hier drin bin ich frei. Ich bin ein genauso guter Mensch wie Ihr, Nicholas Chirke.«

»Wenn du nichts zu verbergen hast, Henry, wenn du ein ehrlicher Mann bist, dann beantworte mir doch meine Fragen.« Nicholas merkte, wie er mit seiner Geduld langsam am Ende war.

Scathelocke machte sich nicht die Mühe, seine Wut zu verhehlen. Mit harten, kalten Augen funkelte er Chirke an.

»Was ich Euch über mich erzählen könnte, würde Euch vielleicht nicht gefallen«, zischte er. »Und umgekehrt würde ich vielleicht meine Meinung über Euch ändern, wenn ich alles über Euch wüßte. Denkt einmal darüber nach, Master.« Die letzten Worte spuckte er förmlich aus. »Jetzt wünsche ich Euch eine gute Nacht.«

Scathelocke schob sich durch den Dunst aus abgestandenem Bier und altem Schweiß. Mit leerem Gesichtsausdruck starrte Nicholas ihm nach. Nach einer Weile faßte er sich, und er mußte wider Willen grinsen. Vielleicht hatte sein Diener sogar recht. Je näher man einen Menschen kannte, um so mehr fühlte man sich vielleicht von ihm abgestoßen. Wußte Scathelocke etwa über die heimlichen Laster seines Herrn Bescheid? Kannte er dessen Vorliebe für Rotwein, ältere Frauen und das Glücksspiel? Nicholas war ein begeisterter Spieler; es war wie ein beseligender Rausch, selbst dann, wenn er wußte, daß sein Gegner gerissener war als er, gezinkte Karten benutzte und er kaum eine Chance hatte, zu gewinnen.

Suchend blickte sich Nicholas um, doch an diesem Abend bot sich ihm keine Gelegenheit zu sündigen; keine Kartenspiele, also mußte er sich mit einem großen Becher Wein trösten. Nicholas rief den Schankburschen herbei und bestellte sich einen Rotwein, von dem er gierig kostete.

Seine Gedanken fingen an, um Berisfords Tod zu kreisen. Wie sollte er mit seinen Ermittlungen vorgehen? Was würde er am Ende herausfinden? Er gähnte, und als er merkte, wie er immer müder wurde, ließ er den halbvollen Becher stehen und ging nach draußen in die frische Nachtluft. Ein Trupp Wächter polterte vorbei, mit Laternen und Knüppeln ausgerüstet. Es war eiskalt, und keine Anzeichen deuteten darauf hin, daß die Witterung milder wurde.

Im Haus war alles still. John und Catherine hatten sich in ihr eigenes Schlafgemach zurückgezogen, und die Kinder lagen längst im Bett. Die Küche war aufgeräumt und gefegt, das Feuer brannte niedrig, und die Lehrlinge, die im Raum verteilt auf ihren Strohsäcken lagen, schlummerten tief und fest.

Nicholas stahl sich nach oben in seine eigene Kammer. Catherine hatte ihm zwei neue Kerzen hingestellt. Er zündete sie an und sah sich um, die anheimelnde Atmosphäre genießend. Das Zimmer war saubergefegt, und tief zwischen den Bettdecken steckte die silberne Wärmpfanne.

Er setzte sich an den Tisch und entrollte das Stück Velin mit dem Bericht des Leichenbeschauers und Untersuchungsrichters. Zuvorderst kam die Beschreibung; Berisford war Junggeselle gewesen, fünfundfünfzig Jahre alt, mit dunklen, von hängenden Lidern verhüllten Augen, einer mächtigen Hakennase und einem fahlen Teint. Es folgten die Aussagen von Zeugen, die Berisfords erregten Gemütszustand beschrieben, kurz ehe er verschwand, und die behaupteten, ihn bei St. Sepulchre's in der Vintry gesehen zu haben. Nicholas fiel auf, daß Fromlich in dieser Gegend wohnte. Besondere Beachtung schenkte er dem Umstand, daß vor besagtem Donnerstag, ein Uhr, kein Leichnam im Graben gelegen hatte; doch wenige Stunden später fand man den Toten, dessen Kleidung überraschenderweise trocken war.

Er staunte, wie viele Personen – Bauern aus der Umgebung,

Landarbeiter, Kesselflicker und Hausierer – geschworen hatten, in der Nähe des Grabens weder einen Fremden noch einen mysteriösen Karren gesehen zu haben. Mithin stellte sich die Frage, wann Berisfords Leichnam dorthin transportiert und so hingelegt worden war, daß es nach Selbstmord aussah.

Dann las er die eidesstattliche Aussage eines Schreibers, Peter Cranfield, der sich gerade im Laden eines Barbiers aufhielt, als die Nachricht von der grausigen Fund die Runde machte. Ein Mann kam hereingestürmt und schrie: ›Man hat Lord Berisford gefunden!‹ ›Wo?‹ fragten sowohl der Barbier wie Cranfield. ›Primrose Hill! Er hat sich selbst umgebracht!‹ erwiderte der Mann.

Ein Geistlicher, Odo Lightfoot, Kurat von St. Dunstan's in the West, bezeugte, er sei zusammen mit einem Freund zu einem Pergamentverkäufer gegangen, der seinen Laden auf dem Kirchhof von St. Paul's hat. Lightfoot blieb vor dem Geschäft stehen und las, während sein Freund hineinging. Plötzlich schlug ein junger Mann, der seinen Hut tief in die Stirn gezogen hatte, Lightfoot auf die Schulter und fragte: ›Habt Ihr schon das Neueste gehört?‹ ›Nein, was ist denn passiert?‹ entgegnete Lightfoot. ›Sie haben Lord Berisford gefunden.‹

›Wo?‹

›In Leicester Fields bei Dead Wall. Er war von seinem eigenen Schwert durchbohrt.‹ Gleich darauf verschwand der geheimnisvolle Überbringer der Nachricht.

Besonders gewissenhaft studierte Nicholas den Befund des Arztes, Jonathan Skillard, der den Leichnam untersucht hatte.

Primo – An Berisfords Bekleidung fanden sich keinerlei Blutspuren. Nicholas fragte sich, ob man Berisford ausgezogen, getötet und den Leichnam danach wieder angekleidet hatte. Wenn ja, warum?

Secundo – Direkt unter Berisfords linkem Ohr befand sich eine Schwellung, wie wenn ein Knoten auf diese Stelle gedrückt hätte.

Tertio – Blauschwarze Blutergüsse bedeckten Berisfords Gesicht, seine Brust und den Bauch. Das deutet darauf hin, daß er entkleidet und geschlagen wurde, ehe man ihn tötete.

Quarto – Als man Berisford fand, war er bereits mehrere Tage tot gewesen. ›Denn‹, schrieb Skillard, ›er ging schon in Fäulnis über, und das Fleisch war so verwest, daß es an dem Skalpell klebte.‹ Wo hatte man den Leichnam aufbewahrt? Und wie konnte man ihn unbemerkt nach Primrose Hill transportieren und aufs sorgfältigste in den Graben legen?

Quinto – Das Genick war gebrochen und so verrenkt, daß der Arzt das Kinn nehmen und beliebig auf jede Schulter setzen konnte.

Sexto – In der Brust befanden sich zwei Schwertwunden. Eine ging bis zu einer Rippe, während die andere durch den gesamten Körper hindurchging. Es war, als hätte der Mörder zweimal zugestoßen, wobei die Klinge beim ersten Mal am Knochen steckenblieb. Da klein Blut floß, mußte Berisford bereits tot gewesen sein, als die Schwertstiche erfolgten.

Septimo – Berisford war erdrosselt worden, deshalb wies sein Gesicht Flecken auf, und die Blutgefäße in den Augen waren zum Bersten voll.

Octavo – Das Leinentuch, das Berisford um den Hals trug, fehlte.

Nono – Mit Ausnahme des Leinentuchs, befand sich Berisford im Besitz seiner gesamten Habe, einschließlich der Silbermünzen, also handelte es sich nicht um einen Raubmord.

Nicholas legte das Schriftstück beiseite.

»Wovor hatte Lord Berisford solche schreckliche Angst?« fragte er sich. »Und wo steckte er zwischen Samstag, als man ihn zum letzten Mal sah, und Donnerstag, als man seinen Leichnam fand?«

Während er in die flackernde Kerzenflamme starrte, fiel ihm plötzlich etwas ein. Er nahm sich noch einmal den Bericht des Untersuchungsrichters vor und suchte die Stelle, an der Berisfords Kleidungsstücke beschrieben wurden. Ja, da war es. Kerzenwachs. Tropfen einer Kerze aus Bienenwachs waren auf dem Tuch entdeckt worden. Nicholas schüttelte den Kopf. Ein Mann wie Fromlich, überlegte er, konnte sich wohl kaum derart teure Kerzen leisten, er mußte sich mit Lichtern aus Unschlitt begnügen. Er lächelte dünn – dieses Argument würde Fromlich gewiß nicht vor dem Henkersstrick retten.

Er trommelte mit seinen langen Fingern auf der Tischplatte und sann über die Rätsel nach, die der Bericht des Untersuchungsrichters aufgab. Wer waren diese Fremden, die so gut über den Verbleib von Lord Berisford Bescheid wußten? Beide hatten behauptet, Berisford habe Selbstmord begangen, aber wieso hatte der eine den richtigen Fundort angegeben, während der andere Leicester Fields erwähnte?

Auch war der Befund des Arztes verwirrend. Was hatten die schwarzen Blutergüsse auf Berisfords Brust und Bauch zu bedeuten? Warum die ominöse Schwellung unter dem linken Ohr? War er erdrosselt oder erhängt worden?

Noch einmal ging Nicholas die Ausführungen des Untersuchungsrichters durch. Doch je mehr Einzelheiten er sich heraussuchte, um so undurchsichtiger wurde die ganze Angelegenheit. Zum Beispiel der Zustand von Berisfords Stiefeln – sie waren sauber und gewichst, was bewies, daß Berisford nicht über die schlammigen Felder von Primrose Hill gelaufen war. Also hatte man ihn mit einem Fuhrwerk oder auf einem Pferd dorthin befördert.

Aber irgend jemand hätte dies doch beobachten müssen. Nicholas' übermüdetes Gehirn konnte keinen logischen Schluß mehr ziehen. Seine Gedanken bewegten sich im Kreis. Als Chirke überlegt, wer wohl als Mörder in Frage käme, lächelte er dünn. Die Liste der Verdächtigen war lang. War es der Ratsherr? Oder Blueskin, der eine alte Rechnung beglich? War es vielleicht irgendein Halunke aus Londons Unterwelt, oder gar dieser mysteriöse Hüter der Tore?

Warum an dieser Stelle haltmachen, Nicholas, alter Knabe, sagte er zu sich selbst. Was ist denn mit den Großen und Mächtigen? Wollte der König wirklich, daß Berisford etwas herausfand? Hatte der Sheriff seine Hand im Spiel? Oder vielleicht der Bürgermeister höchstselbst? Wieso sollte ausgerechnet Fromlich hängen? Nicholas schloß die Augen. Morgen, dachte er grimmig, muß ich Fromlich in seiner Todeszelle in Newgate aufsuchen.

Jählings riß er die Augen wieder auf und blickte in dem dunkler werdenden Zimmer um sich. Und was war mit Isabella, der toten Königinmutter? Hatte sie tatsächlich ihrem

Knappen Vallence ein großes Geheimnis mit auf den Weg gegeben – mündlich oder in einem Brief? Falls letzteres zutraf, wo befand sich das Schriftstück jetzt? Warum hatte der sterbende Franzose Berisford an sein Lager gewunken? Was meinte er mit seiner Bemerkung über St. Denis? Stand Berisford in irgendeiner Beziehung zu dem Geheimnis der toten Königin? Und warum legte der König soviel Wert darauf, dieses Rätsel zu lösen?

Eine Zeitlang starrte Nicholas ins Dunkel. »*Primo*«, flüsterte er, »Vallence wollte nicht lebend geschnappt werden. Die geheime Nachricht, die Isabella ihm anvertraute, wußte er auswendig. Aus Furcht, gefangengenommen und gefoltert zu werden, leistete er Widerstand, als man ihn am Kai aufgriff. *Secundo,* der König, oder besser gesagt, der von ihm beauftragte Sir Amyas, versuchte, hinter das Geheimnis zu kommen, jedoch ohne Erfolg. *Tertio,* weil Vallence sich an Berisford wandte, gab man diesem den Auftrag, die Suche weiterzuführen – oder hoffte man, ihn dadurch zu erschrecken? *Quarto,* wovor fürchtete Berisford sich so sehr?«

Nicholas kratzte sich am Kopf. Was noch? »Ach ja, *quinto,* wer besuchte Berisford am Abend, bevor er verschwand? Welche Nachricht überbrachte der Bote? *Sexto,* Fromlich soll geopfert werden, aber warum? *Septimo,* welche Rolle spielt ein solcher Erzschurke wie der Hüter der Tore in dieser Geschichte?« Nicholas rann es kalt über den Rücken. Er hatte ganz deutlich das Gefühl, in das schattige Tal des Todes einzutreten.

Am nächsten Morgen stand Nicholas in aller Frühe auf. Er blickte durch das kleine Flügelfenster und stöhnte. Im Zwielicht draußen ballte sich der Nebel zu dichten Schwaden, wie Dampf in einem Badehaus. Nachdem er eine Kerze angezündet hatte, zog er sich gemächlich an. Im Haus war noch alles still. Er öffnete seine Zimmertür und lauschte, Gott dankend, daß die Zwillinge noch im Bett lagen. Scathelocke war gestern nacht sehr spät heimgekommen, deshalb wollte er ihn ausschlafen lassen und den Streit mit ihm später beilegen. Er schnallte sich einen breiten Schwertgurt um und überzeugte sich davon, daß

Rapier und Dolch leicht zu ziehen waren. Dann stieg er die Treppe hinunter. Die Feuer in der Küche lagen noch unter einer Ascheschicht. Eine verschlafen dreinschauende Magd deckte den Tisch. Nicholas nahm sich etwas Brot und Dörrfleisch aus der Vorratskammer und eilte nach draußen.

In der eisigen Morgenkälte lagen die Straßen und Gäßchen von Cheapside verlassen da. Die Laternen brannten noch, und gelegentlich flackerte eine Fackel in der Düsternis. Die Menschen, denen er begegnete, schlichen stumm wie Gespenster vorbei, eingehüllt in dicke Mäntel, die Kapuzen tief in die Stirn gezogen. Die meisten waren Offiziale oder Mitglieder des Gerichts. Ab und zu huschte eine Lady der Nacht vorbei, wie eine Fledermaus, die vor Tagesanbruch in ihr Nest zurückflattert. Karren rumpelten über das Pflaster, unheimliche Gefährte, weil die Pferde von dunklen, vermummten Gestalten angetrieben wurden. Chirke rutschte und schlitterte den vereisten Pfad zwischen den Häusern entlang, bis schließlich gegenüber von St. Sepulchre Kirche Newgate finster dräuend im Nebel aufragte.

Newgate war ein stinkendes, lärmendes Gefängnis. Der gräßliche, in einen mit wuchtigen Zinnen versehenen Turm eingelassene Torweg bot einen Ausblick auf Snow Hill, wo die Gedärme, der Dung und das Blut von den Schlächterbuden durch die mit Unrat überhäuften Rinnsteine strömten, die in die Fleet Street einmündeten. Nicholas blieb stehen und glotzte zu dem Windrad über dem Tor hinauf, das sich träge, aber unter unglaublicher Lärmentfaltung drehte und für Belüftung sorgen sollte. Newgate war ein so enges, stickiges Loch, daß die Luft kaum zirkulieren konnte. Selbst mitten am Tag wurden die schmalen Durchlässe drinnen mit Fackeln beleuchtet.

Nicholas zog an der Glocke, und nach einem heftigen Streit mit der Wache wurde eine Nebenpforte geöffnet. Nicholas betrat die Pförtnerloge, ein großer, mit Steinplatten ausgelegter Raum, in dem rußende Talgfunzeln brannten und wo es schlimmer stank als in einem Schweinestall. Der Kerkermeister, ein schmächtiges, ganz in Schwarz gekleidetes Kerlchen, mit trüben Augen in einem gelben, totenschädelähnlichen Gesicht, fragte ihn nach seinem Begehr. Nicholas erkannte ihn an seinem Spitznamen, der ›Pfarrer‹. Die ausgemergelte Gestalt blinzelte weder mit den Eidechsenaugen noch verzog sie eine Miene, als Nicholas den Grund für sein Kommen erklärte.

Der ›Pfarrer‹ prüfte die von Sir Amyas ausgestellten Vollmachten, nickte, schnippte mit den Fingern und lotste Nicholas durch fackelerhellte Gänge. Sie überquerten den Press Yard, wo Verbrecher, die sich weigerten, sich schuldig zu bekennen, unter einer riesigen, metallbeschlagenen Tür zu Tod gequetscht wurden. Nicholas erhaschte einen Blick auf die Richtstätte, und ihm drehte sich der Magen um, als er die dunkelroten Blutflecken auf der Unterseite der großen Holzplatte sah.

Sie gelangten in den Gemeinschaftstrakt, wo männliche und weibliche Missetäter auf ihren Prozeß warteten. Der Gestank war entsetzlich; es vermischten sich der Mief von ungewaschenen Körpern, der üble Geruch von Unschlittkerzen und die schlimmste Ausdünstung von allen, die von Angst, Verzweiflung und dem nahen Tod ausgeht.

Schließlich bogen sie in einen schmalen Durchgang ab, und Wächter, deren Gesichter vor Schmutz starrten, und deren ›Uniformen‹ aus wahllos zusammengeklaubten Lumpen bestanden, schlossen schwere Türen auf. Der ›Pfarrer‹ führte Nicholas einen dunklen Tunnel hinab, vorbei an einer Reihe vergitterter Türen. Vor einer blieb er stehen, nahm einen Schlüssel von seinem Gürtel, sperrte auf und drängte Nicholas in eine Zelle, die nichts weiter war als ein lochähnliches Gelaß. Die Luft war zum Schneiden dick. Es gab kein Fenster, und gleich neben der Tür standen zwei Eimer voll mit menschlichen Exkrementen. Ein Mann mit dicken Ketten um die Knöchel und Handgelenke rappelte sich taumelnd hoch. In dem trüben Licht gewahrte Nicholas schwarzgeränderte, starre Augen, strähniges Haupt- und Barthaar und ein abgezehrtes, verzweifeltes Gesicht.

»Wer seid Ihr?« fragte der Mann mit rauher Stimme.

»Nicholas Chirke, Rechtsanwalt. Und Ihr?«

»Sebastian Fromlich.«

Chirke wandte sich an den ›Pfarrer‹.

»Wie ich Euch bereits sagte, bin ich hier auf Anweisung von hochgestellten Persönlichkeiten, die ihren Einfluß geltend machen können. Ich verlange, daß man mir Kerzen bringt, den besten Wein, und daß man vor allem diese Eimer hier entfernt, und das gleich!«

Das totenschädelähnliche Gesicht des Kerkermeisters zeigte keine Regung.

»Nun, Sir, ich warte!«

Der Kerl starrte ihn eiskalten Blickes an.

Nicholas langte in sein Geldsäcklein und reichte ihm zwei Münzen. Etwas, das man für ein Lächeln halten konnte, huschte über des Kerkermeisters Züge. Die Münzen verschwanden, Befehle wurden gebrüllt, und ein paar schmuddelige Knechte säuberten die Zelle. Man brachte einen Krug Wein und zwei Becher, dazu dicke, schwere Talgkerzen in Messinghaltern. Nicholas gab zu erkennen, daß er damit zufrieden sei. Dann fiel ihm noch etwas ein. »Ich brauche einen Stuhl«, erklärte er.

Auch der wurde gebracht, doch Nicholas beäugte mißtrauisch die abgeknickten Beine und das splitternde Holz des Sitzmöbels. Doch da er merkte, wie Fromlich immer unruhiger wurde, und er den Kerkermeister loswerden wollte, beschwerte er sich nicht. Endlich war er mit Fromlich allein in der Zelle. Der ›Pfarrer‹ sperrte die Tür hinter sich ab, entfernte sich jedoch nicht. Durch die Gitterstäbe sah Nicholas, wie er draußen stehenblieb.

Nicholas bedeutete Fromlich, er möge sitzenbleiben, während er den Stuhl ganz dicht an ihn heranrückte. Jeder Beobachter hätte annehmen können, er sei ein Priester, der sich darauf vorbereitet, einem Mann die letzte Beichte abzunehmen.

»Ich bin gekommen, um Euch zu helfen«, flüsterte er. In den Augen des Gefangenen keimte Hoffnung auf. »Und glaubt mir«, setzte Nicholas rasch hinzu, »Ihr habt jede nur erdenkliche Hilfe bitter nötig. Man beschuldigt Euch, Lord Stephen Berisford ermordet zu haben.«

Der Mann nickte furchtsam.

»Ich bin aber unschuldig«, rief er.

Nicholas hörte den leichten fremdländischen Akzent heraus.

»Habt ihr Drohungen gegen Lord Berisford ausgestoßen?« fragte er. Er beugte sich so tief herab, daß sein Gesicht nur wenige Zoll von dem des Gefangenen entfernt war. »Ich will die Wahrheit wissen«, zischte er streng. »Wenn Ihr mich auch nur ein einziges Mal belügt, verlasse ich Euch auf der Stelle und überantworte Euch dem Henker.«

»Ja, ich habe ihm gedroht«, gab Fromlich mürrisch zu. »Berisford mag ja gerecht gewesen sein, aber er war auch ein harter, unerbittlicher Mann.«

»Habt Ihr ihm damit gedroht, ihn umzubringen?«

»Ja.«

»Und habt Ihr ihn dann getötet?«

»Nein.«

»Wißt Ihr etwas über einen Mann namens Vallence?«

Fromlich blickte verdutzt drein und schüttelte den Kopf. Nicholas beobachtete ihn scharf; er spürte, daß der Mann die Wahrheit sagte.

»Wo wart Ihr am Samstag abend?«

»Welchen Samstag meint Ihr?«

»Den letzten.«

Fromlich blickte zur Seite. »Das kann ich Euch nicht sagen«, murmelte er.

»Warum nicht?« schnauzte Nicholas ihn an.

»Ich kann mich nicht erinnern.«

»Wo wart Ihr vergangenen Donnerstag spät nachmittags?«

Wieder schüttelte Fromlich den Kopf. »Ich weiß es nicht. Ich kann mich nicht erinnern.«

Nicholas stand auf. »Wenn das so ist, Master Fromlich, dann werdet Ihr hängen, und weder Ihr selbst noch ich, geschweige denn Eure Anverwandte, nicht einmal der Herrgott im Himmel können euch retten.«

»Wartet!«

Nicholas drehte sich um.

»Ich sage es Euch. Aber meine Verwandte darf nichts davon erfahren«, bettelte er. »Beide Male, am Samstag sowie am Donnerstag, befand ich mich in meinem Laden, aber das Geschäft war geschlossen.«

»Habt ihr dafür einen Zeugen?«

»Ja und nein.«

»Was soll das heißen?«

Fromlich barg das Gesicht in den Händen und schluchzte still vor sich hin, ehe er sein tränennasses Antlitz wieder hob.

»Versprecht Ihr mir, daß Ihr es niemandem weitererzählt?« flehte er.

»Um Gottes willen, Mann. Was ist denn so Fürchterliches daran?«

»Ich erinnere mich an die beiden Tage sehr gut«, begann Fromlich stockend. »Am Samstag arbeitete ich in meiner Werkstatt, als ich draußen auf der Straße dieses wunderschöne Mädchen sah. Master Chirke, sie hatte ein Gesicht wie ein Engel; ihre Kapuze war halb zurückgeschlagen, und man sah ihre goldenen Locken. Sie trug ein flaschengrünes Kleid mit einer weißen Leinenkrause um den Hals. Das Mädchen war zierlich, und sie bewegte sich mit vollendeter Anmut.« Fromlich leckte sich die Lippen. »Ich sah, daß sie keine Herumtreiberin oder eine gemeine Hure war. Also ging ich hinaus und fragte nach ihrem Begehr. Sie redete sehr artig, und sie erzählte mir, daß sie Lederstreifen kaufen wolle. Nun ja, draußen auf der Straße war es kalt und einsam, und obwohl mein Haus in der Budge Row klein ist, befinden sich meine Wohngemächer hinter der Werkstatt.« Der Mann seufzte. »Um es kurz zu machen, das Mädchen – sie nannte sich Lucy – blieb eine Weile bei mir und fing dann an zu tändeln.« Er zuckte die Achseln. »Ihr weiß ja, wie das so geht, Master Chirke. Eine Berührung führt zu einem Kuß, ein Kuß zu weiteren Annäherungen.« Mit finsterer Miene blickte sich Fromlich in der Zelle um. »Ein Mädchen wie sie hatte ich vorher noch nie gesehen. Ihr Kleid, ihre Strümpfe, ihr Unterzeug – alles bestand aus reiner Seide.«

Ungläubig starrte Chirke ihn an. »Master Fromlich, und das soll ich Euch abnehmen? Daß eine Luxus-Kurtisane in Eurer Werkstatt aufkreuzte und Euch so mir nichts, dir nichts, ohne Gold oder Silber zu verlangen, zu Willen war?«

»Die Geschichte geht sogar noch weiter, Master Chirke«, fuhr Fromlich fort. »Ich bat das Mädchen, wiederzukommen, und sie sagte mir, sie würde es gern tun, aber es müßte in aller Heimlichkeit geschehen, da sie die Geliebte eines alten Kaufmanns mit einem großen Haus in West Cheapside sei.«

»Und kam sie zurück?«

Fromlich nickte. »Am Donnerstag, um die Mittagsstunde.

Meinen Lehrling hatte ich vorsichtshalber zum Markt in der Aldgate Street geschickt.«

Stöhnend stand Nicholas auf und trat nach dem Stuhl.

»Master Chirke«, flehte Fromlich, »das Mädchen wird doch zu finden sein!«

Nicholas rieb sich die Schläfe, dann drehte er sich um und beugte sich über den ausgezehrten Gefangenen.

»Großer Gott, Fromlich, habt Ihr das Spiel denn nicht durchschaut? Man hat Euch eine Falle gestellt, und Ihr seid auf den Leim gegangen. Es gibt keine Lucy, genausowenig wie es einen alten Kaufmann mit einem großen Haus in West Cheapside gibt. Das Mädchen war vermutlich irgendeine Edelhure.«

Nicholas atmete tief durch. »An dem Tag, als Berisford verschwand, wollt Ihr mit einem wunderschönen Mädchen in Eurer Werkstatt gewesen sein – bei verschlossenen Fenstern und Türen, wohlgemerkt! Und an just dem Donnerstag nachmittag, an dem man – wie die Krone beweisen wird – Berisfords Leichnam auf Primrose Hill in einen Graben warf, hattet Ihr abermals ein Schäferstündchen mit dieser geheimnisvollen Maid in Eurer Werkstatt. Um der Liebe Christi willen, Mann, wer wird Euch das glauben? Welchen Beweis habt Ihr dafür? Und«, fuhr Nicholas verzweifelnd fort, »solltet Ihr das Mädchen verschweigen und einfach behaupten, Ihr seid in Eurer Werkstatt gewesen, führt die Anklage gewiß Zeugen vor – darauf könnt Ihr Euch verlassen, Master Fromlich –, die Stein und Bein schwören, sie seien in Eurer Werkstatt gewesen, hätten Euch dort aber nicht angetroffen.«

Händeringend sank Fromlich auf die Knie.

»Master Chirke, ich flehe Euch an, helft mir! Was immer ich gesagt, und was immer ich getan habe, ich habe Richter Berisford nicht umgebracht!«

Nicholas nahm wieder auf seinem Stuhl Platz. »Setzt Euch aufrecht hin, Fromlich!« befahl er. »Um Himmels willen, kniet doch nicht vor mir nieder! Seht mich an!«

Fromlich hob den Kopf, und Nicholas sah die Tränenspuren auf dem schmutzigen Gesicht.

»Besitzt Ihr einen Karren?« fragte Nicholas ermattet.

»Ja, ja, natürlich!« Nicholas' Mut sank, und er starrte empor zur schwarzen, steinernen Decke. Fromlich, schloß er, hatte sowohl das Motiv wie auch die Mittel, Berisford zu töten. Der Tölpel hatte seine Absicht hinausposaunt und konnte nicht nachweisen, wo er sich an den beiden Tagen, als Berisford verschwand und als man seinen Leichnam entdeckte, aufgehalten hatte.

»Könnt Ihr mir helfen?« jammerte Fromlich.

»Aber ja«, log Nicholas und klopfte ihm auf die Schulter. »Ich komme wieder.« Er lächele auf Fromlich hinunter. »Ich werde meine eigenen Ermittlungen anstellen.«

Nicholas hämmerte gegen die Tür. Der ›Pfarrer‹ schloß ihm auf und führte ihn durch die gräßlichen Gänge zu einem Nebenauslaß im Hauptportal. Nachdem Nicholas auf die Straße getreten war, knallte der Kerkermeister die Tür hinter ihm zu.

»Master Chirke? Seid Ihr der Rechtsanwalt Chirke?«

Nicholas lehnte sich gegen die Ziegelmauer. Die Frau, die ihn ansprach, war von zierlicher Gestalt; sie hatte eine schneeweiße Haut und freundliche, wenn auch ein wenig freche Augen. Sie trat näher an Nicholas heran, der alle seine Sorgen vergaß, als ihm ihr schweres, schwüles Parfüm in die Nase stieg. Die Frau war in einen Mantel gehüllt, der am Hals hoch geschlossen war und bis zu ihren glänzenden braunen Lederstiefelchen reichte. Er erhaschte einen Blick auf eine goldene Rose, die den Spann zierte, und auf die weißen Leinenunterröcke, die unter dem Mantelsaum hervorlugten.

»Wer seid Ihr?« fragte er.

»Helen Fromlich.«

Nervös beobachtete sie die Menschen, die sich vor Newgate zusammenscharten – Taschendiebe, Ganoven und anderes liederliches Gesindel, dazu die Angehörigen von Schuldhäftlingen und sonstigen Eingesperrten, die versuchten, eine Besuchserlaubnis zu ergattern.

»Ich möchte mit Ihnen über meinen Verwandten sprechen«, murmelte sie. »Aber nicht hier.«

Chirke blickte sich um. Er verstand, daß die Frau sich in dieser Umgebung nicht wohlfühlte, was nicht nur auf die zwielichtigen Gestalten vor dem Portal zurückzuführen war. Er hatte das sichere Gefühl, daß sie beobachtet wurden. Sein Blick wanderte die Straße entlang.

»Da drüben.« Mit einem Nicken des Kopfes deutete er auf eine verwahrloste Kaschemme, die *Zum Hexenkessel* hieß und die an der Ecke gleich gegenüber der St. Sepulchre Kirche stand.

Vorsichtig führte er sie über die schlammige Straße, den Karren und den Schindmähren mit den gichtverkrüppelten Beinen ausweichend, die schwerfällig in Richtung Smithfield klabasterten. Vor der Schenke stand ein Höker auf einem kleinen Steinsockel und bot lauthals Hühneraugentinkturen, Glasaugen für Blinde und elfenbeinerne Zähne für Gebißlose feil. Eine Gruppe von jungen Adligen in grellbunter Tracht, mit aufgeplusterten Puffärmeln an den enganliegenden Wämsen und keck über einer Schulter herunterbaumelnden kurzen Mänteln scharte sich um ihn und traktierten den armen Kerl mit Schmährufen.

Sie drehten sich um, als Nicholas versuchte, sich durch den Pulk zu pflügen, und als sie Mistress Fromlich gewahrten, wurde gemurmelt, gejohlt und beifällig gepfiffen. Ein junger Geck stellte sich in Pose und vollführte obszöne Bewegungen, um eine ungewöhnlich große Schamkapsel zu präsentieren. Andere spitzten die karminrot geschminkten Lippen, bliesen die Backen auf und hauchten ihr Küsse zu.

Nicholas legte die Hand auf den Schwertgriff, aber zwischen ihn und die Meute drängte sich eine Kupplerin. Das rotgefärbte Haar trug sie zu einem hohen Turm aufgesteckt, und auf ihrer Schulter hockte ein mit Mütze und Glöckchen dekoriertes Äffchen, dessen Ausscheidungen ihr durchsackendes Mieder beschmutzten. Die jungen Stutzer wandten ihr nun ihre Aufmerksamkeit zu. Nicholas atmete erleichtert auf und betrat die warme, düstere Schankstube. Mistress Fromlich trippelte atemlos hinter ihm her. In einer hinteren Ecke ergatterten sie einen freien Tisch. Mistress Fromlich bestellte sich ein Glas mit angewärmtem Likör und Nicholas einen Wein; nach seinem Besuch in Newgate hatte sich sein Magen immer noch nicht beruhigt.

»Ihr seid also Fromlichs Verwandte?«

Sie nickte.

»Worüber wolltet Ihr mit mir sprechen, Mistress?«

Er betrachtete aufmerksam die junge Frau, die nun ihre Kapuze zurückschlug und eine ungebändigte rote Lockenmähne zeigte. Mit ihrer eleganten Kleidung und dem sorgfältig geschminkten Gesicht war Mistress Fromlich ein ungemein anziehendes Persönchen. Bei ihrem Anblick spürte Nicholas deutlich, wie sich etwas in seinen Lenden rührte, und Nicholas überlegte, ob wieder einmal ein Besuch bei seiner verwitweten Freundin, Mistress Sachet, fällig wäre; die Wittib lebte in einem gemütlichen kleinen Haus an der Rolls Passage in Eastcheap.

»Warum starrt Ihr mich so an, Sir?«

Chirke lächelte, wie um sich zu entschuldigen.

»Ich hatte Euch etwas gefragt. Wollt Ihr mir helfen?«

»Ja. Ich möchte beweisen, daß mein Verwandter unschuldig ist.«

»Was macht Euch so sicher, daß er Berisford nicht ermordet hat?«

»Ich weiß es einfach.«

»Woher wußtet Ihr, daß ich Euren Verwandten in Newgate besuchte?«

Sie lächelte zaghaft. »Einer der Gefängniswärter sagte es mir.«

»Und Ihr glaubt, ich könnte Eurem Verwandten helfen?«

»Wer sonst, außer Euch? Kein anderer will sich ja seines Falles annehmen.«

»Wen habt Ihr noch um Hilfe gebeten?«

»Oberrichter Popham.«

Chirke stöhnte auf. Mistress Fromlich hatte sich zu der immer beliebter werdenden Taktik hinreißen lassen – die von den Behörden aufs schärfste mißbilligt wurde –, ein Privatgespräch mit einem Richter der Krone zu führen, in der Hoffnung, ihn günstig zu beeinflussen. Popham indes, der über Fromlich zu Gericht sitzen sollte, war ein cholerischer Despot, mit einem leidenschaftlichen Haß auf alle Frauen. Ein Todesurteil verhängte er mit derselben inbrünstigen Hingabe, mit der ein Priester den Segen spricht.

»Und was hat Richter Popham gesagt?« fragte er.

Die Frau errötete. »Ich suchte ihn in seinem Privatgemach

auf. Er sagte mir seine Unterstützung zu, wenn ich ...« Sie brach ab.

»Wenn Ihr was?«

»Wenn ich mich vorher von ihm züchtigen ließe.« Ihre Augen füllten sich mit Tränen.

Chirke rutschte nervös auf seiner Bank hin und her. Popham war ein Tyrann, ein schlauer, aber grausamer und rachsüchtiger Richter. Einmal hatte er einen armen Advokaten, dessen Vortrag ihm zu lange dauerte, dazu verdonnert, sich seine Schriftsätze um den Hals zu wickeln und so durch Westminster Hall zu laufen.

»Popham«, kommentierte Nicholas, »demütigt gern Menschen. Ich rate Euch dringend, Mistress Fromlich, haltet Euch von ihm fern. Ich glaube ja auch, daß Euer Verwandter unschuldig ist.« Er freute sich, als er sah, wie sich ihre Züge bei dieser Bemerkung entspannten. »Allerdings«, fuhr er hastig fort, »sind die Dinge schon ziemlich weit gediehen, und ob ich seine Unschuld beweisen kann, steht auf einem anderen Blatt. Euer Verwandter wird beweisen müssen, wie er den vergangenen Samstag und Donnerstag verbracht hat. Das kann er jedoch nicht, jedenfalls nicht in aller Öffentlichkeit vor Gericht.«

»Verratet mir eines.« Die Augen der Frau flackerten unruhig. »Was steckt hinter all dem?«

Nicholas schob seinen Weinbecher beiseite und beugte sich über den Tisch.

»Lord Berisford verschwand letzten Samstag. Am darauffolgenden Donnerstag fand man auf Primrose Hill seinen Leichnam. Beide Male kann Euer Verwandter, Mistress Fromlich, keinen einzigen Zeugen beibringen, der eine Aussage über seinen Aufenthalt machen könnte.«

Die Frau blickte besorgt drein.

»Es kommt noch schlimmer. Jeder weiß, daß Euer Verwandter Berisford gedroht hatte. Dafür gibt es Zeugen genug.«

»Alles Lügen!« protestierte sie.

»Könnt Ihr das beweisen?«

»Nein«, flüsterte sie. »Was steht meinem Verwandten noch bevor?«

»Das weiß Gott allein«, gab Nicholas mit gespielter Heiterkeit zurück. »Aber er könnte ein paar interessante Fragen stellen, um bei den Geschworenen Zweifel an seiner Schuld aufkommen zu lassen. Erstens gibt es zwei Zeugen, die aussagen, daß man in der Stadt über Berisfords Tod Bescheid wußte. Zweitens erhebt sich die Frage, wie Euer Verwandter den Leichnam des Richters nach Primrose Hill hätte befördern können, ohne gesehen zu werden. Drittens, falls Master Fromlich – und ich betone ›falls‹ – Lord Berisford umbrachte, wieso hat er die Leiche dann nicht gleich in den Fluß geworfen? Und zum Schluß, Mistress, könnte gerade die mangelhafte Verteidigung Eures Verwandten ein Segen sein. Denn man fragt sich unwillkürlich, ob jemand, der ernsthaft plant, einen Richter zu ermorden, so tölpelhaft vorgehen würde.«

»Aber Ihr glaubt trotz allem, daß man ihn hängen wird?«

Nicholas blickte prüfend in ihr hübsches Gesicht.

»Ja«, murmelte er. »Wenn wir nicht handfeste Beweise für seine Unschuld auftreiben – und ich bezweifle, daß es möglich sein wird, welche zu finden –, dann wird er hängen!« Die Frau seufzte tief und erhob sich. »Nun, Master Chirke, seht zu, was sich machen läßt. Seid meiner ewigen Dankbarkeit versichert. Ich werde es Euch nie vergessen, daß Ihr Euch so für meinen Verwandten einsetzt.«

Nicholas schluckte krampfhaft. Mistress Fromlich drückte ihm die Hand, raffte die Röcke und schlängelte sich mit zierlichen Bewegungen um den Tisch herum. Dann trippelte sie durch die Tür und verließ die Taverne.

Nicholas sah ihr nach. Er ließ sich eine Kerze bringen, weil es in der Schankstube so düster war, zog den mittlerweile schmuddeligen Bericht des Untersuchungsrichters und Leichenbeschauers hervor und studierte ihn noch einmal.

Wieder verwirrte es ihn, weshalb man sich solche Mühe gegeben hatte, Berisford zu entführen, ihn zu foltern, zu töten und den Leichnam dann an diesem höchst abwegigen Ort abzuladen. Anscheinend wollte der Mörder Berisford irgendwelche Auskünfte abtrotzen, und hatte es so gedrechselt, daß man Fromlich die Schuld für den Mord in die Schuhe schieben konnte.

Nicholas zweifelte nicht daran, daß die Kurtisane, die man

zu Fromlich in die Werkstatt geschickt hatte, von Berisfords Mörder bezahlt worden war. Aber wer konnte sich die Dienste einer solch begehrten Hübschlerin leisten? Nur jemand, der sowohl vermögend als auch scharfsinnig war. Ein Lord? Oder der König der Bettler?

Nicholas lehnte sich auf der Bank zurück und fragte sich, ob Scathelocke die Anweisungen, die er ihm gegeben hatte, auch ausführte. Er bereute ihren Streit vom vergangenen Abend und schwor sich insgeheim, seinen Dienstboten nie wieder mit neugierigen Fragen zu quälen.

Und dann waren da noch Catherines ständige, wenn auch unausgesprochenen Vorwürfe. Nicholas schloß halb die Augen. Sollte er es seinem Bruder verzeihen, daß er ihm Beatrice ausgespannt hatte, seine, Nicholas', große Liebe? Sollte er nach Norwich zurückgehen und mit Robert und dem Rest der Familie Frieden schließen? Sich vielleicht für immer dort niederlassen?

Seit dem Zerwürfnis spürte Nicholas, wie er sich treiben ließ und sein Leben von Zufälligkeiten bestimmt wurde. Hinzu kam jetzt seine Stellung als Sir Amyas Petries Agent. Er zweifelte nicht einen Augenblick daran, daß sein einflußreicher Verwandter ihn nur ausnutzte. Würde das letzten Endes zu einem beruflichen Aufstieg führen oder zu seinem Fall? Oder gar zu etwas noch Schlimmerem?

Nicholas riß sich aus seinen Grübeleien. Sir Amyas hatte Blueskin als möglichen Tatverdächtigen erwähnt, und es wurde langsam Zeit, festzustellen, ob der Grabschänder wirklich an Berisfords Ermordung beteiligt war. Plötzlich fuhr er zusammen, als eine Hand nach seinem Arm griff.

»Master Advokat, erinnert Ihr Euch noch an mich?«

Chirke peilte hinunter auf einen Mann von zwergenhaftem Wuchs, der kaum größer als vier Fuß war und dessen krauses Haar ein verhutzeltes, mit billiger Schminke bemaltes Gesicht umrahmte. Der Zwerg trug vulgäre Kleidung in schreienden Farben – das Wams und die Beinkleider bestanden aus buntem, minderwertigen Taft, die Schamkapsel war ungeheuer groß. An den Fingern funkelten massenhaft falsche Steine. Nicholas glotzte in das grinsende Gesicht und auf den gewaltigen Krug, den das Männlein in der rechten Hand hielt.

»Aber natürlich, Bogbean!« Er seufzte. »Wie könnte ich dich je vergessen?« Mit einem Kopfnicken deutete er auf den Krug. »Trinkst du daraus, oder willst du darin baden?«

Bogbean gab ein schallendes Lachen von sich, das für einen so winzigen Kerl überraschend voll und tief klang.

»Ich habe Euch beobachtet, Herr Advokat«, sagte er. »Ihr seht aus, als ob Ihr Sorgen hättet.«

»Gut geraten, Bogbean.«

»Ich weiß auch, worüber Ihr Euch Sorgen macht.«

»Tatsächlich?«

»Ein Mann hat Euch beschattet. Gerade eben verließ er die Taverne und lauert Euch jetzt draußen auf.«

»Weißt du, wer er ist?«

Bogbean schüttelte den Kopf. Nicholas schob ihm eine Münze zu.

»Zum Dank für deine Aufmerksamkeit, Bogbean. Wenn ich gehe, dann sorge bitte dafür, daß mein geheimnisvoller Beschatter mir nicht folgt.«

Bogbean schmunzelte und hüpfte davon. Nicholas stand auf und schob sich durch das Gedränge in der Schankstube zur Tür. Draußen verschlug ihm die eisige Luft beinahe den Atem. Fröstelnd zog er los gen Holborn. Er grinste, als er einen lauten Krach und einen Schrei hörte. Hurtig schaute er sich um.

Bogbean tanzte aufgeregt um eine in einen Mantel gehüllte Gestalt, die der Länge nach vor der Taverntür lag. Das kleine Männchen zeterte und kreischte, seine Rede mit deftigen Flüchen und zotigen Schimpfwörtern würzend, während er dem unglücklich Gestürzten riet, demnächst besser darauf zu achten, wohin er trat.

Nicholas hastete die Straße hinauf und bog in eine finstere Gasse, die in die Dyer Lane führte. Er war todmüde und er fror. Einer plötzlichen Eingebung folgend, blieb er stehen und überlegte, ob er nicht lieber zu Catherine heimgehen und sie wegen Robert beruhigen sollte. Er bückte sich und kratzte sich am Bein. In der schmierigen Schenke schien er sich Flöhe eingefangen zu haben. Ein kalter Luftzug strömte an seinem rechten Ohr vorbei, und ein breiter Wurfdolch bohrte sich tief in das Gebälk des Hauses, neben dem er stand. Die Müdigkeit war mit einem Mal wie weggeblasen, und Chirke starrte wild um sich.

Im Zweifelsfall, sagte er zu sich selbst, sollte man wohl lieber wegrennen!

Er raffte den Mantel und stürmte die Gasse hinunter, wobei er ständig Bettler beiseite stoßen mußte. Er rannte, bis er die Dyer Lane erreicht hatte, dann eilte er schnellen Schritts die Bowyers Row entlang und bog in die Fleet Street ein, wo er sich von einem Fuhrmann mitnehmen ließ. Er atmete erst wieder auf, als er vor einem hohen alten Haus in der Rolls Passage stand, unweit des Gebäudes mit den vier Rechtsschulen, den Inns of Court.

Er fragte sich, ob sein Angreifer ein ganz gemeiner Wegelagerer war oder ob die Attacke mit dem Fall zusammenhing, den er gerade ermittelte. Wer hatte ihn verfolgt – ein Spitzel des Kanzleigerichts oder ein Häscher des Hüters der Tore? Im Grunde war es ihm einerlei. Er fühlte sich ausgelaugt, und ihm war bitterkalt. Am liebsten hätte er sich in ein Versteck verkrochen und geschlafen. Morgen würde er über alles nachdenken und einen Plan fassen.

Leise klopfte er an die Haustür, und als im mit Steinplatten gefliesten Flur dahinter Schritte ertönten, zückte er den Dolch. Die Frau, die die Tür öffnete, war großgewachsen, und ihr schwarzes Haar wies silbergraue Strähnen auf. Große, dunkle Augen blickten ernst aus einem weißen, herzförmigen Gesicht; der sinnliche Mund war halbgeöffnet und entblößte weiße, ebenmäßige Zähne. Die Frau trug ein Kleid aus dunklem Taft mit leinenpaspelierten Manschetten. Über den dunklen, dickbesohlten Schuhen erblickte Nicholas den Saum eines weißen Unterrocks.

»Was ist Euer Begehr, Sir?« fragte die Frau mit vor Schreck geweiteten Augen. Nicholas stieß die Tür ganz auf und trat in die Diele, den Dolch auf den fülligen Busen der Frau gerichtet. Sie wich zurück.

»Was wollt Ihr?« schrie sie. »Ich besitze nichts, außer ein bißchen Silber.«

»Ich will Euch!«

»O nein, Sir, bitte!«

Nicholas brachte den Dolch noch näher heran. »Ihr habt keine Wahl, Mistress!«

Die Frau preßte sich die Hände auf die Lippen.

»Ihr müßt mich beobachtet haben!« flüsterte sie. »Meine Magd ist nicht da, und der Knecht ist unterwegs und macht Besorgungen!«

Aus dem Zimmer am Ende des Flures hörte Nicholas ein Geräusch. Er schmunzelte und schüttelte den Kopf.

»Ich glaube, Ihr lügt, Mistress. Also marsch, die Treppe hinauf, aber leise!« Unter sanften Protesten führte die Frau Nicholas nach oben in ein geräumiges Schlafzimmer, dem die aufwendigen wollenen Gobelins an den Wänden eine behagliche Note verliehen. Auf dem gebohnerten Fußboden lagen kleine Teppiche, und das munter flackernde Kaminfeuer warf glänzende Lichter auf die Eichenmöbel. Nicholas drängte die Frau zu dem breiten Himmelbett mit den goldgeränderten Kissen und dem schweren grünen Baldachin.

»Was habt Ihr vor, Sir?« jammerte sie.

Nicholas setzte sich auf das Bett und umfaßte den Dolchgriff mit beiden Händen.

»Zieht Euch aus!« befahl er.

»Nein, Sir, das werde ich nicht tun!«

»Zieht Euch aus!« herrschte er sie an.

Langsam löste die Frau den Gürtel und knöpfte ihr Kleid auf; zögernd streifte sie das Gewand ab.

»Alles!« schnarrte Nicholas, und er gab erst Ruhe, bis die füllige, marmorweiße Gestalt völlig nackt inmitten eines Kreises aus Taft stand.

»Und jetzt kommt her zu mir!« befahl Nicholas mit belegter Stimme.

Langsam, mit den Händen die Blöße bedeckend, trat die Frau auf ihn zu.

»Löst Euren Haarknoten!«

Die Frau hob die Hände und zog einen silbernen Kamm aus ihrem Schopf, so daß das dunkle Haar wie ein Schleier über ihre Schultern fiel. Nicholas stand auf und schloß sie in die Arme. Leidenschaftlich preßte er ihre weiche Gestalt an sich.

»Mistress Sachet«, murmelte er in ihr wohlduftendes Haar. »Ich habe Euch so vermißt!«

Die Frau schlang ihre Arme um seinen Hals und lächelte verschmitzt.

»Nicholas«, flüsterte sie, »du hast mir auch gefehlt!« Sie streichelte sein Gesicht. »Das letzte Mal warst du beschwipst und hast mir vor dem Fenster ein Ständchen gesungen.« Sie kicherte. »Ich bin gespannt, was dir noch einfallen wird.«

Kapitel 4

Später lag Nicholas auf der Seite, starrte ins Dunkel und lauschte den ruhigen Atemzügen der Frau neben ihm. Draußen hatte der Wind aufgefrischt, rüttelte an den hornverglasten Fenstern und brachte das alte Fachwerkhaus zum Knarren und Stöhnen. Nicholas lächelte vor sich hin, als er an Mistress Sachet und die Wonnen ihres molligen, warmen Körpers dachte. Er kannte sie schon seit der Zeit, als er noch ein bettelarmer Student in Pegasus war und sich in den Fallstricken des englischen Rechts verfing.

Sie waren ein Liebespaar und enge Freunde geworden. Er hielt sie für die selbstloseste Person, die er je kennengelernt hatte – sie verlangte nichts von ihm, außer seiner Gesellschaft. Ständig neckte er sie damit, daß sie zur größten Lady bei Hof aufsteigen würde, wenn er erst einmal zum Lordkanzler avancierte.

Er rührte sich, als die Glocken von St. Etheldred zur Komplet läuteten und stand leise auf. Nachdem er die schlafende Frau auf die Stirn geküßt hatte, zog er sich an und schlich lautlos die Treppe hinunter. Bevor er auf die Straße trat, blickte er sich mißtrauisch um. Er wußte um die Gefahr, in der er sich befand, und in diesem Augenblick dämmerte ihm vage, wie verletzlich er war. Aber wie immer sperrte er sich dagegen, sich über das ganze Ausmaß der Gefahr, in der er schwebte, Klarheit zu verschaffen. Er hatte noch keinen Plan, wie er den Mord an Berisford aufklären konnte, und alles in Nicholas sträubte sich, wahrzuhaben, daß sein eigenes Leben auf dem Spiel stand.

Er hielt sich im Schatten der Häuserwände auf und huschte durch die stillen Straßen. Gerade als er um eine Ecke biegen wollte, zuckte er vor Schreck zusammen, denn aus der Finsternis tauchte überraschend eine Gestalt auf und versperrte ihm den Weg.

»Gut Freund, Master!« rief Scathelocke mit fröhlicher Stimme.

»Um Gottes willen!« fauchte Nicholas. »Mußt du denn wie ein Dieb durch die Nacht schleichen?«

Scathelocke grinste von einem Ohr zum anderen; ihren Streit vom vergangenen Abend hatte er offensichtlich vergessen.

»Ich habe Euch vermißt, Master.«

Nicholas hörte den leicht ironischen Klang heraus, mit dem Scathelocke die Anrede ›Master‹ betonte.

»Ich heiße Nicholas Chirke!« korrigierte er. »Und heute nacht hat jemand ein Messer nach mir geworfen.«

Scathelockes Grinsen erlosch, und rasch trat er näher an Nicholas heran. Er witterte schwach das Parfüm von Mistress Sachet und verzichtete auf die zynische Bemerkung, die ihm auf der Zunge lag. In dem trüben Licht sah Nicholas' Gesicht blaß und verhärmt aus.

»Daheim geht es nicht gerade friedlich zu«, erzählte Scathelocke. »Mistress Catherine hat den Zwillingen den Krieg erklärt, und selbst Master John hat sich verkrochen.«

Er bugsierte Nicholas die Straße hinauf zu einer kleinen Bierschenke.

»Ihr seid also angegriffen worden?« fragte er, während er Nicholas auf einen freien Stuhl drängte und sich neben ihn setzte. »War es irgendein Straßenräuber, oder glaubt Ihr, der Überfall könnte mit Euren Ermittlungen über Berisfords Tod zu tun haben? Ich hätte da nämlich ein paar Neuigkeiten für Euch.«

Chirke trank von dem Wein, den Scathelocke bestellt hatte, und rieb sich die Augen.

»Das weiß ich nicht«, bekannte er. »Der Messerwerfer könnte ein gedungener Meuchelmörder oder irgendein Schnapphahn gewesen sein, der zufällig meinen Weg kreuzte. Wenn eine Intrige dahintersteckt, dann fragt sich nur, wer der Auftraggeber war.« Er quälte sich ein Lächeln ab. »Und nun zu Euren Neuigkeiten. Was gibt's?«

»Fromlich ist tot«, erwiderte Scathelocke bündig. »Und seine Verwandte auch.«

Der Becher rutschte Nicholas aus der Hand. Ihm wurde schwindelig, und er mußte sich an der Tischplatte festhalten.

»Wie ist das möglich?« flüsterte er.

»Vor ungefähr einer Stunde traf eine Botschaft von Sir Amyas Petrie ein. Fromlich erhielt im Gefängnis Besuch von einem Ordensbruder, einem älteren Mann, der behauptete, er sei geschickt worden, um Fromlich Trost zu spenden. Offenbar bestach er einen Wärter, und als er ging, war Fromlich noch am Leben. Als die Gefängniswächter später das Essen brachten, lag Fromlich tot in seiner Zelle. Das Gift, das sich in dem Weinbecher befand, hätte einen Affen aus dem Reich der Berber umbringen können.«

»Ich habe keinen Ordensbruder zu Fromlich geschickt!«

»Natürlich nicht.«

»Und wann ist das passiert?«

»Gegen vier. Ungefähr eine Stunde später, so berichtet ein Augenzeuge, wurde Mistress Fromlich in ihrem Haus in der Candlewick Street von einer älteren Dame besucht, die sagte, sie hätte ein Geschenk und eine Nachricht von Euch. Kurz nachdem die alte Dame gegangen war, begab sich eine Nachbarin zu Mistress Fromlich und bemerkte, daß unter ihrer Zimmertür Blut hervorsickerte.« Scathelocke seufzte. »Die Tür wurde aufgebrochen. Mistress Fromlich lag tot in einem Sessel, ihre Kehle war von einem Ohr zum anderen aufgeschlitzt.« Er nahm seinen Weinkelch und nippte daran. »Es erhebt sich die Frage, wer ein Interesse daran hat, einen armen Gefangenen zu töten, dessen einziges Verbrechen darin bestand, Berisford zu bedrohen, und eine ältliche Jungfer, anscheinend nur, weil sie mit dem Eingekerkerten verwandt ist.«

Nicholas schnellte auf seinem Stuhl hoch.

»Was ist, Master?« fragte Scathelocke besorgt.

»Mistress Fromlich!«

»Was soll mit ihr sein?«

»Du nanntest sie eine ältliche Jungfer?«

»So hat Sir Amyas sie beschrieben – eine ledige Frau in vorgerücktem Alter, die ziemlich schlecht hört.«

Er sah, wie seinem Herrn jede Farbe aus dem Gesicht wich.

»Heute früh traf ich vor Newgate eine Frau«, stammelte Nicholas, »die vorgab, Fromlichs Verwandte zu sein. Sie war jung und sehr hübsch.« Er barg das Gesicht in den Händen. »Gott sei dir gnädig, Nicholas Chirke, was für ein elender Tölpel du doch bist!« rief er aus. »Fromlich erzählte mir, daß er an dem Samstag, als Berisford verschwand, und am darauffolgenden Donnerstag, als man dessen Leichnam entdeckte, bei sich daheim in seiner Werkstatt von einer jungen Kurtisane besucht wurde, die ihm freiwillig ihre Dienste erwies. Die Frau, die mir vor Newgate begegnete, war vermutlich diese Person, nur posierte sie dieses Mal als Fromlichs Anverwandte. Ich weihte sie in alles ein, was ich wußte.« Nicholas knirschte mit den Zähnen. »Ich ließ mich von ihr täuschen«, knurrte er. »Sie mimte ihre Rolle so vortrefflich, daß mir nicht der geringste Zweifel kam.«

Scathelocke beugte sich hinüber und klopfte seinem Herrn auf die Schulter.

»Wenigstens ist das der Beweis dafür, daß die Frau, die Fromlich ihre Gunst erwies, und die Person, die Euch heute morgen Sand in die Augen streute, ein und dieselbe Hübschlerin ist. Nur der König der Bettler ist imstande, einen solchen Plan auszuhecken. Daraus folgt, daß er mit Berisfords Tod zu tun haben muß. *Quod est demonstrandum!*«

Chirke glotzte in seinen Weinbecher. »Du hast recht«, sagte er. »Die Fromlichs sind benutzt worden. Und nachdem sie ausgedient hatten, wurde Fromlich ermordet, weil man befürchtete, seine Unschuld könnte so oder so doch noch ans Tageslicht kommen. Seine arme Verwandte mußte sterben, damit das Täuschungsmanöver von heute früh nicht herauskäme, und um mich zu warnen, daß der Hüter der Tore diese Stadt kontrolliert.«

»Ich habe noch eine Entdeckung gemacht«, erklärte Scathelocke.

»Welche?«

»Die beiden Ratsherren und Sir Amyas Petrie besitzen stattliche Häuser in The Strand. Venner und Cooper sind verheiratet. Petrie ist Witwer – seine Frau starb vor ein paar Jahren an einer heimtückischen Krankheit. Scathelocke seufzte. »Alle drei Männer sind sehr wohlhabend – ihre Häuser sind drei oder vier Stockwerke hoch und haben Gärten, die sich bis zur Themse hinunter erstrecken. Ich machte mich an ihre Bediensteten heran, außerdem lungerte ich in einer nahegelegenen

Taverne herum und horchte Stallburschen, Pferdeknechte und andere Gefolgsleute aus.« Scathelocke schmunzelte. »Ich trank ein wenig und erfuhr sehr viel. An dem Samstag, als Berisford verschwand, hielten sich offenbar sowohl Venner wie Cooper in St. Albans auf.«

»Und Petrie?«

»Der verschanzte sich den ganzen Tag über in seiner Kanzlei. Ich sprach mit seinem Pferdeknecht und mit seinem Sekretär.«

»Und es besteht kein Zweifel?«

»Nicht der geringste.«

»Was war an dem Donnerstag, als man Berisfords Leichnam fand?«

»Da speisten alle drei in der Taverne *Broadsword* in der Feltop Lane, die unmittelbar an The Strand grenzt. Dort müssen sie reichlich gezecht haben. Zum Schluß waren sie so voll, daß sie kaum noch einen Becher heben, geschweige denn einen toten Mann durch St. John's Wood nach Primrose Hill befördern konnten.«

Scathelocke stierte in seinen Pokal. »Master«, fuhr er leise fort, »es tut mir leid, daß wir uns gestern abend gestritten haben.«

Nicholas lächelte und zuckte mit den Schultern. »Nein, Henry, ich muß mich bei dir entschuldigen. Aber ich bin nun mal neugierig, wie jeder Anwalt. Deine Geheimnisse gehören dir – dennoch kann ich nicht anders, ich muß nachhaken.« Als er sah, wie Scathelocke ihn wütend anfunkelte, setzte er hastig hinzu: »Aber: *qieta non movere* – ›schlafende Hunde soll man nicht wecken‹.«

Scathelocke holte tief Luft. »Und was jetzt, Master?«

Nicholas grinste. »Ich weiß es nicht, aber laß uns auf die Wahrheit trinken – und auf unsere Freundschaft.«

Viel später als beabsichtigt, torkelten Nicholas und Scathelocke aus der Taverne; als sie heimwärts taumelten, hatten sie all ihre Sorgen vergessen, und einträchtig versuchten sie, das neue Madrigal zu singen, das Vater Thompkins ihnen beigebracht hatte. Sie hatten sogar Catherine vergessen, was umgekehrt jedoch keineswegs der Fall war. Mit vor Wut blitzenden Augen saß sie in der Küche und musterte mißbilligend die beiden Männer, die Arm in Arm hereinwankten und die Hausherrin blöde anstierten.

»Du stinkst nach Wein!« keifte Catherine. »Spät nachts strolchst du durch die Stadt, und wir haben keine Ahnung, wo du steckst. Dann hast du auch noch die Stirn, zu gottverlassener Stunde vollgezecht nach Hause zu torkeln!« Mit einem Tüchlein betupfte sie sich die Augen. »Ich bin doch deine Schwester, Nicholas, und vor Sorgen war ich schon ganz krank.«

Scathelocke versuchte zu vermitteln, aber Catherines geballter Zorn richtete sich nun gegen ihn.

»Ihr, Sire!« schrillte sie, »haltet gefälligst Euren Mund!«

Scathelocke verzog das Gesicht und trat schleunigst den Rückzug an. Nicholas wollte sich in seine Schlafkammer flüchten. Selbst in seinem vom schweren Wein umnebelten Sinn hatte er nicht vergessen, welcher Zornesausbrüche seine Schwester fähig war, auch wenn sie sonst ein verträgliches Wesen war. Aber in dieser Nacht setzte sie ihm zu wie eine wildgewordene Rachegöttin. Zum Schluß hockte er demütig in der Kaminecke, Scathelocke wie einen Schatten neben sich, während Catherine ihm scharfzüngig vorpredigte, was er alles falsch machte.

Wieso schloß er mit ihrem Bruder Robert keinen Frieden? Gewiß, gewiß, Beatrice hatte Robert geheiratet, doch das war doch nicht das Ende der Welt. Schwammen nicht genügend andere Fische im Teich?

»Ich will keinen Fisch«, unterbrach Nicholas unvorsichtigerweise ihren Redeschwall.

Wütend stampfte sie mit dem Fuß auf. »Du bist unmöglich!« zeterte sie. »Einfach unmöglich!«

Mit rauschenden Röcken segelte sie in ihr Schlafzimmer.

Nicholas winkte ihr matt lächelnd hinterher. Als er sich umblickte, sah er, daß Scathelocke in einen tiefen Schlaf gefallen war.

»Eine gute Idee«, nuschelte Nicholas vor sich hin.

Er setzte sich bequemer hin und nickte, vom Wein beseligt, sofort ein.

Am nächsten Morgen erwachten beide frierend, hungrig, zerknirscht und mit einem brummenden Schädel. Nach ein paar gemurmelten Bemerkungen über die Dummheit der Männer bedachte Catherine sie jedoch nur noch mit finsteren Blicken und ließ sie in Ruhe. Nicholas und Scathelocke flohen aus dem Haus wie zwei Buben, die die Schule schwänzen.

Sie wagten es nicht einmal, einander anzublicken, bis sie die Kurve gekratzt hatten und sich vor dem Laden eines Barbiers befanden. Während der verdatterte Barbier ihnen das Haupthaar und die Bärte stutzte, brachen sie immer wieder in schallendes Gelächter aus. Danach marschierten sie die Cheapside hinunter und setzten sich in eine Taverne in der Fleet Street, wo sie frühstückten.

»Kannst du mir sagen«, begann Chirke, der sich an ihr Gespräch vom vergangenen Abend erinnerte, »wo du den lateinischen Brocken *quod demonstrandum est* aufgeschnappt hast?«

»In der Schule.«

»Was für eine Schule?«

Scathelocke legte den Zeigefinger an seine Nase. »Ihr fangt schon wieder mit dem Verhör an, Master. Ihr behaltet Eure Geheimnisse für Euch, und ich hüte die meinigen.«

»Dank der Tiraden meiner Schwester gestern nacht sind mir kaum noch welche geblieben.«

Scathelocke lachte laut auf. »Eure Liebste hat Euch also Eures älteren Bruders wegen versetzt? Was ist denn so Besonderes daran? Brüder bekämpfen einander seit Kain und Abel. Es gibt schlimmere Schandtaten und dunklere Geheimnisse, als einem anderen die Frau auszuspannen. Die Ermordung Berisfords zum Beispiel«, setzte er ergrimmt hinzu. »Euer werter Auftraggeber, der Sheriff, Sir Aymas Petrie höchstselbst, wird von Euch einen Bericht verlangen.«

Aus dem ledernen Beutel, den Nicholas immer unter seinem Mantel trug, zog er eine Rolle Pergament hervor. Vom Gastwirt ließ er sich dann Federn und ein Tintenhorn bringen.

»Komm, mein guter Scathelocke, wir wollen sehen, was wir bis jetzt zusammengetragen haben.« Und damit begann er zu schreiben.

»Item, ein Richter wurde ermordet – aber wer es tat und warum, ist noch ein Geheimnis. Mysteriös ist auch der

Zustand, in dem sich die Leiche befand. Obwohl sie in einem Graben außerhalb Londons lag, war die Bekleidung trocken.

Item, Fromlich und seine Verwandte wurden gleichfalls zu Tode gebracht.

Item, ein französischer Knappe namens Vallence wollte sich an Bord einer venezianischen Galeere begeben. Als man ihn daran hinderte, kam es zu einem Scharmützel, und er erhielt tödliche Verletzungen. Kurz vor seinem Dahinscheiden faselte er: ›St. Denis! St. Denis weiß alles!‹

Item, Vallence war der Träger irgendeines finsteren Geheimnisses, das die nun tote Königin Isabella ihm anvertraute. Was für ein Geheimnis ist das? War auch Berisford eingeweiht?

Item, mit Hilfe des Sir Amyas Petrie will der König das Geheimnis lüften.

Item, auch der König der Londoner Unterwelt, der Hüter der Tore, ist hinter der Lösung des Rätsels her. Warum? Um damit die Krone zu erpressen? War der König der Bettler dafür verantwortlich, daß ich gestern mit einem Messer angegriffen wurde?

Item, der Mord an den beiden Fromlichs. Hat der Hüter die Frau geschickt, die mich vor Newgate abfing? Hat er vielleicht den Grabschänder Blueskin dazu benutzt, Berisford umzubringen?«

Nicholas überflog noch einmal das Geschriebene und sah dann Scathelocke an.

»Hast du einen Vorschlag, wie es weitergehen soll?«

»Wir könnten Mawsby aufsuchen, den Sekretär des toten Richters.«

»Warum nicht«, räumte Nicholas ein. »Aber vermutlich hat er bereits alles, was er weiß, den Behörden erzählt. Und ich bezweifle, daß ein Mann wie Berisford einen einfachen Angestellten in sein Vertrauen ziehen würde.«

»Was schlagt Ihr denn vor?« fragte Scathelocke.

»Es gibt mehrere Möglichkeiten«, sinnierte Chirke. »Wir könnten die Ermittlungen gegen die Mörder Berisfords einstweilen einstellen und statt dessen herauszufinden versuchen, welches Geheimnis Vallence mit sich herumschleppte. Wir könnten auch den Hüter der Tore auf seinem eigenen Terrain bekämpfen. Doch dazu brauchen wir einen Mann, der sich in der Unterwelt Londons bestens auskennt.« Er grinste. »Mir fällt auch schon einer ein – ich denke da an den gerissenen Burschen Crabtree.«

»Wer ist das?« fragte Scathelocke.

»Wart's ab, du wirst ihn ja kennenlernen. Nun Scathelocke, welchen Weg schlagen wir ein?«

»Was haltet Ihr davon, wenn wir uns nach Newgate begeben und dort Nachforschungen über Fromlichs Mörder anstellen? Auch sollten wir die näheren Umstände, unter denen seine Verwandte ums Leben kam, klären.«

Nicholas schüttelte den Kopf. »Ich glaube nicht, daß uns das weiterbrächte. Wie ich gestern schon sagte, wurden die Fromlichs von einem berufsmäßigen Mörder getötet. Es hätte wenig Sinn, in Newgate nachzuforschen.«

»Meint Ihr denn, wir sollten uns auf dem Primrose Hill umschauen?«

»Um uns die Stelle anzusehen, wo der Leichnam lag? Nein, das würde uns gar nicht nützen.«

Nicholas steckte die Pergamentrolle mit den Notizen wieder ein. »Wir müssen einen Ort in Augenschein nehmen, von dem wir bisher noch gar nicht gesprochen haben, Scathelocke – ich meine das Grab der Königin Isabella in Greyfriars.«

Sie verließen die Schenke und spazierten die Cheapside hinunter. Obwohl die Straße vollgestopft war mit Karren, droschen die Fuhrknechte noch munter auf die Gäule ein. Fette, aufgeblasene Händler stolzierten wichtigtuerisch umher und begrüßten einander mit Fistelstimmen. Kavaliere, die gerade von einem Festschmaus aus einer Taverne kamen und deren Geldsäcke nun ebenso leer waren wie ihre Köpfe, pflügten sich durch die Menge.

»Platz da!« schnauzte einer der noblen Herren Nicholas an.

Nicholas begaffte den muskelstrotzenden, gutgekleideten Trampel. Das Gesicht war vom Suff gerötet, aus den Mundwinkeln lief der Seiber, und die Augen waren rotgerändert. Achselzuckend drängte sich Nicholas an ihm vorbei und trat ihm noch kurz gegen das Schienbein, ehe er und Scathelocke in der Masse untertauchten. Sie bogen in die Friday Street ein; sich dicht an den Hauswänden haltend, bahnten sie sich ihren Weg, vorbei an Lehrbuben, die brüllten: »Makrelen! Makrelen! Sechs Stück zu einem Penny!«

Beim Gestank des faulendes Fisches drehte sich ihnen der Magen um, und als sie um eine Ecke bogen, sah Nicholas, wie die Bezirksbüttel eine Frau zu einem hohen, blutbeschmierten Schandpfahl in der Mitte der Fish Street schleppten. Sie klemmten ihre Hände in Handschellen und entblößten sie bis zur Taille. Der Gemeindebüttel schwang die Lederriemen, und bald war der weiße Rücken der Hure mit blutigen Striemen bedeckt. Eine kleine Ansammlung von Zuschauern rottete sich zusammen. Nicholas wollte schon weitergehen – die Sache ging ihn schließlich nichts an. Er blickte weg, als die Hure zu heulen und zu kreischen anfing.

»Sie hat Kinder«, raunte Scathelocke ihm zu. Nicholas drehte sich um und sah die beiden zerlumpten, abgemagerten Bälger, die sich aneinanderklammerten wie verängstigte kleine Tiere; in den spitzen, blassen Gesichtern wirkten die dunklen Augen übergroß. Hinter ihnen gewahrte Nicholas einen Bettler; seine Kleidung bestand aus Fetzen, und das Gesicht starrte vor Schmutz. Nicholas hätte dem Mann keinerlei Beachtung geschenkt, wäre ihm nicht plötzlich aufgefallen, daß der Kerl ihn mit einer kalten, lauernden Miene beobachtete. Ein kalter Schauer lief ihm über den Rücken – wieder einmal wurde er verfolgt.

Vor Schmerzen warf die Hure den Kopf nach hinten, als der Büttel fortfuhr, sie auszupeitschen. Endlich hielt er inne und wandte sein verschwitztes, violett angelaufenes Gesicht der Menge zu, um Beifall für seine gute Arbeit einzuheimsen. Dann befreite er die Hübschlerin von den Handschellen; den Kopf gesenkt, die Arme über der Brust gekreuzt, stand die Frau da.

Ohne auf Scathelockes gemurmelte Proteste zu achten, wollte Nicholas den Weg fortsetzen, als der Büttel die Hure verächtlich zu Seite stieß. Angewidert machte Nicholas kehrt, steuerte stracks auf den Schinder zu und knallte ihm mit voller Wucht den Stiefelabsatz auf die Zehen. Der Kerl schrie auf, und die Tränen schossen ihm in die Augen.

»Das hast du mit Absicht gemacht!« gellte der Büttel.

»Wenn ich dir auf die Zehen getreten bin, dann bitte ich um Entschuldigung«, parierte Nicholas schmunzelnd.

Der Büttel versuchte, ihn am Kragen zu packen. Nicholas schubste ihn weg, und zwar so heftig, daß er gegen den Bettler taumelte. Beide Männer stürzten zu Boden. Die Zuschauer, in ihren Gunstbezeigungen wankelmütig wie immer, scharten sich um sie und traktierten sie mit Fußtritten. Nicholas zwinkerte der Hure zu, drückte ihr eine Münze in die Hand und eilte die Fish Street hinunter.

»Warum habt Ihr das getan?« fragte Scathelocke hechelnd, als er ihn eingeholt hatte.

»Erstens mag ich keine Büttel. Zweitens sehe ich es nicht gern, wenn man Frauen auspeitscht. Drittens habe ich etwas dagegen, verfolgt zu werden!«

»Verfolgt? Vom wem?«

»Von einem Mann, der sich als Bettler verkleidet hat. Jetzt kämpft er gerade mit dem Büttel.«

Sie gelangten in die Carter Lane, wo die St. Paul's Kathedrale wuchtig vor ihnen aufragte. Auf dem Platz davor fand ein Winterjahrmarkt statt, mit Buden, Ständen, Garküchen, Barbierläden und Zechstuben. Die Geschäfte gingen glänzend, derweil sich eine Horde Lehrlinge mit einem reichlich rauhen Spiel vergnügte; von der morgendlichen Arbeit befreit und mit langen Stöcken bewaffnet, jagten sie einen glattpolierten Rinderknochen über eine breite Eisfläche.

Nicholas und Scathelocke schlugen um die Menge einen großen Bogen. Verfolgt von einem kläffenden Köter, schlurfte ein Betrunkener vorbei. Ein altes Weib, das um Almosen bettelte, steuerte auf sie zu. Sie gingen ihr aus dem Weg und betraten das Gelände von Greyfriars durch eine schmale Seitenpforte. Ein Laienbruder, der stehenblieb und sie nach ihrem Begehr fragte, zeigte ihnen die Kirche, die rechter Hand vom Mönchskloster lag.

»Zur Zeit wird keine Messe gelesen«, erklärte der Bruder. »Und der Vater Prior hätte bestimmt nichts dagegen, wenn ihr die Kirche betretet.«

Nicholas dankte ihm und stieß die Tür auf. Er und Scathelocke durchquerten den Vorraum, dessen Luft mit Weihrauch übersättigt war, und gelangten in das Innere der Kirche. Sie befanden sich in einem langen, düsteren Mittelschiff, das von den Seitenschiffen durch runde, gedrungene Säulen getrennt wurde. Sie schritten den Mittelgang entlang, passierten den Lettner und beugten vor dem Hochaltar das Knie. Dann führte Nicholas seinen Diener in die linker Hand liegende Marienkapelle.

»Ich hatte gar keine Ahnung, daß Ihr wußtet, wo Isabella begraben liegt«, wisperte Scathelocke.

Nicholas schmunzelte und zeigte auf das längliche, kunstvoll behauene Grabmal aus Purbeck Marmor.

»Weißt du, Scathelocke, die Mächtigen dieser Welt lassen sich immer gern an einem heiligen Ort begraben. Sie glauben, daß die Seele den Körper erst lange nach dem Tod verläßt. Dann entbrennt eine fürchterlicher Kampf zwischen Engeln und Teufeln, die um die Seele des Toten ringen. Wenn die Person an einer heiligen Stätte begraben liegt, finden die Dämonen keinen Einlaß, und die Seele fährt direkt zu Gott hinauf.« Nicholas lächelte verschlagen. »Jedenfalls glaubt man das.«

Während Scathelocke den Erkundungsgang fortsetzte, betrachtete Nicholas das prachtvoll geschnitzte Chorgestühl, wo die Brüder die heilige Messe sangen. Obwohl die Greyfriars Kirche dem Orden der Franziskaner angehörte, der die Armut gelobte, wurde sie immer mehr von den Reichen unterstützt und bevorzugt. Der Altar bestand aus massivem Marmor, und die Lampen im Allerheiligsten waren vergoldet. Die kahlen Wände hatte ein Künstler mit Szenen bemalt, die in den herrlichsten Farben leuchteten.

In der Apsis, hinter dem Hochaltar, prangte ein Freskogemälde in wunderbaren Blau-, Grün- und Rosttönen, das David zeigte, wie er Psalme zur Lyra sang; daneben wandte ein goldener Löwe, das Symbol des Heiligen Markus, den Kopf, um die Gestalt des Herrn Jesus Christus in seiner ganzen Majestät anzuschauen.

Das Deckengewölbe schmückte ein Bildnis der Heiligen Katharina; das Rad, auf dem sie gemartert wurde, brach auseinander, und die herumfliegenden Stücke zerschmetterten die Heiden, die sie folterten.

Die Wände der Marienkapelle waren mit Szenen aus dem Passionszyklus und aus dem Leben des Heiligen Christophorus verziert. Nicholas betrachtete das ruhige, heitere Antlitz der Heiligen Jungfrau, die das Christusknäblein auf dem Arm hielt, dann wanderte sein Blick zurück zu dem wuchtigen, sarkophagähnlichen Block, den man über der Begräbnisstätte von Königin Isabella errichtet hatte.

»In der anderen Kapelle befinden sich auch noch königliche Gräber«, flüsterte Scathelocke, als er zurückkam. »Aber ich vermag nichts Besonderes zu entdecken; Ihr vielleicht?«

Nicholas musterte Isabellas Grab. Das marmorne Abbild auf der Steinplatte zeigte eine Frau im Habit einer Nonne. Doch sie trug eine Krone, und zwischen den gefalteten Händen lag ein aus Lilien geformtes Zepter. Der Gesichtsausdruck der Königin wirkte friedlich, die Lippen verrieten Sinnlichkeit. Die geschlossenen, leicht schrägstehenden Augen gaben ihren Zügen einen maurischen Anflug.

»Was war es?« wisperte Chirke. »Welches furchtbare Geheimnis hast du gehütet?«

Prüfend nahm er die Seiten des Grabmals in Augenschein. Eine Fläche zeigte Schilde, die die Wappen von England, Frankreich und Navarra trugen. Auf der anderen war die Seele der Königin als kleine, nackte Gestalt dargestellt, die von Engeln in den Himmel getragen wird. Die beiden Enden des Blocks waren mit sonderbaren Tierwesen verziert und mit Engeln, die betend niederknieten und kleine, mit Wappen versehene Schilde hochhielten.

Mehrere Male umkreisten Nicholas und Scathelocke das Grabmal.

»Der König hat seiner Mutter voll Gerechtigkeit widerfahren lassen«, bemerkte Scathelocke, der sich auf die marmorne Platte stützte.

»Es ist leicht, die Toten zu ehren!« dröhnte eine Stimme.

Erschrocken fuhr Nicholas herum. Scathelocke zog seinen Dolch halb aus der Scheide.

»Es ist leicht, die Toten zu ehren!« wiederholte die Stimme; das Echo hallte durch die leere Kirche.

Nicholas peilte hinauf zu dem blinkenden Licht im Allerheiligsten und atmete tief durch, um seine Panik zu meistern. Hatte er eine Vision? Versteckte sich jemand in der Kirche?«

»Wer seid Ihr?« rief er.

»Ich bin ein lebender Toter!« antwortete die Stimme.

»Es kommt aus der Wand«, flüsterte Scathelocke und deutete auf eine Art Strebepfeiler neben dem Eingang zur Marienkapelle.

Chirke ging hinüber und sah, daß eine kleine hölzerne Pforte in den Pfeiler eingelassen war. Er schaute nach oben, erblickte ein Augenpaar, das durch ein Loch auf ihn herabspähte.

»Wer seid Ihr?« fragte er noch einmal.

»Mein Name ist Edmund. Ich bin Einsiedler und zu einem Leben in Buße verdammt. Die guten Brüder versorgen mich mit Nahrung, während ich Gottes Altar anschaue, bete und faste, um für meine Sünden zu büßen.«

»Was für Sünden?« fragte Nicholas neugierig.

»Vor vielen Jahren«, fuhr die hohlklingende Stimme fort, »tötete ich meinen Bruder auf einem Jagdausflug. Die Engel des Herrn verfolgten mich; auf der Stirn trug ich das Kainsmal. Nun verbringe ich den Rest meines Lebens damit, die Untat zu sühnen.«

Scathelocke stellte sich neben Chirke und peilte gleichfalls die Wand hinauf. »Von diesen Orten habe ich gehört, aber noch nie einen gesehen«, raunte er.

»Früher befand sich in jeder Kirche ein kleines, in das Gemäuer gehauene Gelaß, in dem ein heiliger Mann oder eine heilige Frau das Leben im Gebet zubringen konnten.« Er deutete auf das Loch, aus dem die Stimme kam. »Das nennt man eine Lepraspalte. Durch die Öffnung kann der Eremit zusehen, wie am Hochaltar die Messe zelebriert wird.«

»Ganz recht!« ertönte die Stimme des Eremiten.

Nicholas lächelte.

»Grinst nicht, junger Mann! Ich bin zwar alt, aber ich höre und sehe dennoch gut!«

»Und was habt Ihr an dem Tag gehört und gesehen, als die Königin begraben wurde?«

»Ach, die üblichen Trauerfeierlichkeiten. In der Nacht vor dem Requiem wurde der Sarg der Königin in einer Bleiummantelung vor dem Hochaltar aufgestellt, umringt von purpurfarbenen Kerzen. Die ganze Nacht lang habe ich für die Seele der Frau gebetet und mit dem Engel der Finsternis gerungen. Geht hin und stellt Euch vor den Hochaltar. Seht Euch die Ursache ihrer Gemeinheit an!«

Nicholas gehorchte. Er ging durch die Marienkapelle ins Allerheiligste und las laut die Worte, die in den Stein vor dem Hochaltar eingemeißelt waren.

»Roger Mortimer, Earl of March.«

»Aye!« brüllte der Eremit. »Roger Mortimer, der Galan der Königin. Vor fast dreißig Jahren war ich hier, als man seine blutigen, zermarterten Überreste von Tyburn hierherbrachte. Eine Messe wurde gesungen, und was von ihm übrig war, wurde in aller Eile begraben, als hätte er nie gelebt. Die Königinmutter wurde nicht anders behandelt.«

Nicholas ging zurück zu der Lepraspalte.

»Was meinst Ihr damit?« fragte er.

»Nun ja, spät abends traf ihr Leichnam hier ein«, erwiderte der Eremit. »Er wurde vor Gott hingelegt und von Kerzen umgeben, aber niemand kam, um am Sarg Wache zu halten.«

»Niemand? Nicht der König, ihr Sohn, oder ein anderes Mitglied der Familie?«

»Niemand«, antwortete die düstere Stimme.

»Und was geschah am nächsten Morgen?«

»Man sang das feierliche Hochamt. Nur der König und seine Familie waren zugegen. Sie saßen im Chor, und ihren Gesichtern war anzusehen, daß sie am liebsten anderswo gewesen wären. Der König machte einen sehr aufgeregten Eindruck. Immerfort spähte er durch die Kirche und gab Sir Amyas Petrie, dem Sheriff von London, verstohlene Zeichen. Sogar während der Bischof die Predigt hielt, winkte er den Sheriff zu sich heran.«

»Und was dann?«

»Dann schaute sich auch Sir Amyas in der Kirche um.«

»Aus welchem Grund wohl?«

Der Eremit kicherte, und bei dem unheimlichen Geräusch sträubten sich Nicholas' Nackenhaare.

»Ich sehe eine Menge«, erwiderte er geheimnisvoll. »Ich,

Edmund of Abingdon, bekomme viel mit, und den Rest erzählen mir die Brüder.«

»Was erzählen sie Euch?« hakte Scathelocke nach. »Und woher kennt Ihr Sir Amyas Petrie?«

»Die Brüder erklärten mir, wer die einzelnen Besucher waren. Sie sagten, nach der Messe habe sich der König geweigert, noch länger zu bleiben, nicht einmal das Frühstück wollte er im Refektorium einnehmen. Er und Sir Amyas entfernten sich. Die Soldaten des Königs, Ritter in Kettenhemden und voller Rüstung, hätten unter den Anwesenden nach jemand bestimmten gesucht. Als sie denjenigen nicht fanden, rückten sie ab.« Der Eremit seufzte. »Ist das nicht der Lauf der Welt? Ist man erst tot, wird man schnell vergessen. Die Steinmetzen des Königs kamen und errichteten das Grabmal. Seitdem war nie wieder jemand hier, um es sich anzusehen, außer Euch. Nein, ich irre mich, es kam doch noch jemand.«

»Wer war das?« fragte Nicholas.

»Ein großer, magerer Kerl, der sich die Nase ständig mit einem Lappen abwischte. Er stand vor dem Grabmal, so wie Ihr. Ich fragte ihn nach seinem Begehr. Er sagte, er sei Lord Stephan Berisford, ein Richter; er wollte wissen, ob das Grabmal, die Marienkapelle oder gar die Kirche selbst irgend etwas enthielte, das mit St. Denis zusammenhinge.«

»St. Denis!« platzte Scathelocke heraus und blickte Nicholas an.

»St. Denis«, wiederholte der Eremit. »Ich verneinte. Diese Kirche kenne ich wie meinen Handrücken. Jeder Kerzenhalter, jeder Winkel und jede Nische sind mir vertraut. Warum sollte auch eine englische Kirche einem Franzosen, der seinen Kopf verlor, Reverenz erweisen?«

Nicholas erinnerte sich an die Legende von St. Denis und schmunzelte.

»Und nun verschwindet!« befahl der Eremit. »Ich will in Ruhe beten.«

»Noch eine letzte Frage.«

»Das kostet Euch aber etwas!«

»Was!« rief Nicholas verdutzt. »Ein Mann Gottes verlangt Geld?«

»Aye, ein Mann Gottes. Aber ich habe eine schreckliche Schwäche für Käse, weichen, cremigen Käse!«

Nicholas legte eine Münze auf das Sims vor der Lepraspalte. Im Nu war das Geldstück verschwunden.

»Kennt Ihr einen Mann namens Vallence?«

»Nie von ihm gehört.«

»Habt Ihr vielleicht einen jungen Franzosen gesehen, der an der Totenwache oder an der Messe teilnahm?«

»Ich sagte Euch doch, ich habe nichts gesehen! Und nun verdrückt Euch!«

Auf Nicholas' Gesicht zeichnete sich Enttäuschung ab. Vor dem Tabernakel beugte er das Knie. Scathelocke, ein wenig unbeholfen, tat es ihm gleich, und sie schritten durch das Kirchenschiff zurück.

Nicholas setzte sich auf eine Bank und bedeutete Scathelocke, er möge neben ihm Platz nehmen. Er starrte auf das Kruzifix, das vor dem Hochaltar hing.

»Das verstehe ich nicht«, murmelte er. »Isabella stirbt an der Pest und wird in aller Eile begraben. Während der Requiemmesse scheint den König, ihren Sohn, etwas sehr zu beunruhigen. Vielleicht merkte er, daß Vallence sich aus dem Staub gemacht hatte und ordnete an, daß man nach ihm suchte. Möglicherweise war das der Grund, weshalb er sich nicht in aller Ruhe auf die Messe konzentrierte.«

Er hauchte in seine eiskalten Hände.

»Doch es gibt noch zwei andere Dinge, die mir Kopfzerbrechen bereiten. Erstens mache mich mir Gedanken über Vallence. Er war ein treuer Gefolgsmann der alten Königin. Für sie war er bereit, sein Leben zu opfern. Wieso nahm er dann nicht wenigstens an ihrer Totenwache teil?« Chirke rieb sich die Hände, um sie zu erwärmen. »Daß er nicht bei der Messe zugegen war, kann ich verstehen. Er nutzte die Gelegenheit, um sich klammheimlich nach Queenshithe zu schleichen, wo er an Bord der venezianischen Galeere gehen wollte. Aber wieso hat er seiner Herrin dann nicht die letzte Ehre erwiesen?«

»Ich finde die Frage noch viel wichtiger«, griff Scathelocke den Faden auf, »warum er nicht schon in der Nacht davor versuchte zu entkommen, wenn er ja doch nicht an der Totenwache teilnahm.«

Nicholas machte eine Geste der Ratlosigkeit. »Vielleicht war die venezianische Galeere noch nicht bereit, in See zu stecken.« Er kaute auf seiner Unterlippe. »Zweitens gibt mir Lord Berisford Rätsel auf. Er kam hierher und suchte nach etwas, das mit St. Denis in Verbindung steht. Also waren Vallences letzte Worte kein sinnloses Gefasel – dieser Heilige, oder besser gesagt sein Name, ist vielleicht der Schlüssel zu dem ganzen Geheimnis.« Er seufzte und stand auf. »Genug davon. Wir sind an einem toten Punkt angelangt. Laß uns Crabtree suchen gehen. Er könnte uns zu Blueskin führen, und möglicherweise hilft er uns sogar, dieses Gespinst aus Lügen zu entwirren.«

EIN GESPRÄCH ZWISCHEN DEN PILGERN

Der Advokat unterbrach seine Erzählung, als der Mönch, dessen Gesicht vor Aufregung gerötet war, von seinem Stuhl hochsprang.

»Ihr erzählt keine Fabel!« rief er. »Ich war in der Kirche zu Greyfriars, und dort hauste ein Eremit namens Edmund of Abingdon. Mortimers Gebeine ruhen wirklich vor dem Hochaltar.«

»Nun, das weiß doch jeder«, spottete der Ordensbruder und warf seinem Gefährten neidische Blicke zu.

»Aber nicht jeder weiß«, fuhr der Mönch gewichtig fort, nachdem er sich die Lippen geleckt hatte, »daß das Grab der Königinmutter von einem Geheimnis umgeben ist.«

»Was meint Ihr damit?« fragte die Frau aus Bath, bevor sie wieder genüßlich dem Rotwein zusprach.

»Was ich sage!« parierte der Mönch scharf. Er deutete auf den Advokaten. »Wie unser ehrenwerter Freund bereits beschrieben hat, ist das Grabmal kunstvoll behauen und befindet sich in der Marienkapelle.«

»Und was ist so geheimnisvoll daran?« mischte sich Harry der Gastwirt ein.

Der Mönch setzte sich wieder hin. »Das Mysteriöse, das dieses Grabmal umgibt, ist wohl die große Stille, die dort herrscht. Niemand wagt sich auch nur in die Nähe des Grabes. Weder Isabellas Kinder noch ihre Enkel statten ihr je einen Besuch ab. Keine Messe zur Erlösung ihrer Seele wird gesungen.«

»Weil sie so verhaßt war!« trumpfte der Ablaßkrämer auf. Während er seine flachsblonden Strähnen befingerte, blickte er in die Runde. »Sie war verhaßt!« wiederholte er zischend.

»Und es wurden keine Messen abgehalten?« vergewisserte sich der Kaufmann.

»Keine einzige!« behauptete der Mönch. »Als ich das letzte Mal dort war, packte mich die Neugier, und ich schlug im Buch der Toten nach.« Er legte eine Kunstpause ein, um die Spannung zu erhöhen. »Seit zehn Jahren sind keine Messen mehr bestellt worden.«

Der Kaufmann stand auf und füllte seinen Becher aus dem Krug mit Wein nach, den der Freisasse gebracht hatte. »Gildenbrüder von mir trieben in Norfolk Handel, bevor Isabella starb«, sagte er. »Manchmal versuchte sie, sich in Castle Rising Zugang zu verschaffen, aber ein Hineinkommen war schier unmöglich. In der gesamten Umgebung wimmelte es von königlichen Bogenschützen. Nur sehr wenigen Leuten wurde Einlaß in die Burg gewährt, und wenn sie wieder gingen, wurden sie aufs gründlichste durchsucht.«

»Das gleiche gilt für die Häfen in Norfolk«, meldete sich der Kapitän zu Wort.

Der Advokat klatschte in die Hände. »Ich habe Euch gut zugehört«, erklärte er mit einem angedeuteten Lächeln, »aber nun hört Ihr mir gut zu, denn ich komme später darauf zu sprechen . . .«

TEIL III

KAPITEL 1

Nicholas Chirke und sein Diener machten sich auf den Weg zu den stinkenden Elendsquartieren von Alsatia, in denen das Kloster der Karmelitermönche lag. Rußflocken schwebten in der Luft, an Straßenecken bettelten Kinder, betrunkene Weiber lagen zusammen mit den Kadavern von Hunden und Katzen in der Gosse. Schweine taten sich an Abfällen gütlich, die sich auf der Straße türmten.

Ein Schwachsinniger verkaufte unsichtbares Pergament, und eine Frau mit einer Wucherung am Hals erbot sich, eine Gallone Wasser zu trinken und es für einen Penny wieder auszuspeien. Selbst die Regentropfen, die aus den schweren Wolken fielen, wirkten wie ein Niederschlag aus Schwefel.

Nicholas, die Hand am Schwertknauf, schob sich an den Galgenstricken und Strauchdieben vorbei, die dort herumlungerten, wo der Arm des Gesetzes nicht immer hinreichte. Da waren die ›Angler‹, Männer und Frauen, die mit Stöcken durch offenstehende Fenster hangelten, um Wertsachen herauszufischen. Schwindler, die so taten, als hätten sie in den letzten Kriegen gekämpft, und sich als verkrüppelte Bettler verkleideten; sie wehklagten lauthals, daß es eine Schande sei, wenn alte Soldaten um Almosen bitten müßten, während junge Burschen hoch zu Roß daherritten.

Scathelocke sah sich die Männer genauer an. Chirke hatte ihm von den Kerlen erzählt, die es verstanden, sich gräßliche Wunden und Verletzungen aufzumalen, und sogar vorgaben, sie hätten einen Fuß oder eine Hand verloren; des Nachts kehrten sie dann mit unversehrten Gliedmaßen in ihre Behausungen zurück, um ihre Beute untereinander aufzuteilen.

Er steckte die Hand in sein Geldsäcklein und suchte nach einer Münze, die er einem der Bettelweiber geben wollte, die umherscharwenzelten, während sich ein Rudel Kinder an ihre schmuddeligen Röcke klammerte. Chirke packte sein Handgelenk.

»Das sind Schmarotzer!« flüsterte er. »Diese Frauen malen ihren Kindern Wunden auf und schicken sie dann zum Betteln los. Und sieh dir das an!« Er deutete auf einen splitternackten Mann, der wie irrsinnig auf der Stelle tanzte. »Ich wette, er ist genauso richtig im Kopf wie du und ich. Aber vorgetäuschter Wahnsinn kann eine lukrative Art sein, sich seinen Lebensunterhalt zu verdienen.«

Gegenüber den verstreut liegenden Gebäuden des Karmeliterklosters suchten sich Nicholas und Scathelocke ihren Weg über holpriges Kopfsteinpflaster; schließlich durchschritten sie einen halbeingestürzten Torbogen und gingen ein schmales Gäßchen hinunter. Vor einer schäbigen Taverne blieben sie stehen. Sämtliche Fenster waren mit Brettern zugenagelt, die Tünche pellte sich von den Wänden, und das Wirtshausschild, auf dem ein beschwipster Bischof auf einem Esel zu sehen war, hing schief. Nicholas betrat die düstere Schankstube und hielt suchend unter dem bunt zusammengewürfelten lichtscheuen Gesindel Ausschau, das dort hauste.

»Crabtree!« rief er. »Ich weiß, daß du hier bist, du elender Halunke!«

Scathelocke erstarrte; er war entsetzt, weil sein Herr es wagte, vor diesem verluderten Haufen so aufzutrumpfen. Doch wie aus dem Nichts tauchte ein Mann auf. Er trug ein grellbuntes Wams, Beinkleider und ein Paar auffallende Stiefel. Der Kerl war der geborene Schurke, obwohl er ein angenehmes Gesicht, listige Augen und einen lächelnden Mund hatte. Pechschwarzes Haar umrahmte das sonnengebräunte Gesicht und hing ihm bis auf die Schultern. Grinsend sagte er: »Master Chirke, mein Retter, willkommen in meinem bescheidenen Heim!«

»Crabtree«, erwiderte Nicholas, »du bist der unverschämteste Taugenichts auf Gottes Erdboden. Das ist mein Diener, Henry Scathelocke.«

Aus seinen sonderbaren, blaßblauen Augen sah Crabtree Scathelocke an. Dann streckte er ihm seine warme, kräftige Hand entgegen.

»Ich heiße dich aufs herzlichste willkommen, Henry.«

Scathelocke nahm die dargebotene Hand und drückte sie. Der Bursche war ihm auf Anhieb sympathisch.

»Kommt mit!« Crabtree wedelte mit der Hand. »Wirt!« brüllte er, »einen Krug von Eurem besten und drei Becher! Master Chirke bezahlt die Rechnung!«

Er lotste sie durch die Schankstube, wobei er die Unruhe, die durch die Ankunft der beiden Fremden entstand, mit einem strahlenden Lächeln oder einem freundlichen Wort beschwichtigte. Scathelocke fiel auf, daß der Tisch, den er für sie ausgesucht hatte, am hinteren Ende der Stube stand, abseits von den anderen und gleich neben einer kleinen Seitentür. Als sie sich hingesetzt hatten, deutete Nicholas auf die schmale Pforte.

»Deine Gewohnheiten ändern sich wohl nie, Crabtree. Immer auf dem Sprung und bereit zur Flucht.«

Crabtree setzte eine scheinheilige Miene auf und spreizte die Hände.

»Alles Mißverständnisse, Master Chirke, alles Mißverständnisse. Sie verfolgen mich bis in meine Träume und vergällen mein Leben.«

Sie verstummten, als der Wirt den Krug und drei Becher brachte. Crabtree schenkte so umsichtig und manierlich den Wein aus, als speisten sie an der Hohen Tafel in den Inns of Court.

»Ich möchte dich ein wenig näher mit Master Crabtree bekanntmachen«, sagte Nicholas und lächelte Scathelocke zu. »Wie er selbst sagt, wird er von vielen Menschen mißverstanden. Er ist kein Dieb, aber es fällt ihm schwer, zwischen seinem Eigentum und der Habe anderer zu unterscheiden.«

»Gewiß, gewiß«, bekräftigte Crabtree und lehnte sich gegen die Wand; der Spott schien ihm nichts auszumachen. »Ich stehe Euch zu Diensten, Master Chirke. Zuweilen war ich nachgerade versucht, die Stelle anzutreten, die Ihr mir einmal angeboten habt, aber wie ich sehe« – er bedachte Scathelocke mit einem herzlichen Lächeln –, »kam mir bereits ein anderer zuvor.«

Abrupt beugte sich Nicholas über den Tisch und packte Crabtree beim Arm. »Heute wird abgerechnet«, sagte er. »Ich bin hier, um meinen Lohn einzufordern.«

Crabtree lächelte gezwungen und löste sich behutsam aus Nicholas' Umklammerung.

»Ihr bekommt von mir, was Ihr wollt, Master Chirke.«

»Weißt du irgend etwas über den Mord an Berisford?«

»Nicht das geringste.«

»Hast du schon von einem Gauner namens Blueskin gehört?«

»Den Mann kenne ich nur dem Namen nach. Ich bestehle die Lebenden, Master Chirke, nicht die Toten!«

»Dann kannst du mir also nicht helfen?«

»Leider nein, Master Chirke.«

Crabtree stand auf. Er warf sich seinen abgewetzten Mantel über die Schultern und stolzierte zur Tür, wo er sich noch einmal mit wütendem Gesicht umdrehte.

»Verpißt Euch, Chirke!« brüllte er. »Lieber sehe ich Euch in der Hölle wieder, als daß ich noch einmal mit Euch spräche!«

Ehe Nicholas antworten konnte, war er nach draußen gestapft.

»Wenn das die große Abrechnung war«, murmelte Scathelocke trocken, »dann seid Ihr genauso arm wie zuvor, Master.«

»Halt den Mund, Scathelocke!«

»Natürlich, Master.«

Nicholas stürzte den restlichen Wein hinunter und begab sich nach draußen in die klamme Kälte; es dunkelte bereits. Er war empört, und er gestand sich ein, daß Crabtrees Abfuhr ihn sogar kränkte. Hinter ihm schlurfte Scathelocke und schien Selbstgespräche zu führen, aber Nicholas wußte, daß sein Diener leise vor sich hin fluchte. Doch dann, am Ende der Gasse, in der Nähe des Eingangs zum Karmeliterkloster, kam aus einem der schmalen Durchgänge zwischen den Häusern ein Kieselstein geflogen; klatschend landete er in einer Pfütze, direkt zu seinen Füßen.

»Pssst!« zischte eine Stimme. »Es war nicht böse gemeint, aber mein Auftritt vorhin war nötig! Nein, kommt nicht näher! Bleibt stehen und tut so, als würdet Ihr mit Eurem Diener sprechen!«

Nicholas drehte sich um und wäre um ein Haar mit dem völlig verdatterten Scathelocke zusammengeprallt. Verschwörerisch blinzelte Nicholas seinem Diener zu.

»Stehenbleiben, Henry!« wisperte er. »Und so tun, als ob wir uns miteinander unterhielten.« Halb wandte er den Kopf und spähte verstohlen in die Seitengasse hinein. »Sprich weiter, Crabtree!« murmelte er.

»Kennt Ihr den Hüter der Tore?« Crabtrees Stimme war kaum noch zu vernehmen.

»Ich habe von ihm gehört.«

»Er hat mit Berisfords Tod zu tun.«

»Woher weißt du das?«

»Beweise habe ich keine. Bei Gott, Master Chirke, Ihr befindet Euch hier nicht vor Gericht. Ich weiß es eben.«

»Und Blueskin?«

Crabtree gluckste leise. »Begebt Euch in die Taverne *Zum Kormoran*. Der Wirt dort sammelt Kuriositäten. Sagt ihm, er soll Euch seinen Morisken zeigen.«

»Was ist das?«

»Das werdet Ihr schon sehen. Geht nur hin. Wir sehen uns dann später.«

»Noch etwas, Crabtree.«

»Was?«

»Finde alles heraus, was sich über Berisford in Erfahrung bringen läßt. Ich werde dich gut dafür bezahlen.«

Nicholas legte eine Hand auf Scathelockes Schulter, und sie setzten ihren Weg fort. Crabtree sah ihnen nach und lachte leise in sich hinein. Er lehnte sich an die nach Pisse stinkende Mauer und blickte zum dunkler werdenden Himmel empor.

»Ich mag es nicht, wenn man mich bedroht«, flüsterte er zu sich selbst. »Und auch der König der Bettler wird mich nicht einschüchtern können, zur Hölle mit diesem Bastard!«

Nicholas und Scathelocke gingen zur Fleet Street, wo sie einen Fackelträger anheuerten, der sie für einen Penny zum *Kormoran* brachte. Die Taverne war ein verfallenes, vierstöckiges Gemäuer. Die oberen Geschosse ragten so weit hervor, daß es aussah, als könnte das gesamte Gebäude jeden Augenblick auf die Straße krachen.

In der großen Schankstube drängten sich Lotterweiber, Hurentreiber, Beutelschneider und anderes Gelichter, der Abschaum und Bodensatz der Londoner Unterwelt. Man hockte an behelfsmäßigen Tischen, um zu spielen, zu streiten oder um laut schmatzend und bergeweise angefaultes Fleisch zu vertilgen, das, in billigem Öl gesotten und mit scharfen Gewürzen bestreut, in großen Schüsseln aufgetragen wurde.

Nicholas und Scathelocke würdigte man kaum eines Blickes. Die allgemeine Aufmerksamkeit richtete sich auf ein fieberhaft betriebenes Glücksspiel, das mitten im Raum stattfand; ein Pulk von Spielern kauerte auf der schmutzigen Binsenstreu und beobachtete gebannt die Würfel, die aus einem geborstenen Zinnbecher fielen.

»Master«, flüsterte Scathelocke, »seht Euch doch nur mal um!«

Nicholas gehorchte und schnappte vor Staunen nach Luft. Längs den Wänden reihte sich eine Kuriosität an die andere. Ein ausgestopfter Tümmler rangierte hier unter ›Meeresungeheuer‹. Eine riesige Muschel war angeblich ein elfenbeinernes Türmchen von der verlorenen Insel der Seligen. Wie auf einem schmuddeligen Fetzen Pergament geschrieben stand, hatte man in dem einbalsamierten, schwarzen, verschrumpelten Kopf das Haupt Goliaths vor sich. Wollte man der Unterschrift Glauben schenken, dann hatte Saladin bei der Eroberung Jerusalems die blutdurchtränkte, nun verschossene blau-rote Fahne getragen.

Den Ehrenplatz der Ausstellung nahm indes ein ramponierter hölzerner Kasten ein, in dem eine Gestalt stand, die als Moriske aus den Goldminen von Trebizond beschrieben wurde. Nicholas trat heran, um sie in Augenschein zu nehmen. Der dunkelbraune, nur mit einem Lendenschurz bekleidete Körper war bestens mumifiziert. Die Augen standen halb offen, der Mund wurde zugehalten von einem dünnen Metallstab, den man zwischen Kinn und Brustbein geklemmt hatte; auf dem fettigen schwarzen Haar thronte ein leuchtendroter Turban. Aufmerksam musterte der Advokat die Schultern, wo die Färbung bereits zu verblassen begann, und die eingefallenen Wangen mit den dunkelblauen Flecken.

»Was ist das, Master? Soll das der Moriske sein?«

Nicholas schüttelte den Kopf. »Wir stehen hier vor den sterblichen Überresten des Grabschänders Blueskin, der entweder erhängt wurde oder bei einer Wirtshausprügelei ums Leben kam. Man hat seinen Körper mit Kräutern ausgestopft, ihn mit Farbe bemalt und als Kuriosität ausgestellt.«

»Kann ich Euch helfen, werte Herren?«

Hinter ihnen lauerte der Wirt, ein schmuddeliger Fettwanst mit einem kahlen Schädel, der die Form einer Zwiebel hatte. Argwöhnisch beobachtete er sie aus milchigblauen Augen, die an die einer alten Katze erinnerten. Nicholas drückte ihm eine Münze in die schwielige Pranke.

»Ich habe von Euren Kuriositäten gehört und bin gekommen, um sie mir selbst anzusehen. Dieser Moriske ist sehr merkwürdig. Wie lange habt Ihr ihn schon?«

»Seit zwei oder drei Wochen«, antwortete der Wirt, »aber er ist nicht verkäuflich.«

»Eine weise Entscheidung. Ab er er steht schon seit mindestens zwei Wochen hier?«

»Gewiß doch. Warum fragt Ihr?«

Eine weitere Münze wechselte den Besitzer.

»Aus keinem besonderen Grund, Herr Wirt. Aber ich bin um einiges schlauer geworden.«

Nicholas, gefolgt von dem schockierten Scathelocke, drehte sich um und verließ schleunigst die Taverne.

»Nun«, sagte er, als sie draußen standen, »wir haben dreierlei Dinge erfahren, Henry. Erstens wissen wir jetzt, daß Fromlich unschuldig war. Zweitens erhärtet sich der Verdacht, daß der Hüter der Tore Berisford auf dem Gewissen hat. Und drittens hat Blueskin noch vor Berisford das Zeitliche gesegnet.«

EIN GESPRÄCH ZWISCHEN DEN PILGERN

Der Advokat hielt einen Augenblick inne und blickte sich in der Schankstube um, in der es mittlerweile still geworden war.

»Ich glaube, es hat aufgehört zu regnen«, sagte der Priester. Kopfschüttelnd betrachtete er den Rechtsanwalt. »Was für Untaten! Welch gräßliche Morde! Der Prediger hat recht, wenn er behauptet, daß Macht auch viel Böses gebiert.«

»Geldgier ist die Wurzel allen Übels«, sagte der Ablaßkrämer und fuhr sich mit den Fingern durch das flachsgelbe Haar.

Der Ritter, der sich in die Kaminecke zurückgezogen hatte, beobachtete die Priorin, die hingebungsvoll ihr Schoßhündchen hätschelte. Die Geschichte des Advokaten hatte für ein gespanntes Schweigen gesorgt, denn alle waren daran erinnert worden, welche Macht die herrschende Kaste im Land ausübte, eine Macht, die auf Geld und dem Gebrauch von Schwertern beruhte.

»Erzählt weiter!« krähte der Koch. Er kratzte das eiternde Geschwür an seinem Bein auf, und die Wunde begann um so schlimmer zu schwären.

Der Advokat schüttelte den Kopf. »Vielleicht sollte ich lieber eine Pause einlegen, da es jetzt zu regnen aufgehört hat.«

Er ließ den Satz im Raum stehen und schüttelte den Kopf, als seine Zuhörer ihn zum Fortfahren drängten. Dann stand er auf, raffte seinen mehrfarbigen Rock enger um seine Gestalt, schob die Daumen in die seidengefütterten Taschen und spazierte hinaus in den Kräutergarten, der hinter der Taverne lag. Der Verwalter folgte ihm.

»Ist es denn unbedingt nötig, daß Ihr diese Geschichte erzählt, Nicholas?« fragte er, als sie allein waren.

Der Advokat kehrte ihm beharrlich den Rücken zu.

»Ja, ich muß sie erzählen«, antwortete er ruhig. »Letztes Jahr starben Sir Roger Hobbedon und Sir Amyas Petrie. Da der alte König bereits tot ist, bin ich von meiner Schweigepflicht entbunden.«

Der Verwalter zuckte die Achseln und kehrte in die Taverne zurück. Der Advokat wartete darauf, das Geräusch leichter Schritte zu hören. Als er sie dann vernahm, gab er sich nicht einmal die Mühe, den Kopf zu drehen.

»Nicholas.«

»Madam Eglantine!«

»Für mich wirst du immer Nicholas bleiben. Ich dachte, ich sei auf ewig deine Beatrice.« Nun wandte sich der Advokat um, und in seinen sonderbar gefärbten Augen glänzten Tränen.

»Für mich, Madam Eglantine, ist Lady Beatrice schon vor vielen Jahren gestorben.«

Die Priorin tat einen Schritt nach vorn.

»Bei Sankt Aloy!«

Der Advokat schnaubte verächtlich durch die Nase. »Um Gottes willen, Madam, hört auf, Euch zu verstellen. Sprecht zu mir in schlichtem Englisch, und nicht in dem affektierten Französisch, das Ihr in einem Kloster in Stratford aufgeschnappt habt.« Er ging einen Schritt auf sie zu. »Seht Euch nur an«, fuhr er leise fort. »Ihr füttert Euer Hündchen mit gebratenem Fleisch und feinstem, in Milch getunkten Weißbrot. Euer grauer Schleier ist kunstvoll gefältelt. Ihr tragt eine goldene Brosche, und Euer Rosenkranz besteht aus Bernsteinperlen.« Seine Augen funkelten wütend. »Unvorstellbar, daß ich und mein Bruder Robert, Gott sei ihm gnädig, einstmals um Euch kämpften!«

Aus ihren blauen Augen starrte die Priorin ihn an.

»Robert ist tot«, sagte sie.

»Aye, kein Wunder. Ihr habt ihm das Herz gebrochen.«

»Ich habe auf dich gewartet. Ich war sicher, du würdest zurückkommen«, beschied ihm die Priorin. »Und als du fernbliebst, litt ich Höllenqualen.«

»Seltsam« parierte der Advokat. »Ich bin auch durch die Hölle gegangen, aber Euch habe ich nicht gesehen.«

»Was ist geschehen?« fragte die Priorin, die Beleidigung überhörend. Sie trat noch einen Schritt näher. Ihre weißen, weichen Finger umklammerten das Handgelenk des Advokaten. »Nicholas, was ist vorgefallen?«

»Lauscht nur aufmerksam meiner Geschichte, Madam.«

Sie rückte von ihm ab. »Du bist hart geworden«, sagte sie. »Dein Herz hat sich in Stein verwandelt.«

Der Advokat deutete eine Verbeugung an. »Ihr kennt doch das Sprichwort, Madam, ›wer sich mit den Wölfen zum Schlafen niederlegt, fängt an zu heulen, wenn er wieder wach wird.‹« Er wandte den Blick ab und sah den Schwalben zu, die unter den Dachsparren nisteten und nun pfeilgeschwind über den Kräutergarten flitzten. »Ich bin nicht hart«, widersprach er, »aber die Welt ist ein grausamer Ort. So wie ein Ritter einen Schild trägt, muß ein jeder Mensch seine Seele mit einem Panzer umgeben.«

Die Priorin drehte sich um und schritt langsam in die Taverne zurück. Der Advokat sah ihr nach.

»Was hat es für einen Sinn?« flüsterte er zu sich selbst. »Was nützt das Singen, wenn einem keiner zuhört? Warum lächeln, wenn niemand das Lächeln erwidert?«

Er schritt den gepflasterten Pfad weiter und erfreute sich an dem Duft von Minze, Thymian, Rosmarin, Petersilie und Fenchel, die dort wuchsen. Zwischen den dunklen Bäumen hinter der Taverne drangen die Rufe eines Kuckucks hervor. Der Advokat schloß kurz die Augen und fühlte sich wieder wie einst als Knabe. Er erinnerte sich, wie er, Robert und Beatrice auf einer Blumenwiese in einem Wäldchen nahe den Ruinen von Burg Bigod gespielt hatten.

»Sir?«

Wieder gab sich der Advokat nicht die Mühe, den Kopf zu drehen.

»Ja, Herr Ritter?«

»Ich weiß, daß Ihr im Bilde seid.«

»Tatsächlich?«

»Für das, was passiert ist, trage ich keine Verantwortung«, fuhr der Ritter fort. »Ich führte lediglich Befehle aus. Etwas Schreckliches hat sich ereignet, nicht wahr?«

»Nein, Sir Godfrey. Nur die einfachen Leute mußten unter dem Druck leiden, die Leute ohne Macht und Schutz.«

Der Advokat stand da und zerrieb ein paar Blättchen Minze zwischen den Fingern. Dann hob er sie an die Nase und schnüffelte. Er drehte sich erst um, als er hörte, wie der Ritter sich wieder entfernte.

Harry, der Gastwirt, stand in der Tür und winkte ihm zu. »Kommt in die Stube, gleich fängt es wieder an zu regnen«, rief er, mit dem Zeigefinger gen Himmel deutend. »Wir warten darauf, daß Ihr Eure Geschichte weitererzählt.«

Der Advokat betrachtete die Wolken, die sich abermals zusammenballten und vor die matte Sonne schoben. Dann ließ er den Blick in die Runde schweifen. Der Garten grünte in herrlicher Frische. Er sammelte seine Gedanken und ging zur Taverne zurück. Während er in tiefen Zügen die kühle Frühlingsluft einatmete, sagte er sich, daß er auf der Hut sein müsse.

Indem er seine Geschichte zum besten gab, fühlte er sich innerlich gereinigt, wie befreit. Allerdings war er klug genug, um zu wissen, daß das Geheimnis, um das sich die Erzählung drehte, von den Mächtigen im Lande immer noch eifersüchtig gehütet wurde.

Gewiß, der alte König war tot und lag in einem Sarkophag in Westminster Abbey; doch seine Söhne lebten, machtvolle junge Falken, die genauso in Blut wateten wie ihr älterer Bruder, Edward der Schwarze Prinz, dessen von Syphilis zerfressener Leichnam nun vor dem Hochaltar in der Kathedrale zu Canterbury ruhte.

Der Advokat hatte sich nicht nur auf diese Pilgerreise begeben, um vor Beckets Grab niederzuknien, sondern auch, um für den Prinzen zu beten, der soviel Unheil verbrochen hatte. Vor der Tür der Taverne blieb er stehen und zog seinen Rock aus. In diesem Moment torkelte der Gerichtsbote durch die Tür, mit den feisten Fingern einen Becher Wein umklammernd. Auf seinem Kopf saß ein großer Kranz aus Weinlaub, und sein ohnehin schon rotes Gesicht glühte förmlich von dem übermäßigen Genuß des Rotweins.

Angewidert betrachtet der Advokat die roten Pusteln und weißen Eiterpickel, die die Nase des Mannes übersäten, die lüstern dreinblickenden Triefaugen unter den räudigen schwarzen Brauen und den schütteren Bart, der aus dem pockennarbigen Kinn sproß.

»Ihr erzählt da eine sehr schöne Geschichte«, lallte der Gerichtsbote, dessen Atem nach Wein, Knoblauch und Zwiebeln stank.

Der Advokat ließ sich seinen Ekel nicht anmerken und wollte schon an dem unappetitlichen Kerl vorbeigehen. Aber schon stellte sich ihm der Gerichtsbote in den Weg, und der joviale Ausdruck verschwand von dem fetten, häßlichen Gesicht.

»Der König der Bettler übersendet Euch seine Grüße«, raunte er. »Gebt gut acht, was Ihr sagt!«

TEIL IV

KAPITEL 1

Nicholas und Scathelocke lehnten sich in ihren Stühlen vor dem Kaminfeuer zurück; die Stiefel hatten sie ausgezogen, und sie nippten an dem Rotwein, den Catherine ihnen kredenzte. Sie selbst hielt sich nun im Obergeschoß auf und brachte die Kinder zu Bett, während John noch in seiner Schreibstube arbeitete. Nicholas war müde; er sann über das nach, was sie in Erfahrung gebracht hatten. Hin und wieder streifte er Scathelocke mit einem Seitenblick und fragte sich, welchen Träumen sein Diener wohl nachhing.

»Scathelocke«, platzte er unvermittelt heraus, »woran denkt du?«

Scathelocke verzog ergrimmt das Gesicht. Er stand im Begriff, eine Antwort zu geben, als es laut an der Tür klopfte. Erleichtert seufzte Scathelocke, stand auf und tappte auf Strümpfen über die Steinfliesen.

»Ist Master Chirke daheim?« bellte aus dem Dunkel eine Stimme.

»Komm rein, Crabtree!« brüllte Nicholas. »Aber streif dir vorher die Stiefel ab und laß deine Finger von sämtlichen Wertsachen!« Er streckte ein Bein aus und hangelte einen Schemel heran. »Setz dich. Wenn du dich benimmst, kriegst du auch was zu essen und zu trinken.«

»Sehr großzügig, Master, wirklich, überaus großzügig«, erwiderte Crabtree und hockte sich auf dem Schemel zwischen Nicholas und Scathelocke.

»Ich bin nicht dein Master!« schnappte Chirke. »Du stehst nicht in meinen Diensten.«

»Vielleicht läßt sich das ändern«, parierte Crabtree und hielt die Hände ans Feuer. »Bitte, Master, laßt mich bis Michaelis bei Euch bleiben, ich bin am Verhungern.«

Nicholas warf Scathelocke einen fragenden Blick zu, erntete aber nur ein müdes Schulterzucken.

»Warum wolltest du in der Öffentlichkeit nicht mit uns zusammen gesehen werden?« erkundigte sich Nicholas.

Crabtree grinste verschmitzt. »Es hatte einen guten Grund. Aber wenn Ihr mir einen Shilling pro Quartal zahlt, dazu ein paar Pennys für Kost und Logis, dann bin ich Euer Mann.«

»Weshalb sollte ich dich in meinen Dienst stellen?«

Crabtree bewegte die Finger vor dem Feuer. »Für einen Becher Wein und einen Kanten Brot, Master, erzähle ich Euch alles – oder wenigstens ein bißchen – über das Geheimnis, mit dem Ihr Euch derzeit befaßt.«

Nicholas gab Scathelocke mit einem Kopfnicken ein Zeichen; Scathelocke hievte sich aus dem Stuhl und steuerte auf die Vorratskammer zu.

»Ein bißchen Wein«, rief Crabtree ihm hinterher, »das beste Brot, etwas guten, weichen Käse und eine Scheibe geräucherten Speck. Vielleicht noch einen Apfel . . .?«

Scathelocke murmelte eine zotige Erwiderung, doch dann kam er mit dem Gewünschten zurück; es fehlte nur der Speck. Die Platte drückte er Crabtree in die Hand, den Zinnbecher stellte er neben den Schemel auf den Fußboden.

»Ich hatte noch Speck verlangt«, nörgelte Crabtree.

Nicholas blickte verdutzt drein. In Catherines Vorratskammer hingen mindestens drei große Speckseiten von den Deckenbalken. Scathelocke verzog keine Miene, sondern nahm wieder Platz und stierte ins Feuer.

»Fang an zu erzählen, Crabtree«, forderte Nicholas den Burschen auf.

Doch Crabtree war emsig dabei, sich den Mund vollzustopfen. Nicholas wartete, bis sich auf der Platte keine einzige Krume mehr befand. Crabtree rülpste laut, bückte sich nach dem Weinbecher und lächelte zufrieden.

»Ich möchte nicht drauflosschwatzen, sondern lieber Eure Fragen beantworten«, entgegnete er.

»Wer ist der König der Bettler, der Hüter der Tore?«

Crabtree nahm einen tiefen Zug aus dem Becher. »Das weiß Gott allein, Master. Jeder, angefangen bei den Räuberbanden südlich der Themse bis zu den Wegelagerern in Hounslow und Clerkenwell, fürchtet ihn, aber keiner weiß, wer er ist.«

»Ich dachte, er ist der König der Unterwelt, der Anführer der Diebe.«

»O nein, das stimmt nicht ganz«, widersprach Crabtree. »Er ist genau das, als was er sich bezeichnet, der Hüter der Tore. Kein Dieb darf ohne seine Einwilligung die Stadt London betreten. Kein Verbrechen wird hier begangen, ohne daß er davon weiß. Der Hüter ist ein äußerst gefährlicher Mann. Wenn man ihn beleidigt, dann packen einen die Büttel beim Schlafittchen, und man landet in Newgate. Man könnte ihn mit einem Bauern vergleichen; er läßt die Diebe fett und reich werden, und wenn es ihn gelüstet, fährt er die Ernte ein. Schon mancher, der es wagte, ihm die Stirn zu bieten, hat seine Keckheit auf dem Schafott zu Smithfield bereut.«

Scathelocke gab ein rüdes Geräusch von sich.

»Wenn ihr mir nicht glaubt«, sagte Crabtree, »dann geht doch hin und sprecht mit den Taschendieben in Alsatia oder den Schmugglern und Schiebern, die sich in der Umgebung des Karmeliterklosters herumtreiben.«

»Aber wie kann er dieses Gelichter denn kontrollieren?« warf Scathelocke spöttisch ein.

»Wie verbreitet sich ein Gerücht?« konterte Crabtree. »Er läßt seine Macht spüren. Seine Wege sind geheimnisvoll, wie die des Herrgotts. Ich möchte ihm jedenfalls nicht unangenehm auffallen.« Er verzog das Gesicht. »Er hat mich bereits davor gewarnt, Euch zu helfen.«

»Aus welchem Grund denn?« fragte Nicholas.

»Kommt, Master! Jeder weiß doch Bescheid, daß Richter Berisford ermordet wurde, und Fromlich ganz plötzlich in Newgate das Zeitliche segnete. Und die Umstände, die zu Vallences Tod führten, sind gleichermaßen bekannt.«

Nicholas zog seinen Dolch aus der Scheide und rieb die Klinge vorsichtig an Crabtrees Wange entlang.

»Ich schlage vor, Crabtree, daß du uns jetzt alles erzählst, was du weißt.«

Crabtree nahm einen kräftigen Zug aus dem Becher, beleckte sich die Lippen und holte tief Luft.

»Langsam, alles schön der Reihe nach«, ermahnte ihn Nicholas.

»Die alte Königin ist gestorben«, begann Crabtree. »Steif wie ein Brett liegt sie auf Castle Rising in Norfolk. Alles trauerte, und man brachte den Leichnam über die Mile End Road, um ihn neben dem Hochaltar in der Greyfriars-Kirche zu bestatten.« Fragend blickte er Nicholas an. »Wißt Ihr, wo ihr Buhle, Roger Mortimer, Earl of March, begraben liegt? Er baumelte in Tyburn, weil er die Mutter des Königs besprungen hat und weil er befahl, dem sodomitischen Vater des Königs einen rotglühenden Schürhaken in den Arsch zu stoßen.«

»Weiter, Crabtree.«

»Nun ja, ein junger Knappe namens Vallence, den die Königin entsandt hat, versucht, an Bord einer venezianischen Galeere zu gehen, die in der Themse ankert. Vallence wird abgefangen, er wehrt sich und wird dabei verwundet. Man bringt ihn ins St. Bartholomew's Hospital in Smithfield, wo er von unserem alten Sheriff, Sir Amyas Petrie, und zwei Ratsherrn besucht wird. Doch die Verletzungen, die Vallence davongetragen hat, sind schwer. Er spuckt Blut und stirbt. Als Dank für seine Dienste verscharrt man ihn in einem Armengrab unter den Eiben bei St. Bartholomew.«

»Und was sonst noch?« hakte Nicholas nach.

»Die Kriegsschiffe des Königs sperren die Themse ab. Die Galeere wird aufgebracht und durchsucht, darf aber weitersegeln. Desgleichen durchkämmt man die Gegend um den Kai, denn was immer Vallence bei sich trug, ging verloren. Auch Richter Stephen Berisford besuchte den sterbenden Vallence – im Auftrag des Sheriffs soll er herausfinden, welche geheimen Botschaften der französische Knappe mit sich führte. Ein paar Tage später findet man Berisford ermordet auf Primrose Hill, und keiner weiß, wer es getan hat. Auf den ersten Blick sieht es aus, als hätte er Selbstmord begangen, aber wie kann sich ein Mann ausziehen, sich in sein Schwert stürzen, die Kleider wieder anlegen und dann nach Primrose Hill wandeln, um sich in einen Graben zu schmeißen?«

Nicholas nickte, als er an den Bericht des Untersuchungsrichters dachte.

»Verrate mir eines, Crabtree; Richter Berisford wurde heftig geschlagen, bevor man ihn umbrachte und seinen Tod als Selbstmord zu tarnen versuchte. Wer würde so etwas tun?«

»Master, ich kenne hundert stramme Kerle, die jetzt in den Kaschemmen von Southwark herumlungern und genau das gleiche mit ihren eigenen Müttern anstellen würden, vorausgesetzt, der Preis stimmt.«

»Nein, nein, so meine ich das nicht«, widersprach Nicholas. »Jemand muß sich daran ergötzt haben, Berisford zu quälen – es gibt andere Methoden, einen Mann zu töten, als ihn buchstäblich zu Brei zu schlagen.«

Crabtree befeuchtete seine Lippen.

»Du denkst an jemand bestimmten, nicht wahr?« Scathelocke packte ihn an der Schulter.

Crabtree spreizte die schmuddeligen Finger. »Master, gebt Ihr mir einen Shilling?«

Nicholas drückte den Dolch fester gegen die Kehle des Mannes.

»Greine nicht«, zischte er, »das paßt nicht zu dir. Du hast hier gegessen und getrunken. Nun heraus mit der Sprache.«

»Versprecht Ihr mir, daß Ihr mich nicht verratet?«

»Wer ist es?«

Crabtree zog die Nase hoch. »Wormwood!«

»Wer?«

»Wormwood. Jemand, der auf Auftrag für andere mordete. Er gehörte zu den Vollstreckern des Hüters der Tore. Meistens verkehrte er in der Taverne *Locked Heart* in der Pig Alley, die von der Chick Lane abzweigt. Er war ein richtiger Folterknecht, ein ganz gemeiner, heimtückischer Kerl. Von Beruf war er Abdecker – besaß einen kleinen Laden und einen Keller in Aldersgate, bis er anfing, mit seinem Messer Menschen aufzuschlitzen anstatt Tiere.«

»Woher weißt du das alles?« Nachdenklich musterte Nicholas seinen Gast, der ihm vielleicht einen Bären aufband. Oder sprach er doch die Wahrheit?

Crabtree schmunzelte und tippte sich an den Nasenflügel. »Crabtree kommt viel herum, Master, und er ist mal hier, mal da, wie der Wind. Keiner beachtet mich, ich hingegen sperre die Ohren auf und merkte mir gut, was ich höre.«

»Vielleicht sollten wir uns mal diesen Wormwood vornehmen«, hakte Scathelocke ein.

»Das ist leider nicht mehr möglich«, murmelte Crabtree, »denn Wormwood erlitt das gleiche Schicksal wie Blueskin. Erst unlängst errang er die Gunst einer Lady der Nacht. Sie mieteten sich eine besondere Kammer, und dort durchbohrte sie ihm das Herz – aber nicht mit Amors Pfeil, sondern mit einem Dolch.« Crabtree grinste schamlos über seinen billigen Witz.

Nicholas steckte den Dolch wieder in die Scheide zurück; den Kopf in den Nacken gelegt, stierte er zu den Deckenbalken empor.

»Wormwood wurde also von einer Frau ermordet. Ein hübsches junges Weib fing mich vor Newgate ab und behauptete, Fromlichs Verwandte zu sein.«

»Er hatte keine Verwandte, die jung und hübsch war«, entgegnete Crabtree.

»Das weiß ich mittlerweile auch«, knurrte Nicholas. »Aber wer, in Gottes Namen, ist diese Frau?«

Crabtree klatschte in die Hände und brüllte vor Lachen.

»Nachtschatten!« flüsterte er und griente Nicholas an. »So nennen wir sie. Eine Lady der Nacht, eine Hübschlerin der höchsten Klasse. Für ihre Gunst muß man teuer bezahlen. Gegen ein Aufgeld sorgt sie dafür, daß der, der mit ihr schlafen will, gar nicht mehr aufwacht. Viele Ehegesponse und eifersüchtige Liebhaber nahmen schon ihre Dienste in Anspruch. Aber bis jetzt konnte das Gesetz dieser Dame noch nichts anhaben.«

Nicholas nickte versonnen mit dem Kopf.

»Es gibt nur eine Person, Master«, fuhr Crabtree fort, »die in dieser Angelegenheit Leute wie Wormwood und Nachtschatten für sich arbeiten ließe – der Hüter der Tore!«

»Laß uns versuchen«, fiel Nicholas ihm ins Wort, »aus diesen Strohhalmen Ziegel zu formen. *Causa disputandi*, um der Diskussion willen. Vallence wird verwundet und stirbt im Hospital zu St. Bartholomew. Sollte er eine geheime Botschaft mit sich geführt haben, so ging sie verloren. Richter Berisford ist beauftragt, die Lösung des Rätsels zu finden. Auf Drängen des

Königs werden die Amtsträger der Stadt gleichfalls eingeschaltet. Der Hüter der Tore wittert einen Geldgewinn, wenn er selbst hinter das Geheimnis kommt, und deshalb gibt er Wormwood den Auftrag, Berisford zu ermorden. Wormwood erledigt dies auf seine übliche brutale Weise, und damit er nichts ausplaudern kann, wird er wiederum von Nachtschatten getötet.«

»Das klingt einleuchtend«, meinte Scathelocke. »Aber was hatte man mit Berisfords Leichnam angestellt? Offenbar war er schon ein paar Tage tot, als man ihn fand. Viele Leute müssen an dem Graben vorbeigekommen sein, aber erst diese beiden Arbeiter entdeckten am Donnerstag die Leiche.«

Nicholas trommelte mit den Fingerspitzen auf der Stuhllehne herum.

»Das alles ist wirklich sehr geheimnisvoll«, sagte er.

»Und dann ist da diese Geschichte mit Fromlich«, gab Scathelocke zu bedenken. »Außerdem wurden sonderbare Gerüchte verbreitet, man hätte Berisford noch lebend in verschiedenen Stadtteilen gesehen.«

»Das ist leicht zu erklären«, beschied ihm Nicholas. »Der Hüter der Tore hat absichtlich Gerüchte in die Welt gesetzt, er sorgte dafür, daß man Fromlich den Mord in die Schuhe schob, und rührte soviel Schlamm auf, daß es schwerfällt, zwischen Wahrheit und Lüge zu unterscheiden.« Der Advokat beugte sich vor und warf ein Holzscheit ins Feuer. »Ich frage mich vor allen Dingen, warum Berisford so verängstigt war. Was meinte er damit, als er herumfaselte, er würde gehängt oder verbrannt werden? An dem Tag, als er starb, muß er sich mit seinem Mörder getroffen haben, diesem bösartigen Wormwood. Aber was veranlaßt einen angesehenen Richter und Händler dieser Stadt, sich mit einem solchen Erzschuft zu verabreden?«

»Es gibt noch mehr Fragen«, hakte Crabtree ein, der bei dem Gespräch auch mitmischen wollte.

»Zum Beispiel?« fragte Scathelocke spöttisch.

»Was trug Vallence bei sich, das von so ungeheurer Wichtigkeit war? Und wo hat er es versteckt?«

»Was immer es war«, überlegte Nicholas laut, »es hat auf jeden Fall mit der alten Königin zu tun. Gab sie ihm eine Botschaft mit auf dem Weg? Die venezianische Galeere, mit der Vallence auf und davon segeln wollte, war sicher unterwegs zu einem französischen Hafen. Aber welche Geheimnisse könnte eine alte Königinwitwe wohl hüten? Geheimnisse, die England großen Schaden zufügen könnten, kämen sie eines Tages ans Licht.«

»Was geht hier vor?«

Nicholas schwenkte herum.

In der Tür stand Catherine und starrte aus schmalen Augenschlitzen auf Crabtree; der sprang auf die Füße und nestelte nervös an seiner Schamkapsel herum, während er verlegen von einem Fuß auf den anderen trat. Catherine warf einen Blick auf die leicht schiefe Nase des Ganoven, die listigen Augen und den fröhlichen Mund, und lief rot an.

»Ich wußte gar nicht, daß du Besuch hast, Nicholas.«

»Ein alter Freund.« Nicholas stand auf und ging zu seiner Schwester. »Darf er ein Weilchen hierbleiben, Catherine? Ich brauche ihn.«

Catherine nickte, während sie Crabtree keine Sekunde lang aus dem Augen ließ.

»Am Ende des Korridors ist ein Kämmerchen«, sagte sie. »Das kann er haben. Wie ist Euer Name?«

»Ich heiße Crabtree, Mistress.«

»Aye«, Catherines Miene erhellte sich, »und ich bin die Königin von Frankreich, Master Crabtree. Ich richte geschwind das Zimmer für Euch her.« Sie drohte ihm mit dem Zeigefinger. »Ihr seid meines Bruders Gast, und in diesem Haus willkommen, vorausgesetzt, daß Ihr Euch anständig benehmt!«

Sie rauschte davon. Crabtree kratzte sich am Kopf und atmete geräuschvoll aus. Dann streckte er Nicholas die offene Hand entgegen.

»Kriege ich jetzt meinen Shilling, Master?«

Nicholas fischte eine seiner kostbaren Münzen aus der Geldkatze und gab sie dem Kerl.

»Denk daran, was meine Schwester dir gesagt hat, Crabtree. Dein Wissen mag mir von Nutzen sein, aber was meine Schwester sagt, das gilt.«

»Und noch eines darfst du nicht vergessen, Crabtree«, hielt Scathelocke ihm entgegen. »Wissen kann auch gefährlich werden.«

»Du hast vollkommen recht«, parierte Crabtree gewandt. »Vielleicht solltest du das nächste Mal daran denken, wenn ich nach einer Scheibe Speck verlange!«

Crabtree stolzierte Catherine grinsend hinterher, während Scathelocke, sich ununterbrochen etwas in den Bart brummelnd, die Stiege emporstapfte.

Nicholas weckte Scathelocke und Crabtree früh am nächsten Morgen. Er schlich auf Zehenspitzen durch die Küche und beachtete nicht weiter Crabtrees Gejammere über seinen leeren Magen. Sie schnappten sich einen Krug Bier, Brot und etwas Käse aus der Vorratskammer und machten sich auf den Weg hinunter zum Fluß.

In dichten Wolken waberte der Nebel durch die schmalen Gassen und dämpfte das Gerumpel der Fuhrwerke. Nur selten drang der Schein einer Kerze, die in einem Erkerfenster brannte, oder das Licht einer Laterne der Wachsoldaten durch die Düsternis. Dennoch erwachte die Stadt langsam zu neuem Leben. An der Fish Wharf steckten bereits sechs Taschendiebe in den Zwingstöcken, und die Schinderknechte waren gerade dabei, die Daumen- und Fingerschrauben anzuziehen. Zwei Trunkenbolden riß man die Kleidung vom Leib und tauchte sie in schmutziges Flußwasser, ehe man sie in Fässern mit derselben stinkigen Brühe ankettete, wo sie bis Mittag ausharren mußten.

An den Anlegestellen dümpelten die kleinen Schmacken der Fischer, die gerade erst vom Fang zurückgekehrt waren. Die silbrig glitzernde, zappelnde Ausbeute türmte sich auf den Kais, wo zerlumpte junge Bengel mit blutverschmierten Armen den Fischen die Köpfe abhackten und sie dann in Botticke voller Salzlake warfen.

Ein Schiff wurde klargemacht, um mit der Morgenflut auszulaufen. Ritter in Kettenpanzern und mit Helmen rempelten ein paar Bogenschützen in Lederkluft an, so daß die Wachtmeister einschreiten mußten. In einer Ecke, wo sich der Zugang zu einem Lagerhaus befand, standen Männer vor einem Mönch Schlange, der ihnen die Beichte abnahm und Absolution erteilte.

Zwei Dirnen mit grellrot gefärbtem Haar scharwenzelten

vorbei. Die Bogenschützen pfiffen und johlten. Eine Hure lupfte die Röcke, zeigte ihren schmutzigen Hintern und wieselte in eine Seitengasse, ehe ein herbeieilender Büttel sie ergreifen konnte.

Chirke und seine Gefährten kämpften sich durch die dichtgepackte Menge, kletterten die nassen, glitschigen Stufen hinab und mieteten sich ein Ruderboot. Der Bootsmann ruderte mitten auf den Strom hinaus, in sicherer Entfernung von den anderen Schiffen, die im Wechsel der Gezeiten kreiselten, und dann sausten sie flußabwärts Richtung Westminster.

Nicholas kam sich vor, als würde ihn Charon über den Styx rudern, denn ihr Fährmann hatte sich zum Schutz gegen die Kälte die Kapuze tief in die Stirn gezogen, und derart vermummt legte er sich mächtig in die Riemen. Sie flitzten nur so über das Wasser, passierten eine stinkende Wolke, wo der Fleet, die große Kloake der Stadt, sich in die Themse entleerte, an der Kathedrale vorbei, deren wunderschöner Turm in einem unheimlichen Weiß leuchtete, glitten flugs um die Flußschleife herum und näherten sich ihrem Ziel.

Scathelocke und Crabtree schwiegen; der Nebel war beißend kalt, und als sie die Königsstufen am Ufer von Westminster erreichten, hatten sich ihre Wangen blau verfärbt, und ihre Zähne klapperten. Sie schlugen einen Weg ein, der am Palast vorbeiführte und in einem kleinen Weiler endete, der rings um die Abtei gewachsen war. Für einen Penny brachte ein Bengel mit einer Fackel sie zu Berisfords Haus. Nicholas peilte nach oben und atmete erleichtert auf, als er Licht in den Fenstern erspähte; sie hatten den weiten Weg also nicht umsonst gemacht. Auf sein energisches Klopfen hin öffnete ihnen ein kahlköpfiger, triefäugiger Diener die Tür.

»Nicholas Chirke. Ich bin gekommen, um mit Mawsby zu sprechen, Richter Berisfords Sekretär.«

Der alte Mann rieb sich die rotgeränderten Augen und führte sie in ein kleines, behagliches Wohnzimmer, wo eine schmuddelige Dienstmagd gerade ein Feuer anlegte. Nicholas und seine Gefährten stampften mit den Füßen auf den binsenbestreuten Boden. Crabtree fror es dermaßen, daß er die Magd wegscheuchte, kurzerhand selbst den Blasebalg ergriff und sich abmühte, das Feuer in Gang zu bringen. Bald züngelten die Flammen an den mit etwas Kohle bedeckten Holzscheiten empor, und alle drei Männer drängelten sich vor dem Kamin, um ihre erfrorenen Hände aufzutauen und ein bißchen Wärme abzukriegen.

»Wer von Euch ist Master Chirke?«

Nicholas drehte sich um. Der alte Dienstbote war zurückgekommen, und in seiner Begleitung befand sich ein dürrer Bursche mit Hakennase, trüben Augen und einem Mund wie ein Dorsch. Nervös den Wollschal befummelnd, den er sich um die Schultern geschlungen hatte, verharrte er in der Tür.

»Ich bin Matthew Mawsby.«

Er kam ins Zimmer und deutete auf die Stühle vor dem Kamin. »Nehmt bitte Platz.« Mit den Fingern schnippte er nach dem Diener. »Oswald, bring unseren Gästen etwas angewärmten Wein.«

Der alte Mann schlurfte davon, und sie setzten sich hin. »Er war der Diener meines Herrn«, erklärte Mawsby. »Er und die Magd kommen jeden Morgen noch für ein paar Stunden hierher.«

Nicholas zeigte Mawsby seine Beglaubigungsschreiben von Sir Amyas Petrie. Mawsby beugte sich vor, damit der Schein des Feuers darauf fiel, und prüfte sie sorgfältig, ehe er sie zurückgab.

»Ich kann in diese Angelegenheit kein Licht bringen«, sagte er und schnalzte laut mit der Zunge. »Eine schreckliche Geschichte! Eine schreckliche Geschichte!« Er streckte seine zitternden Hände zum Feuer aus, und als er Nicholas ansah, schimmerten in seinen Augen Tränen. »Lord Stephen war ein guter Mensch, ein guter Mensch. Er führte einen ehrenhaften Lebenswandel, und er hätte einen ehrenvolleren Tod verdient.«

»Erzählt uns, was passiert ist – von Anfang an«, drängte Nicholas; er unterbrach sich, als Oswald mit dem angewärmten Wein zurückkam. Alle drei genossen es, an dem Wein zu nippen, der sie mit wohliger Wärme durchströmte.

Der alte Sekretär schmatzte genießerisch mit den Lippen. »Ende August«, begann er, »herrschte in der Stadt ein großer Aufruhr. Ein Bote von Sir Amyas Petrie, dem Sheriff, erschien vor unserem Haus und verlangte meinen Herrn zu sprechen. Ein Flüchtiger hatte versucht, an Bord einer venezianischen Galeere zu gehen, und als man ihn daran hinderte, griff er die königlichen Bogenschützen an. Er wurde verwundet und ins St. Bartholomew Hospital nach Smithfield gebracht. Mein Herr sollte sich dorthin verfügen und mit Sir Amyas und zwei Ratsherren, Sir Ambrose Venner und Sir Oswald Cooper, zusammentreffen.« Der alte Mann zuckte die Achseln und raffte den Wollschal enger um seine Schultern. »Es sah alles ganz einfach aus. Lord Stephen war Richter, und in seinem Beisein sollte der Gefangene verhört werden.« Mawsby legte eine Pause ein und blinzelte ins Feuer. »Doch als er zurückkam, machte er einen verstörten und besorgten Eindruck.«

»Nannte er Euch den Grund dafür?«

»Nicht sogleich. Er sagte lediglich, der Gefangene, ein junger Mann, sei an seinen schweren Verletzungen gestorben. Er begab sich in seine Schreibstube und brachte dort viele Stunden zu. An seinem Pult brütete er über einem Stück Pergament. Einmal ging ich zu ihm und fragte ihn, was denn los sei. Er flüsterte: ›Gott sei dem armen Vallence gnädig!‹«

»Er kannte diesen Mann?«

»Ja«, antwortete Mawsby. »Und dann erzählte er mir, was sich in St. Bartholomew zugetragen hatte.« Mawsby holte tief Luft. »Die guten Brüder hatten Vallence in eine kleine Kammer gebracht und ihn auf eine Bettstelle gelegt. Es war klar, daß er an seiner schrecklichen Bauchwunde sterben würde. Das Blut durchtränkte das Bett. Sein Gesicht war weiß, und die Lippen waren blutig. Sir Amyas und die beiden Ratsherren standen über ihn gebeugt da.« Der Sekretär befeuchtete seine trockenen Lippen. »Lord Stephen berichtete mir, sie seien alle sehr verärgert gewesen, vor allem Sir Amyas. Vallences Bekleidung lag im Zimmer verstreut, und es war offensichtlich, daß man seine Sachen durchsucht hatte.«

»Weshalb war Sir Amyas so verärgert?«

»So genau weiß ich das nicht. Lord Stephen sagte, er habe Vallence angebrüllt, teils in Französisch, teils in Englisch, aber es seien immer dieselben Fragen gewesen: ›Wo ist es?‹ ›Was hast du bei dir gehabt?‹ ›Was hat Königin Isabella dir gegeben?‹«

Nicholas warf Scathelocke einen Blick zu und lupfte die Brauen. Sir Amyas Petrie und die beiden Ratsherren hatten sie nicht vollständig ins Bild gesetzt. Nicholas beugte sich vor.

»Hat Lord Stephen Euch auch erzählt, welche Antworten Vallence auf die Fragen gab?«

»Vallence hat nur ständig den Kopf geschüttelt und sie gebeten, einen Priester zu rufen. Sir Amyas erwiderte, er könne einen Priester haben, nachdem er ihnen die Fragen beantwortet hätte.«

»Und was tat Euer Herr?«

»Er sagte mir, er sei sehr nervös gewesen und habe sich nahe der Tür aufgehalten. Doch Vallence entdeckte ihn und rief ihn zu sich. Er flüsterte etwas, dann fiel sein Kopf zur Seite. Die Augen standen noch offen, aber aus dem Mundwinkel lief Blut. Er war tot.«

Nicholas war von dem Bericht gefesselt. »Die anderen haben Euren Herrn doch sicher ausgefragt?«

»Und ob. Lord Stephen kannte den jungen Mann, weil er an den Haushalt der alten Königin Kohle und Holz verkaufte. Sir Amyas ließ ihm keine Ruhe. Er wollte unbedingt wissen, was der junge Vallence meinem Herrn zugeflüstert hatte. Nichts, erwiderte Lord Stephen, er habe nur etwas über St. Denis gemurmelt.«

»Kannte Euer Herr diesen Vallence recht gut?«

»Er kam manchmal hierher, aber nur, um Lieferungen zu bestellen.« Mawsby hob die Schultern und ließ sie wieder sinken. »Er war nur einer von vielen, die hier einkauften. Und um Eurer Frage zuvorzukommen, ich habe keine Ahnung, wieso er St. Denis erwähnte, und auch mein Herr hatte keinen blassen Schimmer.«

Der Sekretär zupfte an einem losen Faden an seiner dicken, weiten Wollhose.

»Eine gewisse Zeit später befahl Sir Amyas meinem Herrn, die Umstände zu erforschen, die zu Vallences Tod führten.«

Nicholas setzte den Weinbecher ab. Finsteren Blickes musterte er Crabtree, der auf seinem Stuhl eingedöst war. Scathelocke hatte sich in den Schatten gesetzt und bedeckte mit einer Hand sein Gesicht.

Gereizt fragte sich Nicholas, warum sein Diener das Licht so scheute?

»Und hat Lord Stephen etwas von Belang entdeckt?« fragte er abrupt.

Bedauernd schüttelte Mawsby den Kopf. »Er suchte Greyfriars auf, und er sah sich an dem Kai um, wo Vallence verwundet wurde. Die königlichen Bogenschützen, die dort Wache standen, behaupteten, sie hätten Vallence aufgehalten, bevor er die venezianische Galeere erreichte. Vallence habe sein Schwert gezogen, es kam zu einem Kampf, und der junge Mann wurde verletzt.«

Nicholas rückte umständlich auf dem Stuhl zurecht. »Dann hat sich also nichts Ungewöhnliches ereignet, bis zu dem Freitag, bevor Lord Stephen verschwand? Sir Amyas sagte, ein Fremder sei in dieses Haus gekommen.«

»Das ist richtig«, erwiderte Mawsby. »Lord Stephen saß in diesem Zimmer. Während der letzten Tage war er sehr unruhig gewesen und hatte Nahrung und Trinken verweigert. Hin und wieder murmelte er vor sich hin: ›Sie werden mich aufhängen!‹ Oder: ›Sie werden mich verbrennen!‹ Jedenfalls tauchte dieser Bote hier auf.« Mit seiner knochigen Hand winkte Mawsby vorsorglich ab. »Nein, ich habe ihn nicht gesehen; er trug einen weiten Mantel, die Kapuze war tief ins Gesicht gezogen, und er blieb im Türeingang stehen. Lord Stephen nahm die Botschaft entgegen, stapfte damit in diese Stube, las sie und warf sie ins Feuer. Dann trug er mir auf, den Fremden fortzuschicken, wobei er brüllte: ›Ich werde tun, was er sagt! Ich werde tun, was er sagt!‹«

»Wer immer dieser Bote gewesen sein mag«, hakte Nicholas ein, »der Brief, den er überbrachte, versetzte Sir Stephen jedenfalls in helle Aufregung.«

»Das kann man wohl sagen!« bekräftigte der Sekretär. »Noch am selben Abend nahm Lord Stephen an einer Sitzung des Gemeinderats in St. Martin's-in-the-Fields teil. Er wirkte sehr niedergeschlagen, und als ich ihn fragte, was ihn bedrücke, antwortete er: ›Jeder Mann, der weiß, daß er auf dem Scheiterhaufen verbrannt wird, würde wohl melancholisch sein!‹ Am nächsten Morgen stand er früh auf, öffnete seine geheime Truhe und verbrannte einen Haufen Pergamentrollen. Dann verließ er das Haus, immer noch in äußerst gedrückter Stimmung.«

Nicholas rieb sich mit dem Finger die Oberlippe. »Und Ihr habt keinen Verdacht, wer der Bote gewesen sein könnte, oder was es mit der Nachricht auf sich hatte, die er überbrachte?«

Mawsby öffnete und schloß den Mund.

»Bitte!« drängte Nicholas. »Egal, wie töricht es sich anhören mag, sagt es mir ruhig!«

Der Sekretär nagte an seiner Lippe. »Darüber habe ich mir weiß Gott schon den Kopf zerbrochen! Als ich die Tür aufmachte, fragte der Kerl nur nach meinem Herrn, der ihm in der Diele entgegenging. Lord Stephen wartete, bis er annahm, ich sei außer Hörweite. Alles, was ich aufschnappte, war ein einziger Satz. Ich glaube, der Bote sagte: ›Ich habe es noch niemandem erzählt, aber ich bin ein Freund des Patricius.‹«

»Patricius?« wiederholte Nicholas.

»Ja, ja, ich glaube, das war es. Ich verstand ›Pat ...‹, und nach der Endung des Wortes schloß ich, es müsse sich um einen lateinischen Namen handeln.«

Nicholas schaute seine beiden Gefährten an. Mit der Stiefelspitze trat er nach Crabtree, um ihn aus seinem Halbschlaf zu wecken.

»Ich habe nicht geschlafen«, protestierte der Kerl und rieb sich die Augen. »Ich genieße nur die Wärme.«

»Hat Sir Stephen alle seine Manuskripte verbrannt?« Unvermittelt mischte Scathelocke sich mit dieser Frage in das Gespräch ein.

»Ja, das hat er. Ich habe seine Sachen durchgesehen.«

»Und habt Ihr vielleicht irgendeinen Hinweis auf eine Person namens Patricius oder Patrick gefunden?« fragte Nicholas.

»Nicht den geringsten.«

»War Lord Stephen vielleicht in irgendwelche ... Angelegenheiten verwickelt? Hat er ...?« Nicholas hielt inne, um sich seine Worte sorgfältig zu überlegen.

»Was wollt Ihr damit andeuten?« ranzte Mawsby ihn an.

Ein bißchen zu heftig, fand Nicholas. Er war sich sicher, daß der Sekretär irgend etwas vor ihm verbarg.

»Mein Herr war ein sehr freundlicher Mann«, erklärte

Mawsby. »Ein kluger Händler, ein rechtschaffener Richter, allerseits beliebt und respektiert. Er liebte Bücher und Manuskripte und suchte regelmäßig die Bibliotheken zu Blackfriars und im Tempel auf. Außerdem ging er gern spazieren«, fügte er hinzu. »Lord Stephen wanderte manchmal meilenweit durch die Stadt. Er sagte, es helfe ihm beim Nachdenken.«

Nicholas nickte. Am liebsten hätte er gefragt, ob er sich in Lord Stephens Schreibstube umsehen dürfe, aber er wußte, daß dies reine Zeitverschwendung wäre. Aus irgendwelchen Gründen hatte der Richter die meisten seiner Manuskripte verbrannt, und sein getreuer Sekretär Mawsby hatte später bestimmt das restliche Material geprüft, um verfängliche Dokumente auszusondern.

Er stand auf und streckte die Hand aus, die Mawsby mit einer schlaffen Bewegung ergriff. »Ich danke Euch, Sir, für Eure Freundlichkeit und Gastfreundschaft, und ich hoffe, daß man die Mörder Eures Herrn bald zur Rechenschaft ziehen wird.«

Mit verdrießlicher Miene führte der Sekretär sie zur Tür. Draußen hob sich langsam der Nebel, war aber noch dick genug, um die Gestalt zu verbergen, die ein paar Toreingänge weiter lauerte und das Haus des Richters seit ihrer Ankunft beobachtete. Crabtree, der noch immer nicht ganz wach war, glitt auf den vereisten Kopfsteinen aus, und wenn Scathelocke ihn nicht gestützt hätte, wäre er im zugefrorenen Rinnstein gelandet.

Kaum stand er wieder sicher auf den Beinen, da wurde ein Erkerfenster aufgerissen, und der dampfende Inhalt eines Nachttopfes verfehlt nur um Haaresbreite seinen Kopf. Crabtree hüpfte wie ein Besessener auf und ab, schüttelte die Fäuste und stieß Verwünschungen aus, bis Nicholas und Scathelocke ihn lachend beim Schlafittchen packten und mit sanfter Gewalt weiterschoben.

Direkt vor dem Portal des Westminster-Palastes blieben sie an einem Pastetenladen stehen. Crabtree verschlang seine Portion, als sei er halbverhungert. Scathelocke jedoch weigerte sich, etwas zu sich zu nehmen. Nicholas verging rasch der Appetit, als er mitten in seiner Pastete einen großen Knochensplitter fand, und er warf den Rest dem Köter hin, der ihnen bis zum Laden hinterhergestreunt war.

Dann führte er seine Gefährten in die *Bishop and Hoop*-Taverne, wo sie zum Frühstück Hühnereintopf und große Humpen Bier bestellten. Das Huhn war stark gewürzt, laut Crabtrees Vermutung nur, um die Tatsache zu verbergen, daß der Vogel bereits alt war, als er selbst noch ein Junge gewesen war. Aber die Taverne wirkte sauber, und in der Gaststube roch es angenehm. Das Bier schmeckte, und ein großes Feuer vertrieb die klamme Kälte, die durch die Spalten in den hölzernen Fensterläden kroch.

»Na ja«, sagte Crabtree, lehnte sich zurück und leckte den Zinnlöffel ab. »Eines ist sicher, Master. Lord Stephen Berisford wurde nicht von seinem Sekretär ermordet. Mawsby besitzt nicht mal genug Kraft, um ordentlich zu furzen.«

Nicholas lachte schallend und gaffte neugierig einen Kesselflicker an, der die Taverne betrat und sich ihnen gegenüber setzte.

»Und ich sage dir noch etwas, Crabtree«, griff Nicholas den Faden auf. »Wenn du diesen Patricius, oder wie immer er sich nennen mag, findest, dann werden wir den Grund erfahren, warum Berisford sich so sehr fürchtete.«

»Aber wieso hat man Berisford überhaupt in diese Geschichte eingeschaltet?« warf Scathelocke ein. »Ich meine, wenn Sir Amyas so viel Wert auf Geheimhaltung legte . . .?«

Nicholas verzog das Gesicht. »Vielleicht war das ein Fehler gewesen. Vermutlich glaubten sie, Vallence wäre eher geneigt, sich einem Richter anzuvertrauen, den er von früher her kannte. Es kann natürlich auch sein, daß Sir Amyas Petrie dadurch Vallences Tod den Anschein von Rechtmäßigkeit geben wollte. Er glaubte wohl, es sei ein leichtes, Königin Isabellas Geheimnis zu erfahren – doch das erwies sich als ein folgenschwerer und tödlicher Irrtum«, schloß Nicholas grimmig.

KAPITEL 2

Sie verließen die Taverne und erkauften sich eine Mitfahrgelegenheit auf einem Karren, der die Fleet Street hinaufrumpelte. Trotz der Kälte war die Straße gerammelt voll mit Fuhrwerken, die darum kämpften, in die Stadt hinein- oder wieder herauszukommen. Rings um sie herum drängelten sich Händler mit Packpferden und Saumtieren, Wanderpriestern und Scholaren. Verkrüppelte Bettler, die sich auf behelfsmäßigen Schubkarren festklammerten, flitzten in die Stadt, um dort ihre Stammplätze einzunehmen.

Am Fleet-Gefängnis, direkt neben der stinkenden Stadtkloake, wurde der Henkerskarren vorbereitet, verurteilte Verbrecher über Farringdon nach West Smithfield zu bringen. Die Gefangenen waren an Händen und Füßen gefesselt: eine Frau, die bei lebendigem Leib gesotten werden sollte, weil sie ihren Ehegemahl mit gebratenen Spinnen vergiftete, ein Dieb, der aus einer Kirche in Clerkenwell ein silbernes Kruzifix stahl, ein Flußpirat und zwei Fälscher, trugen Schilder um den Hals, auf denen stand, was sie verbrochen hatten.

Der mit einer roten Maske verkleidete Henker versuchte, die Gaffer mit seiner Peitsche zu vertreiben, dabei halfen ihm die Leute des Sheriffs mit angespitzten Knütteln. Einem besoffenen Dudelsackpfeifer mußte man auf die Beine helfen, damit er für die musikalische Begleitung sorgte, bis der Karren die Richtstätte erreichte. Endlich zog das Fuhrwerk an, gefolgt von der Meute der Schaulustigen, und Nicholas und seine Gefährten konnten das alte Stadttor passieren, durch das man in die Bowyers Row gelangte.

»Wohin bringt Ihr uns, Master?« quengelte Crabtree.

»Warte ab, du wirst schon sehen«, versetzte Nicholas kurzangebunden.

Sie schritten die Paternoster Row entlang, kamen am Palast des Bischofs von London vorbei und gelangten unter die dunkle, hochaufragende Masse von St. Paul's. Wehmütig lächelnd blickte Nicholas die Fassade empor. Wenn er jetzt nicht mit dieser leidigen Angelegenheit um Lord Berisfords Tod beschäftigt gewesen wäre, würde er auf der Suche nach Klienten durch das Mittelschiff der Kathedrale flanieren. Aber das würde mich doch nur wieder niedergeschlagen stimmen, sagte er sich, weil ich wieder keine fetten Gebühren einheimsen würde.

Sie erreichten eines der Portale, die auf den Friedhof von St. Paul's führten. Nicholas blieb stehen und ließ seinen Blick über den Platz schweifen.

»Sind viele deiner Freunde hier, Crabtree?«

Statt eine Antwort zu geben, schlenderte Crabtree grinsend in den Torbogen hinein. Nicholas und Scathelocke folgten ihm. Sie begafften die winzigen Unterstände, Buden und behelfsmäßigen Quartiere, die längs der Kirchhofsmauer aufgeschlagen waren. Prompt wurde Crabtree von etlichen der Verbrecher und Wolfsköpfe erkannt, die dort herumlungerten, weil das Recht des Kirchenasyls sie vor dem Zugriff der Stadtbüttel schützte. Ein Schauer gutmütiger Verwünschungen hagelte auf sie nieder, die Crabtree mit deftigen Flüchen quittierte. Plötzlich sprang ein Mann mit pockennarbigem Gesicht auf sie zu. Er war von Kopf bis Fuß in braunes Leder gekleidet, und auf dem Schopf thronte eine Narrenkappe mit aufgenähten kleinen Glöckchen.

»Dich kenne ich!« kreischte der Kerl und stach mit einem schmierigen Zeigefinger nach Scathelocke.

»Verpiß dich!« zischte Scathelocke. »Du würdest nicht mal deine eigene Mutter erkennen!«

Die Hand des Burschen zuckte zu dem scharfen Messer, das in seinem zerfledderten Gürtel steckte. Die schmalen, dicht zusammenstehenden Augen flackerten wirr.

»Ich bin mir aber sicher, daß ich dich kenne.« beharrte er und bleckte die Zähne zu einem wölfischen Grinsen.

Nicholas prallte zurück, als er die gelben, fauligen Zahnstummel sah, die in dem entzündeten Gaumen steckten. In die Wange des Mannes war der Buchstabe ›F‹ eingebrannt, für ›Fälscher‹.

Nun gewahrte der Kerl Nicholas' Robe und wußte, daß er

einen Rechtsanwalt vor sich hatte. Er zog sich zurück, machte eine rüde Geste mit den Fingern und verschwand in der Menge.

Scathelocke trat auf die Straße zurück. Crabtree blieb stehen und genoß in vollen Zügen das Bild, das sich ihnen darbot.

»Ich wüßte gern«, wandte sich Nicholas an ihn, »ob es hier jemanden gibt, der uns etwas über den kürzlich verschiedenen, wenn auch wohl nicht sehr heftig betrauerten Wormwood erzählen könnte.«

Crabtrees keckes Grinsen war wie weggefegt. »Herr im Himmel, Master, fragt das bloß nicht! Ihr hättet mir nichts, dir nichts ein Messer im Bauch. Und wer gäbe Euch die Garantie, daß man Euch überhaupt die Wahrheit sagt? Ich weiß, wo Wormwood wohnte. Laßt uns dort hingehen.«

Nicholas nickte zustimmend. Sie gesellten sich zu Scathelocke und marschierten nach Westcheap. Dort herrschte rege Geschäftigkeit. Muskelbepackte Metzger mit Lederschürzen zerhackten die Kadaver von Schafen, Rindern und Schweinen. In der Luft hing ein bestialischer Gestank, und das Pflaster war glitschig vom Blut.

Auf der Treppe des Kollegiums zu St. Martin le Grand brüllten ein Reliquienverkäufer und ein Ablaßkrämer auf eine kleine Menge belustigter Zuschauer ein. Als Nicholas vorbeiging, gaben die beiden Kerle das Disputieren auf und versuchten, ihren Zwist mit einem Würfelspiel beizulegen. Vor der Zunfthalle der Goldschmiede blieb Crabtree abrupt stehen und blickte über die Schulter. Angestrengt spähte er die schmale Gasse hinab und musterte die Menschen, die dort herumwimmelten.

»Was ist los?« fragte Scathelocke. »Hast du jemanden erkannt?«

»Wir werden verfolgt«, antwortete Crabtree. »Von zwei Männern, wie ich glaube. Sie wechseln sich ab, der eine übernimmt die Führung, der andere zockelt hinterher. Na schön, wenn sie wirklich etwas Übles im Schilde führen, dann werden sie sich schon verraten.«

Sie überquerten die St. Martin's Lane und spazierten nach Aldersgate hinauf. Ein Gassenjunge, der getrocknete Katzenfelle verkaufte, lotste sie zu Wormwoods Haus; es war eine schmalbrüstige, verwahrloste, zweigeschossige Behausung, die aussah, als hätte man sie zwischen die sie flankierenden Gebäude hineingequetscht. Das Holz war faulig, die Tünche blätterte ab und war sicher seit Jahren nicht erneuert worden. Die schießschartenengen Fenster waren samt und sonders verrammelt. Scathelocke versuchte, die Tür zu öffnen, doch sie war abgesperrt. Crabtree scheuchte ihn zur Seite und förderte aus irgendeiner versteckten Tasche ein Stück Draht zutage, das an beiden Enden mit einem Haken versehen war.

»Wormwood hat sein Haus nicht in Schuß gehalten«, meinte er, indem er sich bückte, »aber er hat bestimmt das beste Schloß gekauft, und die sind immer am einfachsten zu knacken.« Während er mit dem Draht in dem Schlüsselloch herumstocherte, stellten sich Nicholas und Scathelocke so hin, daß die Vorbeigehenden von seinem Tun nichts bemerkten.

»Beeil dich!« drängte Scathelocke.

»Ich gebe mein Bestes«, parierte Crabtree, »was man von dir gerade nicht behaupten kann, du halber Kerl!«

Nicholas wandte sich an Scathelocke. »Was meint er damit?«

Sein Diener lief rot an und schlug die Augen nieder.

»Er weiß genau, was ich meine«, trällerte Crabtree. »Dem alten Crabtree bleibt so schnell nichts verborgen. Aha . . .!«

Nicholas blickte argwöhnisch in die Runde; Crabtree stieß bereits die Tür auf.

»Mit Schlössern kenne ich mich aus!« prahlte Crabtree. »Tagtäglich danke ich meinem Herrgott für jene elenden Jahre, die ich als Lehrjunge eines Schloßschmiedes verbrachte.«

Sie gingen den mit Steinplatten gefliesten Korridor entlang. Im Erdgeschoß gab es drei Räume – eine Küche, eine Vorratskammer und eine kleine Wohnstube. Die Kabuffs sahen aus, als seien sie seit Jahren nicht mehr bewohnt worden. Die Wände waren schmierig, die trockene Binsenstreu verrottete, und auf dem schäbigen Mobiliar entdeckte Nicholas Rattenköttel.

Sie klommen die Stiege empor; ein fauliger Gestank benahm ihnen den Atem, und aufgescheuchte Ratten huschten in die zahlreichen Risse und Spalten, die in den Wänden klafften. Die oberen Gelasse enthielten wackelige Bettstellen mit schmutzigen Laken; auf den ramponierten Möbeln lag dick der Kerzentalg. Crabtree sah sich in der Kammer um, die einmal Wormwoods Schlafzimmer gewesen sein mußte.

»Sobald sich die Nachricht von Wormwoods Tod herumspricht«, sagte er, »wird diese Bude, so schmutzig sie auch sein mag, ausgeräumt werden. Diebe nehmen alle bewegliche Habe mit, und der Rest wird kaputtgemacht. Was hofft Ihr hier zu finden, Master?«

Nicholas hielt sich die Nase zu und lehnte sich gegen die Wand.

»Zweifelsohne tötete Wormwood Berisford auf Anweisung des Königs der Bettler. Berisford wurde in der Nähe von St. Paul's gesehen. Ich bin mir sicher, daß Wormwood ihn hier zu Tode brachte. Aber eine solche Gewalttat muß Spuren hinterlassen haben. Berisford war zwar alt, aber er trug ein Schwert bei sich und hat bestimmt um sein Leben gekämpft. Wir wollen wieder nach unten gehen, es ist unwahrscheinlich, daß sie hier hinaufgestiegen sind.«

Sie kletterten die steile Treppe hinab. Nicholas begab sich in die verdreckte Küche. Nach näherem Umsehen entdeckte er in der hinteren Ecke eine Falltür. Als er sie öffnete, blickte er auf hölzerne Treppenstufen, die nach unten ins Dunkel führten. Er befahl Crabtree, eine Kerze zu suchen, und nachdem dieser fündig geworden war, stieg Nicholas als erster hinab.

Drunten angekommen, blieb er stehen und hielt die Kerze hoch. Der Keller war klein und muffig. An den Wänden befanden sich eiserne Halter, in denen Fackeln steckten, mit der Kerzenflamme zündete Scathelocke sie an. Im Keller wurde es hell. Nicholas sah eine schmale Bettstatt, einen Schemel, einen rissigen Krug voll mit brackigem Wasser und einen Becher. Das Bett wies Blutflecken auf, und am Kopfende waren ein Paar Handschellen in die Wand geschraubt.

»Es scheint, als hätte ich recht gehabt«, meinte Nicholas. »Wenn wir den Keller sorgfältig untersuchen, finden wir ganz sicher Spuren, die beweisen, daß der arme Berisford hier gewesen ist.« Er nahm die Reste einer kleinen Bienenwachskerze in die Hand und rief sich den Bericht des Untersuchungsrichters ins Gedächtnis zurück. »In dem Punkt habe ich mich geirrt!« murmelte er. »Ich dachte, nur die Reichen würden Kerzen aus

Bienenwachs benutzen.« Er warf den Stummel auf den Boden. »Offenbar war für Wormwood das Beste gerade gut genug, wenn er sich mit Morden beschäftigte.«

Crabtree setzte sich in die Hocke und begann, in der Binsenstreu herumzustöbern. Kurz darauf stieß er einen zufriedenen Laut aus und hielt ein blutbeflecktes Halstuch in die Höhe. »Seht nur!« rief er. »Das ist von guter Qualität!«

Nicholas prüfte es sorgfältig. »Es gehörte Berisford. Im Bericht des Untersuchungsrichters stand, daß es vermißt würde.« Er sah sich um und stieß leise pfeifend den Atem aus. »Um Gottes willen, nur raus hier!«

Sie verließen den Keller. Crabtree sagte, er habe in der oberen Etage etwas vergessen, aber Nicholas wußte, daß er das Haus noch einmal auf der Suche nach etwas Wertvollem durchstöbern wollte. Draußen auf der Straße gesellte sich Crabtree dann wieder zu ihnen.

Ein Eisregen hatte eingesetzt, deshalb marschierten sie zur St. Martin's Lane zurück und suchten Schutz in einer Taverne nahe dem Rathaus. Nicholas starrte eine Weile finster brütend vor sich hin. Crabtree wirkte nervös und faselte etwas davon, daß sie verfolgt würden. Nicholas sagte ihm, er solle den Mund halten; dann lehnte er sich zurück und starrte zu den Deckenbalken empor. Scathelocke entschuldigte sich, und ehe Nicholas einen Einwand erheben konnte, leerte er seinen Bierkrug und schlüpfte aus der Taverne, um seinen wie auch immer gearteten mysteriösen Geschäften nachzugehen.

»Crabtree, was weißt du über Scathelocke?« fragte Nicholas.

Der gerissene Kerl tippte sich mit dem Finger gegen den Nasenflügel. »Nicht jetzt, Master. Es liegt mir nicht, andere zu verpetzen. Irgendwann wird Scathelocke es Euch selbst erzählen.«

Nicholas trommelte mit den Fingerkuppen auf der Tischplatte.

»Was haben wir herausgefunden, Crabtree?«

Der Wirt brachte ihnen das Tintenhorn, die Feder und das Pergament, nach dem Nicholas verlangt hatte.

»Nun?«

»Ich weiß es nicht, Master. Mit Bestimmtheit wissen wir nur, daß Wormwood Berisford ermordete. Er folterte ihn in dem Keller, und später beförderte er den Leichnam in den Graben auf Primrose Hill.«

»Aber wie stellte er es an, und warum?«

Crabtree schüttelte bedauernd den Kopf.

»Ihr seid der Rechtsgelehrte, Master.«

Nicholas seufzte, nahm die Feder und begann, seine Gedanken zu ordnen.

Ein Stück weiter die Straße hinauf, in einer Taverne, die eigentlich nur eine schmuddelige Bierschenke war, diskutierten zwei französische Kaufleute auch darüber, was sie gerade herausgefunden hätten. Beide Männer trugen Mäntel und hatten die Kapuzen hochgeschlagen. Über dem schmierigen Tisch steckten sie tuschelnd die Köpfe zusammen.

»Glaubt Ihr«, fragte der ältere von beiden, ein graubärtiger Mann, »daß unser Rechtsanwalt etwas spitzkriegt?«

»Er ist nur eine Schachfigur«, entgegnete der andere. »Aber wer weiß? Er kann durch Zufall über das stolpern, was uns wichtig ist.«

»Schade, daß Vallence nicht an Bord der Galeere gehen konnte! Ein Jammer, daß die Tasche nicht übergeben wurde!«

Der jüngere Mann zuckte ergeben mit den Schultern. »Wir wissen doch gar nicht, ob er überhaupt einen Brief bei sich trug.«

Graubart wischte sich mit dem Handrücken den Mund ab. »Vallence wußte etwas, das anderen hätte gefährlich werden können. Aber was?«

Sein Kumpan trank den Wein aus und erhob sich.

»Bleibt hier«, sagte er. »Ich geh' mal rasch vor die Tür und säubere den Hof.«

Er schlenderte durch den Korridor und gelangte auf den Hof vor den Stallungen. Dort öffnete er den Hosenlatz und schlug sein Wasser ab, wobei eine Dampfwolke entstand. Als er fertig war, drehte er sich um, schloß die Hose und ging zur Pumpe, um sich die Hände zu waschen. Dort stand bereits eine junge Frau, in der Hand einen Ledereimer. Als er näherkam, wandte sie sich um. Goldene Locken umrahmten ein engelsgleiches

Gesicht, und beim Anblick von soviel Schönheit machte das Herz des Mannes einen Sprung. Er zeigte auf den Eimer.

»Könnte ich vielleicht ein bißchen Wasser haben?«

Die junge Frau lächelte und bot ihm den Eimer dar. Nachdem der Mann ihr einen dankbaren Blick zugeworfen hatte, nahm er ihr den Eimer ab. Die Frau rückte näher an den Burschen heran.

»Ich wollte nur ein wenig . . .«

Die Worte erstarben ihm auf den Lippen. Immer noch lächelnd, stieß ihm die Frau einen langen Dolch zwischen die Rippen.

Stöhnend taumelte der Mann zurück; er ließ den Eimer fallen und tastete nach dem Dolchgriff, der aus seiner Brust herausragte. Die Frau rückte keinen Zoll zur Seite; leise lächelnd sah sie zu, wie der Mann vornüberkippte und auf den Kopfsteinen landete. Erst dann machte sie kehrt, huschte auf leisen Sohlen über den Hof und stahl sich in die Taverne zurück.

In der Schankstube saß der ältere Mann, trank langsam seinen Becher leer und trommelte mit den Fingern auf der Tischplatte. Er blickte in die Runde, als ihm plötzlich das Sprichwort einfiel, der Jäger müsse Obacht geben, nicht selbst zur Beute zu werden. Er und sein Gefährte hatten den Rechtsanwalt beschattet, seit er heute früh sein Haus verließ. Sie waren ihm flußabwärts nach Westminster gefolgt und dann wieder zurück in die Stadt. Dennoch wurden sie die ganze Zeit über das Gefühl nicht los, selbst verfolgt zu werden.

Bewundernd gaffte der Franzose die blonde junge Frau an, die durch die Schenke schritt und stehenblieb, um mit dem Wirt zu sprechen. Die Frau begab sich nach draußen, und der Wirt mit der fleckigen Schürze trat auf den alten Franzosen zu.

»Die junge Frau bat mich, Euch etwas auszurichten, Sir«, sagte er. »Sie würde gleich zurückkommen und sich zu Euch an den Tisch setzen. Unterdessen schickt sie Euch das als Geschenk.«

Er setzte den Pokal, der bis zum Rand mit Rotwein gefüllt war, vor dem alten Händler ab, der anerkennend daran schnüffelte. Dann hob er den Pokal an die Lippen und begann andächtig zu schlürfen. Er ahnte nicht, das Nachtschatten den Trunk vergiftet hatte.

Nicholas und Crabtree versuchten immer noch zu verstehen, was sie eigentlich im Wormwoods Keller entdeckt hatten. Immer wieder schrieb Nicholas eine Schlußfolgerung nieder, nur um sie dann gleich darauf, Tintenkleckse verspritzend, durchzustreichen und erneut nachzugrübeln.

»Es ergibt keinen Sinn«, brummte er. »Berisford verschwindet. Wormwood hält ihn in seinem Keller gefangen, foltert ihn, schlägt ihn, und bringt ihn schließlich zu Tode. Doch dann macht er sich aus irgendeinem Grund die Mühe, den Toten nach Primrose Hill zu transportieren.« Er blickte hoch, als Scathelocke in die Taverne zurückkehrte.

»Willkommen!« flötete Crabtree. »Du bist wie der Nebel, Scathelocke, du kommst und gehst, wann du willst.«

Der Diener funkelte ihn wütend an und setzte sich. Dann fischte er in seinem Wams und warf einen Fetzen grünes Segeltuch auf den Tisch.

»Wo hast du dich herumgetrieben?« fragte Nicholas.

»Ich ging noch mal zurück und brach in Wormwoods Haus ein. Jetzt weiß ich, wie Berisfords Leiche befördert wurde. Wormwood war doch Abdecker, nicht wahr?« Er tippte auf das Stück Segeltuch. »Das habe ich von einer Rolle abgeschnitten, die in einem Winkel im Keller versteckt war. Als ich das Tuch aufrollte, stank es wie in einem Beinhaus. Und der Stoff ist voller Blutflecken.«

Scathelocke hob den Kopf und schnippte mit den Fingern, um sich einen Humpen Bier zu bestellen. Nachdem der Schankjunge ihn gebracht hatte, fuhr er fort:

»Wormwood wickelte Berisford in das Segeltuch ein, verfrachtete das Bündel nach Primrose Hill und versteckte es auf dem Grund des Grabens. Das Segeltuch schützte die Leiche vor Regen und wilden Tieren. Irgendwann an jenem Donnerstagnachmittag begab sich Wormwood abermals dorthin und wickelte den Toten aus. Er legte ihn dann so hin, daß es aussah, als sei er erst kürzlich an diesen Ort gebracht worden.«

»Wäre so etwas denn möglich?« fragte Crabtree.

Scathelocke grinste triumphierend. »Auf einer Seite ist das Segeltuch mit Erdklumpen, Gras und Dornenranken verschmutzt. Wenn wir nachsuchen würden, fänden wir bestimmt die Stelle, wo Wormwood den Toten zuerst abgelegt hatte.«

»Aber warum diese Umstände?« überlegte Crabtree.

»Die Antwort darauf kenne ich«, warf Nicholas ein. »Die Personen, die Berisfords Tod anordneten, wollten Verwirrung stiften. Deshalb ließ man Gerüchte in der Stadt verbreiten, deshalb versteckte man den Leichnam, und deshalb stellte man Fromlich als den Mörder hin. Indem der Leichnam so spät auftauchte, gewann der Hüter der Tore außerdem Zeit. Er wußte, daß die Häscher damit beschäftigt sein würden, nach Berisfords Verbleib zu forschen, und er konnte in Ruhe daran gehen, Vallences Geheimnis zu ergründen.«

Scathelocke deutete auf das Stück Pergament, das Nicholas beschrieben hatte.

»Hilft Euch das beim Nachdenken und Schlußfolgerungen ziehen, Master?«

Nicholas grinste. »Ja, allerdings. Ich habe etwas aufgeschrieben, das uns bei der Lösung des Rätsels weiterhelfen könnte. Im August stirbt Königin Isabella auf Burg Rising. Vallence verläßt die Festung und kommt nach London, vermutlich begleitet er Isabellas Leichnam. Sein eigentliches Ziel jedoch ist eine venezianische Galeere. Vallence war der Bewahrer eines bedeutsamen Geheimnisses, hinter das die Stadtväter zu kommen trachteten. Am Kai wird er verhaftet. Er läßt sich auf einen Kampf ein, wird verwundet und in das Hospital zu St. Bartholomew gebracht. Der Sheriff und zwei Ratsherren verhören ihn. Berisford ist ebenfalls zugegen. Vallence liegt bereits im Sterben, da flüstert er Berisford, den er offenbar wiedererkannt hat, etwas über St. Denis zu. Nach Vallences Tod setzt man Berisford als Untersuchungsrichter in dieser Angelegenheit ein. Die folgenden zehn Tage verbringt er in einem Zustand höchster Aufregung. Am Freitag vor seinem Verschwinden empfängt er einen mysteriösen Besucher, und seine Melancholie steigert sich noch. Er behauptet, man würde ihn hängen oder verbrennen, doch anscheinend war er damit einverstanden, sich mit jemandem in der Stadt zu treffen. Nun wissen wir, daß er dort Wormwood begegnete, der ihn umbrachte, den Leichnam jedoch eine Woche lang versteckte. In dieser Zeit wurde in der Stadt eine Menge Verwirrung gestiftet, und zum Schluß beförderte man den Toten nach Primrose Hill.«

Nicholas tippte sich mit dem Gänsekiel gegen die Wange. »Der König von Londons Unterwelt, der Hüter der Tore, hat Berisford auf dem Gewissen, und später ließ er seinen gedungenen Mörder, Wormwood, gleichermaßen umbringen. Er streut Gerüchte in der Stadt aus, sorgt dafür, daß man Fromlich für Berisfords Mörder hält, und ehe der Plan auffliegen kann, läßt er den armen Kerl im Gefängnis töten.«

Nicholas räusperte sich und fuhr fort: »Noch mehr Morde werden begangen. Blueskin verschwindet – wir sollten Zeit damit verschwenden, nach ihm zu forschen. Fromlichs Verwandte muß dran glauben – entweder, um Nachtschatten zu schützen, um mich zu warnen oder weil Fromlich ihr vielleicht etwas anvertraute.« Nicholas sah seine beiden Gefährten an. »Was fehlt noch?«

»Man muß sich fragen«, hakte Scathelocke ein, »wieso Vallence überhaupt nach London kam. Burg Rising liegt an der Küste von Norfolk. In Bishop's Lynn oder einem anderen östlichen Hafen hätte er ebensogut ein Schiff besteigen können.«

»Ich weiß warum«, behauptete Crabtree. »Vor ihrem Tod wird die alte Königin ihm eingeschärft haben, sich nicht verdächtig zu benehmen oder übereilt zu handeln.« Er schmunzelte verschmitzt. »Wenn wir die Berichte über die Beerdigung dieses alten Luders prüfen, finden wir sicherlich den Hinweis, daß Vallence den Feierlichkeiten beiwohnte. Und nach der Totenmesse muß es für ihn ein leichtes gewesen sein, durch die Seitengassen zur Queenshithe Wharf zu pirschen.«

»Königin Isabella verbarg ein Geheimnis«, sinnierte Nicholas. »Das war bekannt, und deshalb lauerten die Häscher der Stadtväter Vallence auf. Also hatte man damit gerechnet, daß Isabellas getreuer Knappe nach ihrer Beerdigung versuchen würde, mit einem Schiff aus England zu flüchten.«

»Genau so ist es«, bestätigte Crabtree und beugte sich über den Tisch. »Höchstwahrscheinlich wurden alle Häfen im Osten des Landes während der letzten Tage der Königin und nach ihrem Tod streng bewacht. Vallence hoffte, im Trubel Londons zu entkommen.«

Chirke rieb sich die Augen. »Welche Fragen sind noch offen?

Warum hat sich Vallence an Berisford gewandt, kurz bevor er starb?«

Seine Gefährten blickten ihn nur von der Seite her an. Chirke seufzte.

»Und das wichtigste – was für ein Geheimnis hat Vallence gehütet?«

Er unterbrach sich, als vor der Taverentür lautes Geschrei und eilige Schritte ertönten. Irgend etwas war passiert. Crabtree sprang auf die Füße und hetzte nach draußen, um nachzuforschen. Wenige Minuten später kam er zurück.

»In einer Taverne ganz in unserer Nähe wurden zwei Männer ermordet!« platzte er heraus. »Einen hat man erstochen, der andere wurde vergiftet!«

Nicholas erschauerte und verschränkte die Arme. *»In media vitae sumus in morte«*, murmelte er. »Mitten im Leben sind wir vom Tod umfangen. Der Sensenmann schleicht sich von allen Seiten an uns heran.«

»Wohin gehen wir jetzt?« fragte Crabtree. »Was können wir noch tun, Master?«

Nicholas schmunzelte insgeheim darüber, wie Crabtree es geschafft hatte, sich ihm aufzudrängen. Er warf die Feder auf den Tisch.

»Vielleicht hat der Hüter der Tore mittlerweile erfahren, welches Geheimnis Vallence mit sich führte.« Er stierte zur Tür hin; draußen hatte sich der Krawall gelegt. »Welche Spur könnten wir noch verfolgen? Fromlich ist tot. Berisford ist tot. Vallence vermodert in einem Armengrab. Die einzige Neuigkeit, die wir erfahren haben, stammt von Berisfords Sekretär. Wer ist dieser Patricius? Wieso machte er Berisford solche Angst?« Nicholas stand auf. »Es muß noch etwas geben, das Mawsby vergessen hat.« Er sah seine Gefährten an. »Ihr braucht nicht mitzukommen, aber ich gehe noch einmal nach Westminster zurück.«

Scathelocke und Crabtree stöhnten. »Was könnten wir sonst noch tun? Könnten wir woanders hingehen?«

»Ich habe etwas zu erledigen«, verkündete Scathelocke.

»Dann werde ich Euch begleiten, Master«, sagte Crabtree.

Als sie die Taverne verlassen wollten, mußten sie in der Tür stehenbleiben, um den Leichenkarren vorbeizulassen. Auf dem

Fuhrwerk lagen zwei Tote, über die eine rauhe Pferdedecke geworfen war. Chirke erblickte die Stiefel der Männer, die unter der Decke hervorlugten, und fragte sich, was geschehen sein mochte.

»Der Tod verschont niemanden«, philosophierte Crabtree, während er sich nervös umblickte. »Man weiß nie, wann man aus diesem Tal der Tränen abberufen wird.«

Nicholas ermahnte ihn, nicht länger solchen trüben Gedanken nachzuhängen, und sie marschierten die Gasse hinab. Sie überquerten die Old Fish Street und gelangten in die Vintry. Dort heuerten sie einen Fährmann an, der sie nach Westminster brachte; um diese Tageszeit wimmelte es im Palast von Advokaten in gestreiften Roben, scharlachrot gewandeten Richtern, Gerichtsdienern, Zivilklägern und Beklagten.

Trödler und Händler lungerten herum, in der Hoffnung, aus dem Trubel in den verschiedenen Gerichtshöfen und im Schatzamt auch noch einen Gewinn herauszuschlagen. Nicholas und Crabtree schritten rüstig aus, bis sie Berisfords Haus erreichten; dort klopfte Nicholas laut an die Tür.

»Ob Mawsby schon fortgegangen ist?« überlegte Crabtree.

»Die Bediensteten sind gewiß nicht mehr da«, erwiderte Chirke. Er zückte seinen Dolch und hämmerte noch einmal mit dem Griff gegen die Tür. Wieder keine Antwort.

»Es gibt noch einen hinteren Eingang«, bemerkte Crabtree.

Sie hasteten einen schmalen Durchgang entlang und sahen, daß das ramponierte Tor am Ende nur angelehnt war. Sie stießen es auf und befanden sich in einem langgestreckten, von einem hohen, ockerfarbenen Steinwall umfriedeten Garten. Hinter den erhöht liegenden Blumenbeeten erhaschte Nicholas einen Blick auf eine Wasserfläche. Er kletterte auf ein Beet, um besser sehen zu können.

»Was ist es?« fragte Crabtree.

Nicholas kniff leicht die Augen zusammen. »Es könnte ein Karpfenteich sein.«

In diesem Moment entdeckte er, daß auf dem Wasser etwas Farbiges schwamm. Er sprang vom Beet herunter und rannte so schnell er konnte den schmalen, sich windenden Pfad entlang. Das Wasser in dem großen Karpfenteich war eiskalt, und inmitten der Wasserlilien trieb, das Gesicht nach unten, Mawsby.

Von Crabtree gefolgt, watete Nicholas ins Wasser, und mit vereinten Kräften zogen sie den angeschwollenen Leichnam heraus; die vollgesogenen Kleider erschwerten ihre Arbeit. Am Ufer des Teichs legten sie den toten Mawsby nieder und starrten entsetzt auf das weißblaue Gesicht, die hervorquellenden Augen und den klaffenden Mund. Um den Hals des Mannes lag die Schlinge einer Garrotte, so fest zugeschnürt, daß sie tief in das weißliche Fleisch schnitt. Crabtree warf einen Blick auf die geschwollene Zunge, deren Spitze zwischen den gelben Zähnen hervorlugte, dann wandte er sich ab und erbrach sich auf das gefrorene Gras.

»Tod und Verderbnis!« fluchte er. »Beim Gekröse des Teufels!«

Nicholas war auch übel. Er zog die Leiche höher auf das trockene Land und suchte mit den Augen aufmerksam die Umgebung ab. Doch er vermochte nichts Verdächtiges zu entdecken, keine Anzeichen dafür, daß hier ein Kampf stattgefunden hatte. Auf Haus und Garten lastete eine beklemmende Stille. Es war unheimlich. Er kniete nieder und drehte Mawsbys Gesicht zu sich. Die Haut war eiskalt und glitschig, wie die eines Fisches. Versonnen blickte er auf die schlanken, tintenbefleckten Finger des Sekretärs.

»Wie lange mag er schon tot sein?«

»Das weiß ich wirklich nicht!« Nicholas merkte, daß seine nasse Hose zu gefrieren begann. Er klopfte gegen seine Beinkleider. »Wir können nichts mehr für ihn tun.«

Sie durchquerten den Garten und betraten das Haus durch die Hintertür. Auf dem Küchentisch stand ein halbvoller Becher mit Glühwein; er war noch lauwarm. Im Kamin flackerte ein munteres Feuer. Crabtree im Gefolge, wanderte Chirke durch die Zimmer. Keine Spur von Gewaltanwendung; keine Truhe oder Kommode war durchwühlt worden.

Sie gelangten in die kleine Schreibstube; auf dem Tisch lagen Fetzen aus Pergament, die vom Alter ganz ausgedünnt waren, neben einem Tintenhorn und einem Federmesser, das Nicholas in die Hand nahm und gründlich prüfte. Er sagte Crabtree, er solle eine Kerze anzünden, dann hielt er die Stücke Pergament gegen die Flamme.

»Was ist los, Master?«

Vor Anstrengung kniff Nicholas die Augen zusammen und wünschte sich, er hätte besseres Licht. Jeder Fetzen Pergament war mit einem Wort beschrieben, vermutlich von Mawsby.

»Patricius«, las Nicholas laut. Er nahm das nächste Stück. »Hier hat er den Namen in Patroclus abgeändert.«

Er warf die Pergamentfetzen auf den Tisch zurück. »Laß uns nachschauen, ob wir auch nichts übersehen haben.«

Sie durchsuchten das Haus, stöberten in Urkunden und forschten nach einem Geheimversteck. Es wurde dunkel, und sie mußten weitere Kerzen anzünden. Nach einer Weile gestand sich Nicholas ein, daß ihre Suche vergeblich war, und er schlug vor heimzugehen. Sie löschten die Kerzen, sperrten die Tür ab und kehrten zu Fuß in die Stadt zurück. Im Rathaus hinterließ Nicholas eine Nachricht für den Untersuchungsrichter, dem er Mawsbys Tod meldete, dann machten sie sich endgültig auf den Heimweg.

Im Haus ging es hoch her. Die Zwillinge jagten einander mit Holzschwertern und kreischten dabei aus voller Kehle. John und Catherine waren in ein Gespräch vertieft; engumschlungen hockten sie da und steckten die Köpfe zusammen. Nicholas spürte eine Anwandlung von Neid. Er fror, war hungrig und fühlte sich einsam; mittlerweile bedauerte er es, daß er sich auf Sir Amyas Petries Vorschlag eingelassen hatte. Crabtree hatte es auch satt, in der Stadt ›herumzustreunen‹, wie er sich ausdrückte; er machte gleich wieder kehrt und steuerte zielstrebig wie ein abgeschossener Pfeil die nächste Taverne an.

»Hast du Scathelocke gesehen?« fragte Nicholas seine Schwester.

Catherine lächelte und schüttelte den Kopf. »Möchtest du etwas essen?«

Nicholas erinnerte sich an Mawsbys eisiges, weißblaues Gesicht und lehnte ab.

»Nein, nur einen Becher Wein.«

Er trat an den Schrank, füllte einen Becher bis zum Rand und stapfte die Treppe hoch, ohne auf Johns besorgte Blicke zu achten; Catherine rief ihm hinterher, er solle sich umziehen und eine warme Mahlzeit zu sich nehmen.

In seiner Kammer stürzte er den Wein hinunter, streifte die Stiefel ab und warf sich aufs Bett; dort lag er eine Weile bewegungslos und starrte gegen die Zimmerdecke. Die Laken unter ihm waren warm. Nicholas genoß die Hitze, die die Wärmpfanne voll glühender Holzkohle verströmte. Die umsichtige Catherine hatte sie am Fußende zwischen die Decken gesteckt.

Von unten drang Stimmengewirr herauf – die Kinder zankten sich, und Catherine und John ermahnten sie mehrfach zur Ruhe. In seinem Kopf jagten sich die Gedanken, als Nicholas Chirke versuchte, die Ereignisse des Tages in einen sinnvollen Zusammenhang zu bringen. Seine Lider wurden schwer, und dann glitt er in einen von Alpträumen heimgesuchten Schlummer.

Er stand auf dem wilden, öden Heideland außerhalb von Norwich; das Gras war von einem feinen weißen Sand bedeckt, und der Himmel hatte eine purpurrote Färbung angenommen. Inmitten dieser trostlosen Landschaft erhob sich ein schwarzes, schauriges Herrenhaus, das aussah, als sei es aus Stahl gebaut. Die Fenster waren leere Höhlen. Auf der anderen Seite eines mit Schleim gefüllten Grabens, in dem Ratten und Mäuse sich zwischen geschwärzten Lilienstengeln tummelten, schwang eine massive Tür ständig auf und zu.

Im Traum überquerte Nicholas den Graben und schritt durch die Tür; er wanderte finstere Korridore entlang, bis er sich in einem großen Gemach wiederfand. Zuerst glaubte er, die Wände seien mit Samt ausgekleidet, doch beim näheren Hinsehen entdeckte er, daß es sich nicht um Stoff handelte, sondern um lebendige, sich dicht an dicht drängende Ratten.

Er setzte sich an einen Tisch, der so lang war, daß er sich in der Unendlichkeit verlor. Auf dem Tisch stand ein mit Wasser gefüllter Glaskrug, groß genug, um den Körper eines Menschen aufzunehmen. Und in diesem Krug trieb Mawsby, das Gesicht gegen das Glas gepreßt, die Augen starr, und das Haar umfloß seinen Kopf wie ein schäbiger Heiligenschein; die schmalen, blutleeren Lippen des toten Sekretärs öffneten und schlossen sich wie ein Karpfenmaul.

Er rief Nicholas etwas zu, aber der konnte ihn nicht hören. Nicholas wollte ihn aus seinem gläsernen Bottich befreien, merkte jedoch, daß er sich nicht von der Stelle rühren konnte. Nun trommelten Mawsbys Hände gegen das Glas, sein Gesicht wurde fleckig. Nicholas spürte den Todeskampf des Ertrinkenden, als erlitte er selbst diese Pein.

Mit einem Ruck wurde er wach und richtete sich auf; er war in Schweiß gebadet, und im selben Moment wußte er, was er übersehen hatte.

»Der Becher mit dem angewärmten Wein!« sagte er laut. »Der Becher mit dem angewärmten Wein!«

Er hockte sich auf die Bettkante und verschränkte die Arme. War Mawsby dabei gewesen, den Wein zu trinken, als sein Mörder eintraf? Oder kredenzte er ihn seinem Gast? Nicholas schloß die Augen und versuchte, sich die Szene vorzustellen. Mawsby bekritzelte diese Fetzen Pergament. Es klopfte an der Tür. Mawsby machte auf und ließ seinen Mörder herein. Nichts Böses ahnend, bot er seinem Besucher einen Becher angewärmten Weines an.

Also mußte dieser Gast jemand gewesen sein, den Mawsby respektierte oder dem er immerhin so gewogen war, daß er ihn mit allen Ehren empfing. Er begab sich in die Küche, um den Wein anzuwärmen, und der alleingelassene Besucher bekam die Gelegenheit, das Gekritzel auf dem Pergament zu lesen.

Danach ging der Meuchelmörder ebenfalls in die Küche und kostete vom Wein. Aber wieso begaben sie sich hinterher in den Garten? Wollte der Besucher Mawsby vielleicht etwas zeigen? Oder behauptete er, er müsse an einem Ort mit ihm sprechen, wo sie von keinem Spitzel belauscht werden konnten? Was immer der Grund gewesen sein mochte, Mawsby ging nach draußen, der Mörder pirschte sich hinter ihn und legte ihm die Garrottenschlinge um den Hals. Und Berisfords loyaler Sekretär röchelte im Garten sein Leben aus.

KAPITEL 3

Nicholas schickte sich an, Hände und Gesicht zu waschen, da hörte er Schritte auf der Treppe, und jemand klopfte an seine Tür. Er öffnete, und vor ihm stand Scathelocke; grinsend reichte er seinem Herrn ein vergilbtes Stück Pergament.

»Das hat mir ein Junge gegeben«, sagte Scathelocke. »Er fing mich draußen in der Gasse ab. Was ist es, Master? Etwa ein Liebesbrief?«

Nicholas trat ins Zimmer zurück, wo eine Kerze brannte, und entrollte sorgfältig das Pergament. Die Schrift, in blaugrüner Tinte, sah sonderbar aus. Das grobe, ziemlich dicke Pergament war von der Sorte, wie es die Schreiber von St. Paul's benutzten. Der Brief war an Nicholas Chirke gerichtet und enthielt eine simple Botschaft: »Jerusalems Joy, Southwark, zwölf Uhr mittags. Vallence.«

»Das ist kein Liebesbrief«, erklärte er, sondern eine Einladung, mich mit jemanden in *Jerusalems Joy* zu treffen.«

Scathelocke stieß einen Pfiff aus. »Diese verrufene Kaschemme ist der Vorhof der Hölle, Master. Ich komme mit Euch.«

Nicholas schüttelte den Kopf. »Lieber nicht. Wenn ich in Begleitung hingehe, taucht der Schreiber dieser Botschaft vielleicht gar nicht erst auf.«

Scathelocke wollte protestieren, doch Nicholas blieb hart, und der Diener stieg die Treppe hinunter, um in seine eigene Kammer zu gehen. Doch er ließ es sich nicht nehmen, mürrisch vor sich hin zu brummen. Nicholas dachte an den Becher mit dem angewärmten Wein und verfügte sich in die Küche, wo er Catherine bat, ihm einen Glühwein zuzubereiten.

»Selbstverständlich.« Mit dem Handrücken wischte sie sich den Schweiß von der Stirn – sie hatte Brot gebacken. Als sie dann Nicholas ansah, kniff sie besorgt die Augen zusammen. Sie eilte zu ihm. »Was hast du, Nicholas?« Sanft streichelte sie seine Wange. »Du siehst schrecklich erschöpft aus.«

Nicholas lächelte und zuckte die Schultern. »Ein Becher Wein wird mich wieder aufrichten.«

»Du solltest nicht Wein auf leeren Magen trinken«, schimpfte sie, ging jedoch an den Herd und schürte noch einmal das Feuer. Dann goß sie etwas Wein in einen Zinnbecher, den sie auf einen kleinen Stein in der Kaminecke stellte. Als nächstes schob sie zwei dünne Schürhaken in die Glut.

Nicholas wartete, bis sie rotglühend waren, dann nahm er sie heraus und steckte sie in den Zinnbecher mit dem Wein. Catherine bot ihre Hilfe an, aber Nicholas schüttelte den Kopf. Noch einmal erhitzte er die Schürhaken und kühlte sie in dem Wein ab. Der Becher wurde so heiß, daß man ihn nicht mehr anfassen konnte. Also wickelte er einen Lappen darum und trug ihn hoch in seine Kammer. Im Vorbeigehen zwinkerte er Catherine zu, sagte ihr, sie müsse sich damit abfinden, daß ihr Bruder verrückt sei, und ob sie so freundlich wäre, das Feuer zu löschen.

In seinem Zimmer stellte er den Becher auf den Tisch. Er nahm ein Stundenglas und kippte es um, so daß der Sand hinabrieselte. Dann saß er da, beobachtete die Sanduhr und prüfte immer wieder, wie rasch oder langsam sich der Trinkbecher abkühlte. Als er nur noch warm war wie der, den sie in Berisfords Haus vorgefunden hatten, betrachtete er noch einmal das Stundenglas. Nur ein Viertel des Sandes war hindurchgelaufen.

»Großer Gott!« murmelte er. »Wären wir nur eine Viertelstunde früher dort gewesen, hätten wir Mawsby retten und seinen Mörder erwischen können.«

Er dachte an den argwöhnischen alten Sekretär. Wen hätte er wohl bedenkenlos ins Haus gelassen? Wem würde er einen Becher angewärmten Weins kredenzen? Und hinterher, nichts Böses ahnend, mit ihm durch den Garten spazieren? Sir Amyas Petrie, den Sheriff? Einen seiner Häscher? Nicholas schüttelte den Kopf.

Nein, das sähe Mawsby gar nicht ähnlich. Aus ihrem ersten Gespräch ging hervor, daß er nicht viel für die bestallten Vertreter der Stadt übrig hatte, deren mysteriöse Machenschaften zur Ermordung seines Herrn führten. Doch wen würde er dann ohne viel Federlesens ins Haus bitten? Jemanden, den der König der Bettler geschickt hatte? Einen Kerl wie Wormwood etwa? Abermals schüttelte Nicholas den Kopf. Das kam ihm doch sehr weit hergeholt vor.

Von unten hörte er Catherines Stimme, und er schmunzelte. Er hob den Becher an die Lippen und schlürfte den lauwarmen Wein. Natürlich, es mußte sich um eine Frau gehandelt haben. Seine Besucherin war aller Wahrscheinlichkeit nach Nachtschatten, jene schöne, unschuldsvoll dreinblickende Frau, die den Namen eines giftigen Gewächses, – Nachtschatten – trug. Aber aus welchem Grund ließ der Hüter der Tore Mawsby ermorden?

Nicholas legte sich aufs Bett. Wenige Minuten später döste er ein. Auf leisen Sohlen schlich sich Scathelocke in die Kammer, löschte die Kerze, legte eine Decke über seinen Herrn und stahl sich wieder hinaus.

Nicholas rührte sich und erhaschte einen Blick auf Scathelocke, der in Mantel und Stiefeln war. Im Halbschlaf wunderte er sich, wohin sein geheimnisvoller Diener zu dieser Zeit noch hingehen wollte? Ihm fiel ein, wie feindselig Sir Amyas doch Scathelocke begegnet war, und ehe er wieder einnickte, überkam ihn ein wahnwitziger Gedanke. Stand Scathelocke vielleicht im Dienste des Königs der Bettler? War er in Wirklichkeit irgendein Wolfskopf, der sich trefflich zu tarnen verstand? Hatte man ihn auf dem Friedhof von St. Paul's erkannt, und hatte er sich dort deshalb so geschwind verkrümelt?

Was wußte Crabtree? Nicholas schwor sich, wenn diese Geschichte vorbei wäre, würde er sich Scathelocke vorknöpfen. Entweder er verriet ihm sein Geheimnis, oder er konnte gehen.

Am nächsten Morgen schlief Nicholas lange. Als er aufwachte, ausgeruht und sehr hungrig, herrschte drunten auf der Straße eine lärmende Betriebsamkeit. Unter den Strahlen einer schwächlichen Sonne löste sich langsam der Nebel auf.

Er erinnerte sich an seine Verabredung in Southwark; hastig zog er sich aus, wusch und rasierte sich und zog sich wieder an. Aus der Vorratskammer schnappte er sich einen Happen zu essen, den er mit einem kleine Krug Bier hinunterspülte. Dann machte er sich, bewaffnet mit Schwert und Dolch, auf den Weg in Richtung London Bridge.

Die Brücke war verstopft mit Fuhrwerken aller Art, deshalb

hetzte er die Stufen hinunter, die ans Ufer führten, und mietete sich einen Bootsmann. Der Kerl nahm seinen Fährlohn entgegen, und während er ihn über die Themse ruderte, unterhielt er ihn mit Anekdötchen über fröhliche Mönche, Unzucht treibende Ordensbrüder und geile Nonnen. Nicholas hörte nur mit halbem Ohr hin und lächelte ab und zu aus Höflichkeit. Das Wasser war unruhig, und die Strömung reißend; der kalte, klamme Nebel schien jedes Kleidungsstück zu durchdringen. An der Fish Wharf in Southwark ging er an Land, und obwohl ihn jämmerlich fror, schlug er den Mantel zurück, damit jeder den Dolch und das Schwert an seinem Gürtel sah.

Southwark war ein richtiges Höllenloch. In den engen Gassen drängte sich das gesamte Geschmeiß der Unterwelt – unechte Bettler, Reliquienverkäufer, Diebe, Huren, Loddel, Beutelschneider, Fälscher, Scharlatane und Meuchelmörder. Darunter befanden sich etliche Kerle, die einen anderen Menschen für den Preis von einem Krug Bier umgebracht hätten.

Als Nicholas die Gegend um den Kai hinter sich gelassen hatte, sah er sich um. Er fühlte sich verunsichert, denn er war fest davon überzeugt, daß er beobachtet wurde. Doch mit Ausnahme des gelegentlichen Diebes oder Straßenräubers, der in einem Taverneneingang herumlungerte, vermochte er niemanden zu entdecken, der es ausgerechnet auf ihn abgesehen hatte.

Er fädelte sich in die schmalen Durchgänge ein, die kaum passierbar waren, weil sich zu beiden Seiten Buden und Stände quetschten, an denen man billige Nahrungsmittel und anderen Kram kaufen konnte, meistens Artikel, die aus Diebesbeute vom anderen Flußufer stammten. Dirnen scharwenzelten scharenweise herum, wie Sperlinge auf einem frischgepflügten Acker. In jeder schmutzigen Ecke und in jedem finsteren Durchlaß lauerten Banden, bereit, selbst am hellichten Tag den ahnungslos Vorbeikommenden zu überfallen.

Magere, in Lumpen gehüllte Gören flitzten durch die Menge wie Mäuse auf einem Heuschober; sie kreischten und brüllten, wieselten aus den winzigen Kabacheln heraus, sausten in sie hinein und turnten sogar an überhängenden Dachbalken. Die Luft war verpestet vom beißenden Gestank, der der offenen Kloake entströmte, und den üblen Düften, die die Gerber,

Abdecker und Ziegelbrenner verbreiteten, die ihr Gewerbe in einer Unmenge von kleinen Gelassen und Holzschuppen ausübten.

Jedes zweite Haus schien eine Taverne zu sein, und Nicholas hatte Mühe, *Jerusalems Joy* zu finden; die Schenke stand an der Ecke einer düsteren Gasse, bewacht von einer Bande räudiger, abgemagerter Katzen, die wütend um jeden Abfallhaufen kämpften. Sie kletterten sogar auf den Körper eines Bettlers, der in einer zugefrorenen Pfütze lag.

Ein Stoßgebet zu St. Andrew schickend, betrat Nicholas die Kaschemme. Der Schankraum war überraschend sauber. Die kleinen Fenster ließen nur wenig Licht herein und machten die Stube zu einem idealen Versteck für jeden, der sich vor dem Gesetz verbarg.

In einem Winkel zockten zwei Würfelspieler und sahen nicht einmal hoch, als Nicholas eintrat. Eine fette Frau, deren Gesicht trotz der Pockennarben und einer langen Narbe auf der rechten Wange fröhlich wirkte, kam eilfertig herbeigesegelt und fragte lärmend: »Was kann ich für Euch tun, Sir? Was kann ich für Euch tun, Sir?«

Nicholas setzte sich an einen wackeligen Tisch und blickte in die Runde. Auf den Rändern der Bierfässer hockten Hühner mit dürren Hälsen. Er wollte es nicht riskieren, daß sein Bier mit ihrem Kot verunreinigt war, deshalb bezahlte er einen hübschen Batzen Geld für eine versiegelte Kruke Wein.

»Aber gib acht, daß es der beste Klarett ist, den es in dieser Bude zu kaufen gibt!« warnte er die Dicke.

Die Schankwirtin bedankte sich überschwenglich, als sei er ihr verlorener und heimgekehrter Sohn, und eilte von dannen; geschwind kam sie mit einer versiegelten Kruke und einem Becher zurück. Vorsichtig schenkte sich Nicholas ein und trank in kleinen Schlucken. Er wollte seine Sinne nicht benebeln.

In der Ferne läuteten Kirchenglocken zum mittäglichen Angelusgebet, doch niemand näherte sich seinem Tisch. Die Leute kamen und gingen. Eine alte Vettel ließ sich so vollaufen, daß sie beinahe auf allen vieren zur Tür hinauskroch. Nur die Spieler blieben.

Der Nachmittag verstrich. Nicholas wurde unruhig; der

Wein und die stickige Wärme in der Schankstube machten ihn schläfrig. Schließlich stand er auf und rüstete sich zum Gehen, überzeugt, einem Schabernack aufgesessen zu sein. Gleichzeitig mit ihm erhoben sich die Zocker und schlenderten langsam in seine Richtung.

Nicholas' Hand zuckte zum Schwertknauf. Als er sich die beiden Spieler näher ansah, merkte er, daß sie nicht die üblichen Stammgäste einer solchen Spelunke waren. Er grinste, ohne es zu wollen.

»Findet Ihr uns so witzig, Sir?« fragte einer der beiden.

Nicholas trat einen Schritt zurück und warf seinen Mantel über einen Stuhl. Seine Hand umklammerte den Schwertgriff.

»Ja, allerdings«, gab er zu. »Schäbig genug seid Ihr ja angezogen. Ein Mann kann sein Gesicht verbergen, er kann sich einen Bart wachsen lassen, das Haar zerstrubbeln und Lumpen tragen, aber seine Hände verraten ihn immer.« Er schnippte mit den Fingern in ihre Richtung. »Eure Hände sind sauber und weich, die Nägel ordentlich geschnitten.«

Beide Männer lächelten, und einer streckte in einer friedfertigen Geste die Hand aus.

»Monsieur Chirke, wir führen nichts Böses im Schilde.« Er deutete auf den Tisch hinter Nicholas. »Laßt uns den Rest Eures Weines untereinander aufteilen.« Der Spieler verzog den Mund zu einem schiefen Grinsen. »Dabei können wir uns über ein Problem unterhalten.«

Also setzte Nicholas sich wieder hin und machte eine möglichst gleichgültige Miene. Die Fremden zogen sich Schemel heran, nahmen ihm gegenüber Platz und lächelten, als wären sie gute alte Freunde. Der eine Bursche war hochaufgeschossen und dünn, das weiße, hagere Gesicht wurde von einem flammendroten Haarschopf gekrönt. Der andere war untersetzt, rundlich, und auf dem Haupt bereits erkahlt. Er sah so fröhlich aus wie der Klosterbruder Tuck aus einer dieser Geschichten über Robin of the Greenwood.

Beide trugen abgewetzte, vielfach geflickte Gewänder, die am Hals zusammengehalten wurden, doch als sie sich hinsetzten, mußten sie Rücksicht auf ihre langen, spitzen Dolche nehmen, die sich unter dem Tuch verbargen. Die Schankwirtin brachte noch zwei Becher. Unaufgefordert füllte der kleine Dicke alle drei Becher bis zum Rand. Nachdem er Nicholas zugeprostet hatte, nippt er dankbar an dem Wein.

»Ich hoffe, Ihr genießt meinen Rotwein«, stichelte Nicholas.

»Es ist besser, am Leben zu sein und Wein zu trinken, als im kalten Wasser zu ersaufen wie der arme Mawsby«, entgegnete der kleine Dicke und stellte den Becher wieder auf den Tisch. »Damit Ihr wißt, mit wem Ihr es zu tun habt – ich bin Eudo Epingall, und das hier, er wandte sich an seinen rothaarigen Gefährten, »ist Robard Clerrier.«

»Habt Ihr Mawsby getötet?« fragte Nicholas.

»Nein! Aber wir sind es, die Euch kreuz und quer durch die ganze Stadt folgten«, erwiderte Eudo Epingall. »Anfangs waren wir zu viert, aber nun sind zwei unserer Kameraden tot. Einer wurde erstochen, der andere vergiftet. Als man gestern ihre Leichen fand, hieltet Ihr Euch mit Euren beiden Gefährten gerade in einer Taverne unweit des Rathauses auf. Den Krawall, der losbrach, müßt Ihr doch gehört haben.«

Offenen Mundes gaffte Nicholas ihn an. »Wer seid Ihr?«

»Händler aus der Gascogne. Na ja, keine richtigen Händler – obwohl wir Briefe bei uns haben, die bezeugen, daß wir aus Bordeaux kommen und unseren herrlichen Wein in Euer Land bringen. In Wirklichkeit dienen wir unserem Herrn.«

»Und wer ist Euer Herr?«

Epingall lächelte. Nicholas beugte sich über den Tisch. »Ihr seid französische Spitzel! Ihr seid hier, um euch kundig zu machen, Geheimnisse zu lüften. Was wißt Ihr über Vallence?« Er schob seinen Stuhl zurück. »Man könnte es als Verrat auslegen, wenn ich nur mit Euch spreche!«

Robard Clerrier berührte leicht Nicholas' Handgelenk. »Monsieur, bitte, hört uns zu. Wir sind nicht hier, um zu bestechen oder zu drohen, sondern um Euch eine Geschichte zu erzählen, die Ihr vermutlich bereits kennt. Letzten August verstarb Königin Isabella. Sie hütete irgendein bedeutendes Geheimnis. Bevor sie verschied, vertraute sie es Vallence an, der sich während der Beisetzungszeremonie heimlich davonstahl und versuchte, an Bord einer venezianischen Galeere zu gelangen.«

Nicholas nickte, um anzudeuten, daß ihm dieser Teil der Geschichte geläufig war. Clerrier fuhr fort: »Vallence wurde gestellt, verwundet, und starb später im Hospital zu St. Bartholomew. Seitdem bedrängen der König und sein ältester Sohn, der Schwarze Prinz, ihre mächtigen Freunde in dieser Stadt, das Geheimnis um Vallence zu lüften. Sie sollen herausfinden, worum es bei diesem Geheimnis geht und wo Vallence den Beweis dafür versteckt hat. Wir wissen auch, daß der König der Unterwelt, der sich selbst als ›Hüter der Tore‹ bezeichnet, nach der gleichen Sache sucht.«

Clerrier lächelte dünn. »Bei uns in Paris gibt es eine ähnliche Gestalt. Er nennt sich auch *le Roi de Gueux*, der ›König der Bettler‹. Und von Berisfords und Fromlichs Ermordung haben wir gehört.« Er legte eine Pause ein und nippte an dem Rotwein. »Jetzt werdet Ihr vielleicht sagen, Monsieur Chirke, daß die Sorgen der Franzosen Euch nichts angehen. Aber habt Ihr schon einmal darüber nachgedacht, Monsieur, was Euch zustoßen könnte, wenn Ihr Vallences Geheimnis lüftet?«

Nicholas merkte, wie sich ihm die Nackenhaar sträubten. Insgeheim verwünschte er sich, weil ihm diese Gefahr noch gar nicht richtig in den Sinn gekommen war. Wenn es sich um ein so gefährliches und bedeutungsvolles Geheimnis handelte, wie würde man mit ihm verfahren, wenn er erst einmal Bescheid wüßte? Um seine Besorgnis zu überspielen, in die ihn Clerriers Hinweis gestürzt hatte, hob er den Becher an die Lippen.

»Was schlagt Ihr vor?« fragte er schließlich.

»Erzählt uns, was Ihr wißt. Wir werden Euch dafür belohnen. Nie wieder werdet Ihr es nötig haben, Klienten hinterherzurennen oder von der Großzügigkeit Eurer Schwester zu leben.«

»Ich bin kein Verräter!« empörte sich Nicholas.

»Aber Ihr müßt ein Narr sein!« spöttelte Epingall. »Wir verlangen von Euch nur, daß Ihr uns gegen ein Entgelt erzählt, was Ihr wißt. Geht zu Euren Auftraggebern zurück. Sagt Ihnen, Ihr fändet die ganze Angelegenheit zu verwirrend und Eure Fähigkeiten reichten nicht aus, den Knoten zu entwirren. Dann werdet Ihr nicht nur reich sein, sondern auch alt genug werden, um Euren Wohlstand zu genießen.« Er klatschte leicht in die Hände. »Kommt, Monsieur, heraus mit der Sprache.«

Nicholas sog scharf den Atem ein. Er bereute bitterlich, daß weder Scathelocke noch Crabtree bei ihm waren.

»Ich weiß sehr wenig, außer, wie Berisford zu Tode kam. Er wurde von einem Meuchelmörder namens Wormwood umgebracht. Fromlich beschuldigte man zu Unrecht des Mordes. Sowohl er als auch Wormwood wurden von einer Frau getötet, die im Dienste des Hüters der Tore steht. Vermutlich hat sie auch Mawsby auf dem Gewissen. Um Eurer Frage zuvorzukommen – von Mawsby erfuhr ich nur, daß Berisford Vallence bereits kannte, ehe er nach St. Bartholomew an dessen Sterbelager gerufen wurde. Und in der Nacht vor Berisfords Verschwinden tauchte ein geheimnisvoller Bote bei ihm auf, der ihm einen Brief brachte. Die Nachricht stammte von einem gewissen Patricius.«

Die beiden Franzosen lauschten gespannt.

»Ist das alles, Monsieur?«

»Das ist alles. Ach ja, Vallence sagte irgend etwas über St. Denis.«

Er wartete auf eine Bemerkung, doch die Franzosen sahen ihn nur an. Ratlos hob Nicholas die Schultern und ließ sie wieder sinken. »Mehr weiß ich nicht.«

»Patricius?« wiederholte Epingall mit einem Seufzer. Nicholas nickte.

»Nein«, meinte Epingall. »Ich glaube nicht, daß es Patricius war. Es wird Patroclus gewesen sein.«

»Wer, in Gottes Namen, ist dieser Mann?«

Clerrier schmunzelte. »Kommt, Monsieur, kennt Ihr die griechische Geschichte nicht? Patroclus war ein Freund des Achilles, den Hector tötete.«

Nicholas schaute verwirrt drein.

Epingalls Grinsen wurde breiter.

»Sprecht nicht in Rätseln!« erwiderte Nicholas gereizt.

»Achilles liebte Patroclus«, erklärte Epingall. »Es war eine widernatürliche Liebe, sie waren Sodomiten. Patroclus nennt sich ein Geheimbund von Männern hier in London, die nur Männer lieben. Berisford war ein Mitglied dieses Bundes, ebenso wie Vallence.«

Nicholas fuhr sich mit der Hand über den Mund und griente dümmlich.

»Natürlich«, räumte er ein. »Berisford verkaufte an Vallence Holz und Kohle für den Haushalt der alten Königin. Solche Männer haben ihre eigenen Erkennungszeichen und heimlichen Rituale.«

Die beiden Franzosen nickten.

»Und der Hüter der Tore fand Berisfords Geheimnis heraus und benutzte sein Wissen, um ihn zu erpressen«, erklärte Clerrier.

»Deshalb fürchtete Berisford sich davor, gehängt oder verbrannt zu werden«, sagte Nicholas. »Ertappte und verurteilte Sodomiten werden in Smithfield über ein langsam brennendes Feuer gehängt. Vermutlich schickte Wormwood die Nachricht zu Berisford, und Berisford blieb gar nichts anderes übrig, als sich mit ihm zu treffen. Andernfalls hätte er es riskiert, daß sein Geheimnis enthüllt würde.«

Nicholas starrte den alten Bettler an, der in diesem Augenblick in die Taverne schlurfte, sich mit dem Rücken zur Wand auf den Fußboden hockte und nach einem Humpen Ale brüllte.

»Aber zu welchem Zweck sollte der Hüter der Tore Berisford erpressen?« fragte der junge Advokat. »Er hatte doch nichts Wesentliches entdeckt. Oder doch? Flüsterte Vallence ihm noch etwas anderes zu, ehe er starb?«

Nicholas schob seinen Becher von sich. Epingall schickte sich an, ihn nachzufüllen.

»Nein, ich habe genug getrunken«, lehnte Nicholas ab.

»Begreift ihr jetzt, was passieren wird, wenn Ihr Vallences Geheimnis ergründet?« fragte Clerrier. »Bildet Ihr Euch ein, daß diejenigen, die Euch angeheuert haben, Euch in Frieden weiterleben lassen? Der Hüter der Tore ist nicht weniger gefährlich – er will das Geheimnis herausfinden, damit er andere erpressen kann. Ihm geht es darum, sich Vorrechte zu sichern und seine Macht und seinen Reichtum zu mehren.«

Nicholas kratzte sich am Kopf. »Aber wie könnten sie mich bedrohen, einen armen Advokaten?«

»Ihr habt einen Bruder, der mit der Frau verheiratet ist, die Ihr liebt«, erwiderte Epingall mit weicher Stimme. »Ihr habt eine Schwester, Catherine, und einen Schwager, der ein herzensguter Mensch ist. Die beiden haben Kinder. Und Ihr habt

Euer Leben, Monsieur Chirke. Wenn Ihr der Sache also weiterhin nachgeht und das Geheimnis aufdeckt, wendet Euch getrost an uns, Ihr findet uns in der Taverne *Moon and Sickle* in Lothbury.« Epingall griff nach Nicholas' Hand und drückte sie fest. »Wir warnen Euch, Monsieur, weil wir es gut mit Euch meinen. Es geht um Euer Leben. Wenn Ihr unseren Rat in den Wind schlagen wollt, begebt Ihr Euch in höchste Gefahr.«

Nicholas blickte die beiden Franzosen an; ihm war mulmig in der Magengrube, und sein Herz raste wie toll. Insgeheim bewunderte er die Schläue dieser Männer – egal, welchen Weg er einschlug, überall drohte ihm Gefahr, und sie boten ihm eine Möglichkeit, sich zu drücken. Aber was würde das letzten Endes bedeuten? Daß er nach Frankreich in die Verbannung gehen mußte? Und wären dann John, Catherine, ihre Kinder und sein Bruder in Sicherheit?

»Wer ist Euer Anführer?« fragte er.

»Kommt zu uns in die Taverne *Moon and Sickle,* und Ihr werdet es erfahren. Sagt dort einfach, Ihr wolltet Euch an einem Glücksspiel beteiligen.«

Nicholas starrte an ihnen vorbei durch die offene Tür. Es war spät geworden. Sein Blick fiel auf den Bettler. Der Kerl hatte nur noch ein Auge, seine Nase war von Fäulnis entstellt, und aus einem Mundwinkel rann der Seiber. Dennoch fragte sich Nicholas, ob der Mann nicht ein Spitzel war – jemand, den der König der Bettler oder irgendein anderer Mächtiger der Stadt geschickt hatte.

»Ich muß jetzt gehen«, verkündete er.

»Aber nicht durch diese Tür.«

Clerrier erhob sich und rief nach der Frau, die sie bedient hatte. Sie watschelte eilig herbei. Während er ihr etwas zuflüsterte, drückte Clerrier ihr eine Münze in die schwielige Hand. Sie lächelte und gab ihnen einen Wink; unauffällig lotste sie die Männer in eine hintere Ecke der Taverne, die durch aufeinandergestapelte Bierfässer den Blicken verborgen war. Aus ihrem Gürtel fischte sie einen Schlüssel und sperrte einen Seitenauslaß auf, der auf eine Gasse führte.

Epingall und Clerrier traten nach draußen, Nicholas im Gefolge. Einen Augenblick lang blieben die Franzosen stehen, die Kapuzen tief in die Stirn gezogen und fest eingehüllt in ihre Mäntel. Dann machte Clerrier einen Schritt auf Nicholas zu und streckte ihm zum Abschied beide Hände entgegen; in diesem Moment traf ihn der Pfeil einer Armbrust in den Mund. Nicholas hörte ein Sirren, wie wenn ein Turmfalke auf seine Beute niederstößt, und an seinem Auge flitzte etwas Schwarzes vorbei.

Der Franzose hatte gar keine Chance. Der zweite Pfeil bohrte sich in sein Gesicht, und er stürzte aufs Pflaster. Epingall zerrte an Chirkes Mantel und drängte ihn hastig die Gasse hinunter.

»Lauft!« zischte er ihm zu.

Sie hetzten los, und ein zweiter Armbrustbolzen landete zwischen ihnen auf dem Kopfsteinpflaster. Epingall sah sich nach seinem hingestürzten Gefährten um, dann warf er Nicholas einen flehentlichen Blick zu.

»Ich kann ihn nicht im Stich lassen!« flüsterte er.

»Weiter!« brüllte Nicholas. »Er ist tot!«

Epingall schüttelte den Kopf. Er zückte seinen Dolch, und sich dicht in den Schatten der Mauer duckend, rannte er zu seinem Kameraden zurück, der mit dem Gesicht nach unten in einer sich rasch vergrößernden Blutlache lag. Er wälzte den Körper herum, schnitt den Beutel vom Gürtel des toten Mannes und hastete zu Nicholas zurück.

Nicholas preßte sich gegen die Hauswand, um dem Armbrustschützen kein Ziel zu bieten. Epingall hatte ihn fast erreicht, als das sirrende Geräusch wieder ertönte. Wie ein Schwimmer beugte sich der Franzose vor, und ruderte mit den ausgestreckten Armen; die Augen wurden starr, und er schnappte nach Luft. Dann taumelte er gegen die nach Pisse stinkende Wand. Mit einem schmerzerfüllten Ausdruck sah er Nicholas an, wisperte »Herr, erbarme dich meiner«, und sackte wie ein Bündel Lumpen in sich zusammen. Der Pfeil mit der Eisenspitze steckte fest zwischen seinen Schulterblättern.

Nicholas suchte das Weite, als der nächste Pfeil durch die Luft schwirrte und die Mauer über seinem Kopf traf. Trotz seiner Panik merkte er, daß es sich um zwei Angreifer handeln mußte, und nicht nur um einen. Blindlings sauste er los, aus der Gasse hinaus, die eine Todesfalle war, und tauchte zwischen den Bettlern, Hurentreibern und Dirnen unter, die sich in den Gäßchen von Southwark tummelten.

Wild starrte er um sich und versuchte, einen Blick auf seine Verfolger zu erhaschen. Jetzt war er vor einem Armbrustbolzen sicher, nicht aber vor einem Meuchelmörder, der sich leise an ihn heranpirschen und ihm einen Dolch zwischen die Rippen stoßen konnte. Unbehelligt erreichte er das Flußufer. Fluchend und wild mit den Armen gestikulierend sprang er in ein Boot und drückte dem Fährmann hastig eine Münze in die schmutzige Hand.

»Leg ab, Mann! Leg ab!« brüllte er.

Der Bootsmann legte sich in die Riemen und ruderte das Boot vom Ufer fort. Nicholas spähte angestrengt in die Dämmerung, aber weder im schwindenden Tageslicht noch im Schein der riesigen, funkensprühenden Fackeln am Kai vermochte er eine Spur von seinen Angreifern zu entdecken.

Der Bootsmann legte sich mächtig ins Zeug. Unter seinen schweren Augenlidern beobachtete er Nicholas und fragte sich, was diesem gutgekleideten Mann wohl zugestoßen sein mochte, daß er so außer sich vor Angst war; denn Angst hatte er, davon zeugten sein weißes Gesicht, die schweißbeperlte Stirn und der verzweifelte Blick.

»In einer so verrufenen Gegend solltet Ihr Euch nicht herumtreiben«, brummte er.

»Schweig still!« raunzte Nicholas ihn an. »Und ruder, was deine Kräfte hergeben!«

Der Bootsmann ließ Nicholas zwischen Dowgate und London Bridge an Land gehen. Auf der Suche nach einem sicheren Versteck taumelte er durch die Straßen. Die Hand am Dolchgriff, blieb er immer wieder am Eingang zu einer krummen Gasse stehen und spähte vorsichtig hinein.

Endlich war er daheim. Catherine und John machten gerade die Feuerstelle sauber, und die Kinder spielten draußen in dem frostigen Garten. Nicholas wankte in seine Kammer hinauf, warf sich aufs Bett, verschränkte die Arme über der Brust und stierte gegen die Zimmerdecke.

Wieso mußte so viele Menschen sterben? murmelte er vor sich hin. Was für ein gefährliches Geheimnis hat Vallence gehütet?

Er zählte nach, wie viele Menschen jetzt schon ermordet worden waren. Vallence, weil er das Geheimnis bei sich trug; Berisford wurde zu Tode gefoltert, weil man ihn zwingen wollte, sein Wissen preiszugeben; Wormwood, die Fromlichs, und nun vier französische Spione mußten sterben, weil sie auf die eine oder andere Weise in den Fall verwickelt waren. Steckte hinter all diesen Morden der König der Bettler, oder war es jemand anders? Sollte er zu Sir Amyas Petrie und Sir Roger Hobbedon gehen und ihnen sagen, die Aufgabe, die sie ihm gestellt hatten, sei zu gefährlich und übersteige seine Kräfte und Fähigkeiten?

Es klopfte an der Tür. Da er annahm, es seien die Kinder, gab er keine Antwort. Es klopfte wieder, diesmal hartnäckiger.

»Herein!« rief er.

Scathelocke und Crabtree kamen ins Zimmer.

»Wir haben Euch gesucht, Master.«

Scathelocke stellte sich dicht neben das Bett und blickte prüfend in das weiße Gesicht seines Herrn.

»Wir haben Euch überall gesucht«, wiederholte er.

»Schade, daß ihr mich nicht gefunden habt, als ich Euch wirklich brauchte!« erwiderte Nicholas aus vollem Herzen.

Dann erzählte er ihnen, was passiert war. Er sah, wie sich Furcht in Scathelockes Augen stahl. Crabtree, der auf einem Schemel hockte, stieß Laute des Entsetzens aus und hielt sich den Bauch.

»Zwei Spione!« flüsterte das Schlitzohr. »Niedergemacht wie Hunde!«

»Ihr dürft Euch auf gar keinen Fall in der *Moon-and-Sickle*-Taverne blicken lassen!« warnte Scathelocke. »Falls Ihr dorthin geht, könnte man Euch wegen Verrats verhaften. England befindet sich mit Frankreich im Krieg. Ihr könntet ermordet oder hingerichtet werden, nur weil Ihr mit diesen beiden Männern gesprochen habt.«

Nicholas setzte sich aufrecht hin. »Ich sollte vielleicht zu Sir Amyas gehen.«

»O nein!« heulte Crabtree, »nicht zu diesem hartherzigen Schurken! Er könnte glauben, wir hätten das Geheimnis gelüftet, das Vallence bei sich trug.«

»Ich frage mich nur, was für ein Geheimnis das ist.«

»Das frage ich mich auch«, bekannte Scathelocke. »Und um dieses Rätsel zu lösen, habe ich ein paar Freunde in der Lombard Street besucht.«

»Ich wußte gar nicht, daß du Freunde hast!« spottete Crabtree.

»Schluß damit, du miese Ratte!« schnauzte Scathelocke ihn an. »Jetzt ist nicht die Zeit, alberne Witze zu reißen. Durch diese leidige Geschichte sind wir drei aneinander gebunden.«

Er kratzte sich den Bart. »Wie ich schon sagte, habe ich Freunde besucht – Leute, die die alte Königin kannten. Nun ja, jeder weiß, daß Isabella ihren Gemahl, Edward II., in Burg Berkeley ermorden ließ. Sie trieb es mit ihrem Buhlen, Roger Mortimer, bis unser derzeitiger König herangewachsen war und die beiden entmachtete. Später wurde Isabella auf Castle Rising gefangengehalten. Hin und wieder trat sie bei Staatsbanketten oder wichtigen Festen in Erscheinung, doch in Wahrheit lebte sie abgeschieden wie eine Einsiedlerin.«

»Und weiter?« dränge Nicholas.

»Was immer ihr Geheimnis war, der Ursprung dafür liegt nicht in ihren letzten Lebensjahren. Das Geheimnis stammt aus der Zeit, als sie das Königreich zusammen mit Mortimer regierte – wenn nicht gar aus den Jahren davor! Ich fragte meine Freunde, wie es Isabella erging, bevor sie sich von ihrem Ehegemahl abwandte. Sie sagten mir, Edward II., ihr Gatte, sei ein Sodomit gewesen, der sich wahnsinnig in einen seiner Edelmänner, Hugh de Spencer, verliebte. Seine unnatürlichen Gelüste trieben Isabella ins Exil. Vorher war sie eine noble Königin und ein pflichtbewußtes Eheweib gewesen, und nie gab es auch nur die Spur eines Skandals.«

Scathelocke legte eine Pause ein, um seine Gedanken zu ordnen. »Als Isabella und Mortimer ihre Macht abgeben mußten, wurden sie in Burg Nottingham verhaftet. Mortimer hielt sich gerade im Schlafzimmer der Königin auf. Zugegen war auch ihr engster Vertrauter, Henry Burghersh, der Bishof von Norwich. Isabellas Sohn, Edward, gelangte durch einen Geheimgang in ihr Schlafgemach. Mit einer Gruppe von Rittern platzte er herein und befahl Mortimers Festnahme. Isabella fiel auf die Knie und kreischte: ›*Ayez pitié! Ayez pitié à gentil Mortimer*!‹«

»Und was passierte dann?« hakte Crabtree ein.

Scathelocke zuckte mit den Achseln. »Das wissen meine Freunde nur vom Hörensagen. Mortimer schleuderte Edward die wüstesten Verwünschungen entgegen, ehe man ihn fortschleppte. Unter strengster Bewachung wartete er auf seinen Prozeß in Westminster. Während der gesamten Verhandlung durfte er nicht sprechen, nicht einmal etwas zu seiner Verteidigung sagen. Den ganzen Prozeß hindurch war er geknebelt. Nach der Urteilsverkündung brachte man ihn nach Tyburn, wo er gehängt, gestreckt und gevierteilt wurde. Seine geschundenen Überreste liegen in Greyfriars begraben.«

»Das wußte ich bereits«, entgegnete Nicholas verstimmt.

Scathelocke grinste. »Isabella, das alte Luder, wollte selbst im Tod nicht von ihrem Buhlen lassen, sie wurde neben dem Hochaltar neben ihrem Liebsten beigesetzt. Doch in ihrem Sarg befindet sich ein silbernes Kästchen mit dem Herzen ihres Ehemannes darin.«

Nicholas spähte durch eine Ritze in den Fensterläden; draußen war es dunkel.

»Ich habe noch nie gehört, daß ein Mann während seines Prozesses geknebelt wurde«, murmelte er. »Mortimer schien etwas gewußt zu haben, und jemand wollte unter allen Umständen verhindern, daß er sein Wissen preisgab.«

»Wäre es möglich«, mutmaßte Crabtree, »daß unser gegenwärtiger König, Edward, III., gar nicht der rechtmäßige König von England ist, sondern der illegitime Sproß von Mortimer und Isabella?«

Scathelocke schaute nachdenklich drein. »Das sind Gerüchte, Klatsch, Skandalgeschichten, die nicht das geringste beweisen. Trotzdem könntest du recht haben, Master Crabtree. Bevor Königin Isabella ihren Gemahl verließ, hat sie sicher dafür gesorgt, daß Mortimer befördert und protegiert wurde. Aber das heißt noch lange nicht, daß sie mit ihm ein Kind hatte.«

»Immerhin war ihr Mann ein Sodomit«, gab Crabtree zu bedenken.

Nicholas schüttelte den Kopf. »Er trieb es mit Männlein und mit Weiblein. Das ist keine Seltenheit.« Er zuckte die Achseln. »Auf Leute von uns trifft das natürlich nicht zu.«

»Da bin ich mir nicht so sicher«, brummte Scathelocke und schielte zu Crabtree hin, der in einer rüden Geste den Mittelfinger hochreckte.

»Trotzdem danke ich dir, Scathelocke«, sagte Nicholas. »Was du in Erfahrung gebracht hast, unterstützt unsere Vermutung, daß Königin Isabella ein Geheimnis hütete, das sie ihren Freunden in Frankreich mitteilen wollte. Ihr Sohn jedoch, unser derzeitiger König, ließ seine Mutter streng bewachen, damit sie keinen Unfug anstellen konnte.« Nicholas schwang die Beine über die Bettkante, stand auf und streckte sich.

»Rache schmeckt am besten, wenn sie kalt genossen wird«, meinte er. »Solange Isabella lebte, behielt sie ihr Geheimnis für sich. Doch sie fädelte es so ein, daß es nach ihrem Tod bekannt werden sollte. Ob es sich um eine Erbschaft handelt, ein Legat?«

»Was unternehmen wir als nächstes?« fragte Crabtree.

»Wir verlassen London«, antwortete Nicholas, »obwohl wir wenig Geld haben. Wir reisen nach Norwich – der alte Burgherr ist noch am Leben. Dann geht es weiter nach Castle Rising, wo wir gründlich herumschnüffeln werden.« Er rieb sich das Gesicht. »Wer weiß, wenn wir zurückkommen, hat man Vallences Geheimnis vielleicht gelüftet. Dann holen wir unseren Beutel mit Münzen ab, und später spazieren wir wieder durch das Mittelschiff von St. Paul's, auf der Suche nach Arbeit.«

»Wem sagen wir Bescheid?« erkundigte sich Scathelocke.

»Keinem!« schnauzte Nicholas. »Nicht mal Catherine und John!«

Er trat ans Fenster und lurte auf die dunkle Straße hinab.

»Obwohl mir scheint«, murmelte er, »daß unsere ganze Heimlichtuerei nichts nützt!«

Angestrengt spähte er zum gegenüberliegenden Hauseingang, wo eine Laterne an einem Haken einen trüben Lichtkreis warf. Im Schatten bewegte sich eine schemenhafte Gestalt, und er wußte, daß sie immer noch beobachtet wurden.

KAPITEL 4

Am nächsten Morgen brachen sie spät auf, als die Glocken der Stadt zur Messe riefen; ihr Geläut durchschnitt die klirrende kalte Winterluft.

Für Nicholas' kostbares Geld hatte Crabtree Reitpferde und ein bösartig aussehendes Saumtier gemietet. Das ›Biest‹, wie Crabtree das Pony taufte, hatte einen eigenen Willen und die häßliche Angewohnheit, jeden zu beißen und zu treten, der sich törichterweise in seine Nähe wagte.

Seiner Schwester erzählte Nicholas sehr wenig, eigentlich nur, daß sie möglicherweise tagelang wegbleiben könnten. Catherine machte ein ängstliches Gesicht, küßte ihn auf beide Wangen und sah ihn traurig an.

»Reitest du nach Norwich, Nicholas? Wirst du deinen Bruder besuchen? Robert würde sich freuen, dich zu sehen.«

Vage entgegnete Nicholas, daß er versuchen wolle, es einzurichten. »Paß gut auf dich auf, Schwester.« Er drückte sie fest an sich. »Kümmere dich um John und gib acht auf die Kinder.«

»Warum so besorgt?« Catherine rückte von ihm ab. »Nicholas, was ist passiert?«

Ihr Bruder konnte ihr nicht in die Augen sehen. Er drückte ihre Hand und ging nach draußen auf die Straße, wo Scathelocke und Crabtree die Pferde hielten. John kam aus seinem Laden, um ihnen eine gute Reise zu wünschen; mit einem Lächeln auf seinem breiten, gutmütigen Gesicht drängte er sich an Nicholas heran und drückte ihm einen kleinen Beutel voller Münzen in die Hand. Nicholas wollte sich zieren.

»Nein, Bruder, nimm das Geld«, beharrte John. »Damit ihr unterwegs gut essen könnt.« Er blickte zu dem grauverhangenen Himmel empor. »Ein paar Wetterkundige haben Schnee vorausgesagt. Haltet euch schön warm, und Gott möge euch auf eurer Reise beschützen.«

Die Kinder kamen nach draußen gerannt, um sich zu verabschieden, dicht gefolgt von Catherine. Die ließ Nicholas erst ziehen, nachdem er ihr versprochen hatte, die St.-Christophorus-Medaille, die sie ihm brachte, an seinen fadenscheinigen Mantel zu heften.

Sie machten sich auf den Weg in Richtung Bishopsgate, passierten die alten Stadtmauern und überquerten den übelriechenden Graben. Nicholas haßte diese Gegend. Unter der schmutzigen Eisschicht entdeckte er die Kadaver von Tieren, und trotz der Kälte stank es wie aus einer Kloake.

Sie kamen an der St.-Mary-of-Bethlehem-Kirche vorbei und schlugen die Straße ein, die nordwärts nach Holywell führte. Viele Menschen waren unterwegs; Bauern brachten ihre Waren auf den Markt, und auf dem Weg tummelten sich die üblichen Reisenden – zerlumpte Studenten, verluderte Priester mit ihren Handkarren, Quacksalber, Habenichtse, die hofften, in der Stadt zu Reichtum zu gelangen, und Soldaten, die die Garnisonen im Tower verstärken sollten. Ein königlicher Kurier, gekleidet in die blaurot-goldene Livree des Hofs, galoppierte vorbei. Gelegentlich erblickte man einen Adligen, in üppige Seidengewänder gehüllt und auf einem Pferd sitzend, dessen Schabracken mit heraldischen Motiven bestickt war; derart prachtvoll herausgeputzt, preschten Roß und Reiter vorbei.

Später wurde der Weg über das wilde Heideland nördlich von London jedoch leerer. Die Nacht verbrachten Nicholas und seine Begleiter in einer kleinen Taverne, ohne jedoch viel zu schlafen – die Betten waren mit Flöhen verseucht, und der Lärm aus der Schankstube, wo eine Gruppe von Kesselflickern krakeelte, dauerte fast die ganze Nacht an.

Derartige Unbilden und die eisige Kälte beschränkten ihre Gespräche auf das Nötigste. Der bleierne Himmel drückte ihre Stimmung, und die Landschaft verschwand oft hinter einem Eisregen, den ihnen ein scharfer Wind ins Gesicht peitschte.

Sie gelangten durch kleine, trostlose Weiler und übernachteten in elenden Herbergen, in denen nur über eines gesprochen und gestritten wurde – den Krieg gegen die Franzosen und die Forderungen der Krone nach immer neuen Abgaben und Steuern, die die Kosten für den Waffengang ausgleichen sollten. Die Bauern, die die Männer aus London unterwegs beobachteten, mühten sich ab, den hartgefrorenen Boden aufzubrechen, und sahen aus wie Vogelscheuchen. Ein paar hatten es ganz aufgegeben, wie die Tiere im Erdreich nach etwas Eßbarem zu wühlen.

»O mein Gott, sei diesen armen Menschen gnädig«, murmelte Crabtree, als sie durch ein winziges Dörfchen ritten. »Ihr Los ist schrecklich. Die jungen Männer hat man zum Kriegsdienst gepreßt. Nur die Krüppel kehren zurück, außerstande, für sich selbst zu sorgen.«

Nicholas stimmte ihm zu und ließ den Blick über die weiten, braunen, gefrorenen Felder schweifen. »In Friedenszeiten«, sagte er, »werden den Bauern hohe Steuern auferlegt. Königliche Beschaffer fallen wie die Pest in die Dörfer ein und raffen Nahrungsmittel zusammen. Als nächstes kommen die Steuereintreiber, gefolgt von den Bütteln und Schergen der Lehnsherren.«

Hin und wieder begegneten ihnen Familien, die mit stumpfem Gesichtsausdruck die Straße entlangtrotteten. Nicholas verteilte Pennies, die ohne jeden Dank von eiskalten Händen ergriffen wurden. Sie sahen Leichen, die in Gräben verwesten, Galgen und Schafotte, vollgepackt mit verfaulenden menschlichen Leibern.

Einmal wurden sie von Verfemten angegriffen, einer Rotte verzweifelter Männer, deren Kleidung nur noch aus Fetzen bestand. Sie waren schlecht bewaffnet und stellten keine ernsthafte Gefahr dar; die Bögen waren so behelfsmäßig und so schlecht bespannt, daß ihre Pfeile schon nach kurzer Entfernung zu Boden fielen.

Nach einer Woche erreichten Nicholas Chirke und seine Begleiter den Rand von Norwich. Nicholas beschloß, daß sie sich von den Strapazen ihrer Reise in einer großen, weiträumigen Taverne gleich hinter der Stadtmauer erholen sollten – ein weiträumiges, lärmiges Gebäude mit einem geschnitzten, goldenen ›IHS‹ über dem Eingang, das von Engeln mit unschuldigen, lächelnden Gesichtern gehalten wurde. In dem mit Kopfsteinen gepflasterten Innenhof, der von Galerien und Treppenaufgängen gesäumt war, drängten sich alle möglichen Reisenden die von den großen Häfen an der Ostküste kamen oder erst dorthin wollten.

Lächelnd sah sich Nicholas um. Er erinnerte sich an diesen Ort aus seiner Jugend; sein Vater war bei verschiedenen Gelegenheiten hier eingekehrt. Während er durch die Korridore schlenderte oder die schmale, hölzerne Wendeltreppe der Taverne hinaufkletterte, kamen ihm ständig irgendwelche Erinnerungen von früher in den Sinn, und wieder einmal fragte er sich, ob er nicht doch den Versuch machen sollte, sich mit seinem Bruder Robert auszusöhnen. Dann entschied er, dieses Problem könne warten; zuerst mußte er sich ausruhen und dann um eine Audienz bei Henry Burghersh, dem Bischof der Stadt, ersuchen.

Sobald sie ein Zimmer gemietet, ihre Tragetaschen ausgepackt und sich um die Unterbringung der Pferde gekümmert hatten, schrieb Nicholas dem Bischof einen kurzen Brief. Er bat um eine Audienz ›wegen einer dringlichen Angelegenheit, an deren Aufklärung nicht nur der Sheriff und der Bürgermeister der Stadt London, sondern gar der König höchstpersönlich interessiert‹ sei.

Zu seiner Überraschung erhielt er gleich am nächsten Morgen eine Antwort. Der Bischof, so schrieb dessen Sekretär, würde sich freuen, Master Nicholas Chirke in seinen Gemächern im Bischofspalast nach der Mittagsmesse zu empfangen.

»Ich werde hingehen«, verkündete Chirke, und sein Blick wanderte zu Scathelocke und Crabtree, die sich über einem Holzkohlebecken die Finger wärmten. »Der Bischof wird in Gegenwart von Zeugen nicht sprechen, deshalb bleibt ihr lieber hier. Erkundigt euch, wie wir am besten nach Bishop's Lynn und Castle Rising kommen.«

Crabtree, der sich schon bitterlich über die Kälte und die vielen Mühseligkeiten beklagt hatte, fing angesichts der Aussicht auf eine Verlängerung ihrer Reise an, laut aufzustöhnen. Nicholas rüstete sich für die Audienz.

Er befahl Scathelocke und Crabtree, in der Taverne zu bleiben, Erkundigungen nach der Reiseroute einzuholen und sich jeden anderen Gast gut zu merken, der mehr als ein flüchtiges Interesse für sie bekundete.

Danach suchte er seinen Weg durch die schmalen, sich windenden Sträßchen von Norwich, bis er in den Bezirk um die Kathedrale gelangte. Ein Bediensteter geleitete ihn in den bischöflichen Palast, wo ihn der hochnäsige Kanzler des Bischofs durch ein Labyrinth aus zugigen Korridoren in ein großes Gemach führte.

Nach seinem Marsch durch die kalten, schmutzigen Gassen der Stadt staunte Nicholas über die Pracht, mit der das Zimmer des Bischofs ausgestattet war. Süß duftende Binsen bedeckten den Boden, und darüber hatte man zusätzlich aromatische Kräuter gestreut, so daß jeder Schritt, den man tat, den Raum mit einem Wohlgeruch erfüllte.

An den Wänden hingen farbenprächtige Gobelins aus Brügge. Nicholas betrachtete sie und mußte sich beherrschen, um nicht das Gesicht zu verziehen – denn die Gobelins zeigten Motive, die man weder in der Bibel noch in den Schriften der Kirchenväter fand. Überall im Raum spendeten Bienenwachskerzen in silbernen Haltern und kleine, mit Glut gefüllte Pfannen auf goldenen Rädern Licht und Wärme. Das Feuer spiegelte sich glitzernd auf den vielen kostbaren Gegenständen, die auf Borden standen oder die die Tische und Schränke im Raum zierten.

»Wollt Ihr bis Weihnachten herumstehen und Maulaffen feilhalten?«

Die schattengleiche Gestalt hinter dem Schreibpult am entferntesten Ende des Zimmers rührte sich. Als der Kanzler des Bischofs sich vernehmlich räusperte und die Tür hinter sich schloß, besann sich Nicholas hastig auf das Protokoll. Ehrerbietig beugte er das Knie.

»Steht auf! Steht auf!« Die Stimme klang barsch und gebieterisch.

Nicholas gehorchte. Er betrachtete das schmächtige Männlein mit dem asketischen Antlitz, das umhüllt von Purpurroben und Zobelfellen auf einem hochlehnigen Stuhl thronte. Burghersh hatte das Antlitz eines ernsten, frommen Mönchs, doch als er sich vorbeugte, sah Nicholas die harten, schwarzen Augen, die niemals zu blinzeln schienen.

»Ihr seid also hier auf den ausdrücklichen Befehl der Krone?« Burghershs Stimme klang eine Spur milder. Mit seiner klauenartigen, beringten Hand deutete er auf einen Stuhl neben dem Pult. »Setzt Euch! Setzt Euch!«

»My Lord«, begann Nicholas, »in meinem Besitz befinden sich Briefe und Vollmachten, ausgestellt von Sir Amyas Petrie, dem Sheriff von London.«

Die Schriftstücke reichte er dem Bischof, der sie sorgfältig prüfte, ehe er sie zurückgab.

»Was wollt Ihr wissen?« fragte er.

Nicholas beleckte seine Lippen.

»Nun macht schon, Mann!« schnarrte der Bischof.

»Ihre Gnaden, die Königinwitwe Isabella von England, ist tot«, hub er an.

»Der Herr möge sich ihrer erbarmen und ihr ewigen Frieden gewähren.« Burghersh stieß die Worte hervor, und Nicholas glaubte, eine Andeutung von Furcht herauszuhören.

»My Lord, vor vielen Jahren wart Ihr Königin Isabellas Kanzler.«

Burghersh lächelte. Er nahm ein Stilett von seinem Schreibtisch und balancierte es zwischen den Fingern.

»Kommt, kommt, Master Advokat, nicht so schüchtern.« Er warf das Stilett wieder hin und funkelte Nicholas an. »Warum die Wahrheit verschweigen? Im September 1326, vor zweiunddreißig Jahren, entledigte sich Isabella, Gott sei ihrer Seele gnädig, ihres Gemahls König Edward II. Unter Mithilfe von Roger Mortimer, ihrem Buhlen, ließ sie Edward nach Burg Berkeley verbringen, wo er zu Tode kam. Damals war unser gegenwärtiger Herrscher, Gott segne ihn, noch ein Jüngling. Mortimer gebärdete sich wie Chanticleer, der Hahn, und Isabella war seine Petronella.«

Er bemerkte Nicholas' verdutzten Gesichtsausdruck und wedelte mit seiner knochigen Hand.

»Ich sage nur die Wahrheit, was kann daran falsch sein?« Mit seinem langen Zeigefinger stach er in die Luft. »Denkt immer daran, Master Rechtsanwalt, ich war Isabellas und Mortimers Kanzler, doch niemals ihr Helfer. Nun zu Euch. Was führt Euch zu mir?«

»Von Euch hätte ich gern gewußt, ob die Königin irgendein großes Geheimnis hütete.«

»Nur jenes, daß sie ihren Gemahl haßte und Mortimer liebte.«

Nicholas bewegte sich unruhig. »Das meine ich nicht. Ich spreche von einem Geheimnis« – er wählte seine Worte mit Bedacht –, »das selbst jetzt noch bestimmten Leuten gefährlich werden könnte, wenn es die falsche Leute ergründen würden.«

Burghersh schüttelte entschieden den Kopf, doch Nicholas war im Vernehmen von Menschen erfahren genug, um zu spüren, daß er log.

»My Lord«, erinnerte er ihn, »ich bin im Auftrag des Königs hier. Wenn ich recht unterrichtet bin, dann wart Ihr zugegen, als Mortimer und Isabella entmachtet wurden.«

»Ja, ich weilte auf Burg Nottigham. Ein Kanzler muß sich ständig in der Nähe des jeweilig Herrschenden aufhalten.«

»Genau, my Lord«, entgegnete Nicholas. »Die Macht ist wie ein Rad – es gibt den Rand, die Speichen und die Nabe. Ihr standet im Mittelpunkt dieses Räderwerks, und deshalb bin ich jetzt hier. Wieso durfte Mortimer bei seinem eigenen Prozeß nicht sprechen? Weshalb nahm er geknebelt daran teil?«

Burghersh beugte sich ruckartig vor; seine Zunge schnellte vor und zurück wie die einer Schlange, und sein Gesicht rötete sich vor Zorn. Als er sprach, prallte Nicholas unwillkürlich zurück, so giftig klang seine Stimme.

»Ihr dummer, dummer, kleiner Wicht!« zischte der Bischof. Wild starrte er um sich, als suche er im Raum nach Spitzeln. »Ein billiger Scharlatan seid Ihr, ein ganz gemeiner Klugscheißer!«

Nicholas stieß seinen Stuhl zurück. »My Lord, hütet Eure Zunge. Eure Sprache geziemt sich nicht für einen Gentleman, geschweige denn für einen Mann der Kirche, einen Bischof!«

Burghersh blinzelte, als hätte er vergessen, wer er war und wo er sich befand. Hinter seinem Wutausbruch spürte Nicholas die Angst. Der Bischof rieb sich das Gesicht mit den Händen; dann sackte er auf seinem Stuhl in sich zusammen und trommelte mit den Fingern auf der Tischplatte.

Jählings stach er mit dem Zeigefinger auf Nicholas ein. »Ich gebe Euch einen guten Rat, Advokat. Wenn es das ist, was Ihr sucht, dann gebt die Jagd auf und kehrt nach London zurück.

Behauptet einfach, die Geschichte sei Euch zu verworren und Ihr könnt nicht mehr klar denken.« Er lächelte spöttisch. »Das käme der Wahrheit wohl ziemlich nahe, will mir scheinen. Noch besser, begebt Euch schleunigst zum nächsten Hafen und nehmt ein Schiff, das Euch ins Ausland bringt.«

»Wieso wurde Mortimer geknebelt?« beharrte Nicholas und kämpfte gegen seinen aufsteigenden Groll an.

Der Bischof lupfte die struppigen Augenbrauen. »Ich weiß es nicht«, sagte er leise. »Ich hab's nie gewußt, und ich will es auch in Zukunft nicht wissen.«

»War Mortimer der leibliche Vater unseres derzeitigen Königs?« platzte Nicholas heraus.

Burghershs glotzte ihn verdattert an, dann warf er den Kopf zurück, krähte vor Lachen und klatschte mehrmals in die Hände. Er lachte, bis ihm die Tränen die Wangen hinunterkullerten.

»Nein, nein, nein!« keuchte er. »Herr steh uns bei – nein!«

Nicholas wartete, bis der Bischof sich wieder beruhigte.

»Was ist dann das große Geheimnis?«

Burghersh schnitt eine Grimasse. »Ich weiß es nicht!«

Chirke hatte genug von den theatralischen Spielen des verlogenen Bischofs.

»Wenn das so ist, dann muß ich meine Suche fortsetzen«, sagte er. »Sollte ich fündig werden, erzähle ich meinen Auftraggebern in London, die Auskunft käme von Euch.«

Er raffte seinen Mantel zusammen und ging zur Tür. Seine Hand lag bereits auf der Klinke, als Burghersh ihn zurückrief. »Wartet! Werter Advokat, kommt noch einmal zu mir!«

Nicholas blieb stehen und wandte sich um. Langsam trat er wieder näher an den Stuhl heran.

»Setzt Euch! Setzt Euch!« Burghersh lächelte gezwungen. »Möchtet Ihr etwas Wein?«

Nicholas schüttelte den Kopf. Er mißtraute diesem überheblichen, verschlagenen Prälaten, der sich in diesen luxuriösen Palast eingenistet hatte und mit Geheimnissen spielte, die andere Menschen das Leben kosteten.

Der Bischof deutete auf eine große Bibel mit einem üppig

verzierten, goldenen Einband, die an sein Lesepult neben dem Schreibtisch gekettet war.

»Ihr müßt schwören, Advokat«, sagte er in feierlichem Ernst, »daß Ihr keinem anderen Menschen erzählt, was ich Euch anvertraue. Nur wenn Ihr diesen Eid leistet, werde ich sprechen. Und was ich sage, wird so abgefaßt sein, daß man es nie auf meine Person zurückführen kann.«

Nicholas nickte zustimmend und trat an das Lesepult. Eine Hand auf die Bibel gelegt, wiederholte er den Eid, den Burghersh ihm vorsprach. Anschließend bedeutete ihm der Bischof, er möge wieder auf seinem Stuhl Platz nehmen.

Er selbst beugte sich vor und sprach in einem Flüsterton, als hätte er Angst, die Mäuse, die hinter der Wandtäfelung raschelten, oder die Spinnen, die in den Winkeln des Zimmers ihre Netze woben, könnten seine Worte mithören und weiterverbreiten.

»Ich war damals Isabellas Kanzler«, hob er an. »Es waren unruhige Zeiten.« Er nippte an seinem Pokal. »Mortimer und Isabella regierten das Königreich. Unser jetziger König war noch ein Jüngling, als die beiden die Macht an sich rissen. Isabella und Mortimer waren ein Liebespaar und zogen sich ständig in ihre eigenen Gemächer zurück. Ich kannte ihre Geheimnisse – oder vielleicht sollte ich sagen, einige ihrer Geheimnisse, denn manchmal betrat ich einen Raum, in dem sie miteinander tuschelten, und bei meinem Kommen verstummten sie sogleich.«

»Was war denn das große Geheimnis, das Isabella bis zuletzt hütete?« hakte Nicholas nach.

Burghersh schüttelte den Kopf. »Das weiß Gott allein. Mir ist jedoch bekannt, daß Mortimer einen seiner Handlanger, John Travis, an die Universität zu Oxford schickte, um dort in gewissen Berichten zu schnüffeln. Einmal verfügte sich Isabella höchstselbst zur Ersten Kammer des Hohen Gerichtshofs, um irgendwelche Unterlagen einzusehen. Sie und Mortimer gingen sehr gründlich zu Werke, als sie Dokumente prüften. Ich weiß nicht, wonach sie suchten, aber in der Nacht, als Mortimer verhaftet wurde, schrie Isabella ihrem Sohn etwas zu.«

»Was war es?«

»La paume!«

»Was bedeutete das?« fragte Nicholas.

»Das ist normannisches Französisch. Ich dachte, es hieße ›Palme‹ – vielleicht meinte sie diese trockenen Palmwedel, die die Pilger aus Outremer mitbringen.«

»Und wie hat ihr Sohn darauf reagiert?«

»Er ließ Mortimer sofort knebeln. Travis auch. Beide wurden nach Westminster verbracht, um dort ihren Prozeß abzuwarten. Am nächsten Morgen verlangte die Königinmutter ihren Sohn zu sehen. Der junge Edward, damals achtzehn Jahre alt, stimmte zu. Sie trafen sich in der Kammer der Königinmutter. Nach Mortimers Gefangennahme war sie verzweifelt und in Tränen aufgelöst, und sie bestand darauf, mit ihrem Sohn unter vier Augen zu sprechen.«

Burghersh lächelte kalt. »Ich war in Ungnade gefallen. Gewiß, ich gehörte dem Kreis um Mortimer an, aber gottlob läßt die Krone nicht diejenigen umbringen, die dem falschen Herrn dienten. Jedenfalls mußten alle das Gemach der Königinmutter verlassen. Ich stand draußen bei den anderen. Ich erwartete, Jammern, Gezeter, Flehen um Gnade zu hören, doch hinter der Tür blieb es still wie in einem Grab. Ein Gefolgsmann des jungen Königs stellte sich vor die Tür und horchte, aber er vernahm lediglich ein Stimmengemurmel.«

Burghersh ließ die Schultern hängen, und seine Finger spielten mit dem Weinpokal. »Plötzlich wurde die Tür von innen aufgerissen, und der junge König stürmte heraus. Noch nie, weder vorher noch später, habe ich ihn so aufgebracht, so erschüttert gesehen. Er war leichenblaß, und auf seiner Stirn glänzte der Schweiß. Mich schickte man in meinen Sprengel zurück. Mortimer starb in Tyburn, und Isabella wurde nach Castle Rising in Norfolk verbannt.«

»Hat sie die Burg jemals verlassen?« erkundigte sich Nicholas.«

»Gelegentlich, bei großen festlichen Anlässen, wurde sie vorgeführt, doch der König ließ sie streng bewachen. Seine loyalsten Anhänger zogen in Castle Rising ein – Freunde aus seinen Kindertagen, wie Gervase Talbot, der Kommandant der Burg. In den achtundzwanzig Jahren, zwischen 1330 und ihrem Tod im August dieses Jahres, lebte Isabella wie eine Gefangene. Wußtet Ihr, daß eine Kompanie von Bogenschützen, die besten im ganzen Königreich, ständig in den Wäldern um Castle Rising kampierte?«

»Was spielt sich jetzt auf der Burg ab?« wollte Nicholas wissen.

Burghersh zuckte mit den Schultern. »Nicht viel. Isabellas Haushalt wurde aufgelöst, die Bogenschützen abgezogen. Die Spitzel des Königs, die in Bishop's Lynn und Great Yarmouth herumschnüffelten und berichteten, welche Schiffe kamen und gingen, werden nicht mehr gebraucht.« Burghersh lächelte hämisch. »Und nun seid Ihr dran, werter Advokat, mit Eurem spitzbübischen, dunklen Gesicht und den listigen Augen; um was für ein Geheimnis mag es sich wohl gehandelt haben?«

»Mehr könnt Ihr mir nicht darüber sagen, my Lord?« fragte Nicholas eisig.

Burghersh streckte ihm eine dürre Hand zum Kuß entgegen. »Nein, das war alles. Ihr dürft Euch jetzt entfernen!«

Nicholas verließ den bischöflichen Palast und gesellte sich wieder zu seinen Gefährten.

Crabtree und Scathelocke saßen im Schankraum der Taverne und wärmten sich am Feuer. Nachdem Nicholas sich eine Schüssel mit Fleisch und Gemüse bestellt hatte, setzte er sich zu ihnen. Ein Knecht brachte das Essen – es war scharf gewürzt, um den ranzigen Geschmack zu überdecken – und Nicholas erzählte seinen Kameraden von seiner Audienz beim Bischof.

»Wir müssen unbedingt nach Burg Rising«, meinte Scathelocke, als Nicholas mit seinem Bericht fertig war. »Immerhin wissen wir jetzt, daß dieses alte Luder ein großes Geheimnis besaß, vor dem sich ihr Sohn über alle Maßen fürchtete –«

»Wieso nennst du sie ein altes Luder?« fiel Crabtree ihm ins Wort.

Auch Nicholas blickte Scathelocke fragend an. Dessen Augen glitzerten vor Zorn.

»Sie stammt aus schlechtem Geblüt«, sagte er. »Ihr Vater, Philip IV. von Frankreich, war eine Ausgeburt der Hölle. Wahrscheinlich ist er dorthin zurückgekehrt.«

Crabtree starrte Nicholas an und hob die Augenbrauen.

»Was könnten wir denn auf Castle Rising erfahren?« überlegte Nicholas zwischen zwei Bissen.

»Wir müssen herausfinden, was dort geklatscht wird, welche Gerüchte kursieren.«

Nicholas lehnte sich gegen die Seitenwand des Kamins und nippte an dem Krug mit Bier, den der Schankbursche gebracht hatte.

»Wir reiten hin«, entschied er. »Und danach geht es zurück nach London.« Besorgt blickte er sich in der Stube um.

»Nein, Master«, murmelte Scathelocke. »Niemand ist uns gefolgt, jedenfalls nicht bis hierher. Natürlich kann es sein, daß uns jemand bis an die Stadtmauer hinterhergeritten ist und draußen irgendwo auf uns lauert.«

Scathelocke sollte recht behalten. Sie verließen Norwich früh am anderen Morgen, nachdem sie zum Frühstück fetten Speck aßen und mit Bier herunterspülten. Bald machte ihnen das Wetter so schwer zu schaffen, daß sie darüber alles andere vergaßen. Ein klirrender Frost hatte den Boden steinhart gefrieren lassen; vom Meer her wälzte sich eine dichte Nebelwand heran und verbarg die Straße, die sich ostwärts nach Bishop's Lynn und Castle Rising erstreckte.

Ein paar Meilen außerhalb von Norwich gelangten sie auf einen schmalen Trampelpfad, von dem Nicholas zuversichtlich behauptete, er würde sie zu einer Wegekreuzung führen, von der aus es direkt nach Bishop's Lynn ging. Der Pfad verlief durch dichte Waldungen, und obwohl der Nebel und die Stille bedrückend wirkten, machte sich unter Nicholas und seinen Gefährten erst eine gewisse Besorgnis breit, als sie plötzlich das Klirren von Panzerhemden hörten. Nicholas und Scathelocke zogen ihre Schwerter.

Crabtree, der alles andere als ein Haudegen war, stöhnte angstvoll vor sich hin, bis Scathelocke ihn anranzte, er solle still sein.

Während sie weiterritten, fing Nicholas an zu glauben, sie hätten sich das Geräusch nur eingebildet; doch jählings tauchte eine Reihe verhüllter Gestalten aus dem Nebeldunst auf und versperrte ihnen den Weg. Schwarzen Gespenstern gleich huschten sie über den Pfad. Bewaffnet mit Schwertern und

Speeren, warteten sie darauf, daß Nicholas und seine Begleiter anhielten und absaßen.

Nicholas' Herz tat vor Angst einen Sprung, und seine Panik war es, die sie rettete. Aus dem Trab trieb er sein Pferd zu einem wilden Galopp an und preschte auf die Gestalten zu; dabei brüllte er und schwang sein Schwert, als sei er ein alter Kämpe, der Hunderte von Scharmützeln erfolgreich bestanden hatte.

Scathelocke tat es ihm gleich, während Crabtree kreischte, bis er glaubte, seine Lunge müsse platzen. Verdutzt blieben die Wegelagerer stehen, und dann war Nicholas mitten unter ihnen, blindlings mit dem Schwert um sich hauend. Einer der Männer schrie vor Schmerz und sprang zur Seite, sich den Arm haltend, aus dem ein Schwall Blut hervorspritzte. Ein anderer torkelte rückwärts, das Gesicht eine blutige Masse. Nicholas und seine Gefährten durchbrachen die Phalanx der Angreifer und sprengten davon wie der Wind.

Schließlich bogen sie vom Pfad ab, klopften den Pferden beruhigend die Hälse und horchten angestrengt auf ein Geräusch, das ihnen verraten hätte, ob sie verfolgt wurden. Crabtree rutschte von seinem Gaul, ließ sich unter einer Litanei von gemurmelten Flüchen auf alle viere nieder und erbrach sein Frühstück. Nicholas saß ab, vergewisserte sich, daß Crabtree unverletzt war, und blickte zu Scathelocke hoch, der reglos auf seinem Pferd saß.

»Was waren das für Kerle?« flüsterte er.

Scathelocke schüttelte den Kopf. »Wir wurden verfolgt. Die Hundesöhne haben nur darauf gewartet, daß wir Norwich verließen.«

»Wer hat sie geschickt?« fragte Nicholas. »Der Hüter der Tore?«

»Seid nicht töricht!« Crabtree rappelte sich hoch und wischte sich mit dem Handrücken den Mund ab. »Als ich durch die Meute dieser Dreckskerle hindurchritt, machte ich die Augen zu, doch die Ohren hielt ich offen. Ich hörte, wie einer der Verwundeten etwas auf Französisch sagte.«

Nicholas überkam eine tiefe Verzweiflung. Er nahm die Zügel seines Pferdes in die Hand und drückte sein erhitztes Gesicht gegen das kühle Leder des Sattels.

»Gott sei uns gnädig!« murmelte er. »Sir Amyas Petrie und die Mächte, die er vertritt, sind uns auf den Fersen. Der König der Bettler ist hinter uns her, und nun werden wir auch noch von den Franzosen gejagt.«

Er fluchte so beredt, daß Crabtree ob dieses Schwalls an farbigen Flüchen und Verwünschungen einen bewundernden Ausruf von sich gab. Schließlich schwang sich Nicholas in den Sattel.

»Warum haben die Franzosen uns angegriffen?« fragte Crabtree, der gleichfalls sein Reittier bestieg.

Nicholas zog sich die Kapuze über den Kopf. »Sie haben uns nicht angegriffen«, stellte er richtig. »Wir konnten entkommen, weil sie damit gerechnet hatten, daß wir absitzen. Sie wollten uns gefangennehmen und herausfinden, was wir wissen. Später hätten sie uns vielleicht getötet.«

»Aber warum nur?« jammerte Crabtree.

»Du willst doch immer so gerissen sein«, antwortete ihm Scathelocke, »aber du kannst deinen Ellenbogen nicht von deinem Arsch unterscheiden. Vor zehn Tagen folgten uns ein paar Franzosen durch ganz London. Einer von ihnen wird erdolcht, der andere vergiftet. Tags darauf begegnen zwei Franzosen Master Chirke mit zur Schau gestellter Freundlichkeit. Wenig später werden sie in einer Gasse ermordet. Wahrscheinlich glauben die Franzosen, daß wir für diese Todesfälle verantwortlich sind.«

»Laßt uns weiterreiten«, drängte Nicholas.

Sie verließen den Wald und begaben sich auf den Trampelpfad zurück. Die Nacht verbrachten sie in einer kleinen Priorei, wo schwarzgewandte Benediktinermönche ihnen einen gastfreundlichen Empfang bereiteten. Sie erhielten einfache, aber gute Mahlzeiten und bequeme Betten in weißgetünchten Zellen.

Anderntags erreichten sie Bishop's Lynn, wo sie im Gasthof *Sea Barque* übernachteten, einer vielbesuchten Taverne, in der Seeleute und Fischer aus der Hafenstadt Hunstanton mit Kaufleuten und Bauern aus den fruchtbaren Norfolk Broads zusammenkamen. Am ersten Tag ruhten sie sich aus. Nicholas sonderte sich ab und dachte über sein Gespräch mit Burghersh nach; er fragte sich, welche geheime Bedeutung – falls überhaupt – das Wort *paume* hatte. Wieso hatte Mortimer eine Untersuchung in Oxford angeordnet? Und was erwarteten Mortimer und seine Buhle, Isabella, in den Aufzeichnungen der Ersten Kammer des Hohen Gerichtshofs zu finden?

Nachdem sie sich eingerichtet hatten, schickten sie sich an, mit den Einheimischen auf Tuchfühlung zu gehen. Trotz des beständigen Stroms an Reisenden verhielt man sich in Tavernen wie der *Sea Barque* Fremden gegenüber eher mißtrauisch. Nicholas befahl Scathelocke und Crabtree, nicht von sich aus die Ortsansässigen anzusprechen, die sie in der Schankstube argwöhnisch beäugten, sondern zu warten, bis die Einheimischen sich ihnen näherten. Und eines Abends wurden sie dann in ein Grüppchen Bauern einbezogen, die sich gerade über Königin Isabella unterhielten. Plötzlich knallte einer der Männer seine Faust auf den Tisch und verkündete mit heiserer Stimme:

»Ich bin froh, daß die alte Hexe tot ist! Sie war raffgierig, nahm sich einfach, was ihr gefiel. Und wenn wir dann mit unseren Geldforderungen zu ihr kamen, speiste sie uns mit den Worten ab, wir sollten zum Schatzamt nach London gehen. Aber wer von uns hätte dafür die Zeit?« Er blickte seine Gefährten der Reihe nach an, die beifällig nickten. »Und da waren noch andere Dinge«, setzte er finster hinzu. »Die Bewaffneten des Königs und die Bogenschützen, die auf den Wegen patrouillierten, führten sich so dreist auf wie gemeine Soldaten. Sie hielten unsere Karren an, wenn wir vorbeifuhren, und tändelten mit unseren Frauen.«

»Und erst die Beamten, die für die Überwachung der Häfen zuständig waren!« fiel ein anderer ein. »Sie kontrollierten alles, von den Proviantbooten bis zu den Fischereischmacken.«

»Dann gab es noch die Franzosen!« murmelte ein Bauer.

»Welche Franzosen?« fragte Nicholas.

»Das ist eines der großen Geheimnisse von Norfolk«, erwiderte der Mann. »Nur wenige Leute wissen darüber Bescheid.«

»Worüber?«

Der Mann stellte seinen Bierhumpen auf den Tisch und beugte sich vor. Nicholas mußte sich beherrschen, um nicht vor dem Atem des Mannes zurückzuprallen, der nach schalen Zwiebeln, Käse und Bier stank.

»Ach, vor ungefähr zwanzig Jahren, gleich nachdem unser König die große Seeschlacht bei Sluys gewonnen hatte, legte eines Nachts eine französische Galeere hier an und setzte Soldaten an Land. Sie attackierten die Burg. Es gab ein fürchterliches Gemetzel. Die Flammen erhellten den Nachthimmel, und die Felder waren blutgetränkt. Die Franzosen wurden zurückgeschlagen, aber zu einem hohen Preis. Die Leichen waren so zahlreich, daß wir einen Graben ausheben mußten, sechs Fuß tief, zwölf Fuß breit und eine gute Viertelmeile lang, damit wir sie alle begraben konnten. Ihr könntet ihn noch an der rechten Seite der Straße, die zur Burg führt, sehen. Man warf die toten Franzosen und ein paar tote Engländer hinein, als wären sie Holzscheite.«

»Wieso griffen die Franzosen die Burg an?« hinterfragte Nicholas.

»Das wissen wir nicht, aber später erzählte ein Bogenschütze meinem Vetter, sie seien gekommen, um die alte Königin zu holen. Von mir aus hätten sie das alte Biest ruhig mitnehmen können, aber sie wurden verjagt.«

»Verjagt?«

»Aye, und das war das Ende der Geschichte.«

»Wer bewohnt denn jetzt die Burg?« erkundigte sich Nicholas.

»Niemand von Bedeutung, Sir. Auf der Burg ist es still wie auf einem Friedhof. Jetzt dürft Ihr getrost hinaufgehen, es sind lediglich ein paar Soldaten und Bewaffnete da.«

»Was wurde aus dem Haushalt der Königin?«

»Ach, den hat man aufgelöst, gleich nach ihrer Beisetzung.«

Nicholas bedankte sich für die Auskunft und bestellte neue Humpen Bier. Sobald er und seine Begleiter wieder ihre kleine Kammer aufgesucht hatten, trafen sie Vorbereitungen für ihren Aufbruch nach Burg Rising am nächsten Morgen.

»Was glaubt Ihr, weshalb die Franzosen hierherkamen?« fragte Crabtree schläfrig, während er auf seiner Bettstelle lag und Strohhalme aus seiner dünnen Matratze zupfte.

»Bei Gott, ich wünschte, ich wüßte es«, erwiderte Nicholas.

»Vermutlich waren sie hinter dem Geheimnis her, das die alte Königin hütete, und um in den Besitz dieser Information zu kommen, waren sie bereit, Blut zu vergießen. Übrigens, was bedeutet das Wort *paume?«*

»Ich habe darüber nachgedacht«, meldete sich Scathelocke. »Anscheinend hat Isabella dieses Wort benutzt, um ihrem Sohn damit einen Schreck einzujagen. Aber wie kann das sein?« Er schmunzelte verlegen. »Als ich mich mit meinen Freunden in London unterhielt, erzählten sie mir etwas höchst Seltsames. Isabellas Gemahl, Edward II., liegt in der Kathedrale zu Gloucester begraben, unter einem wunderbaren Grabmahl aus Purbeck-Marmor. Sein Sohn jedoch, der gegenwärtige König, hat keinen Penny für das Grab seines ermordeten Vaters beigesteuert; die Mönche in Gloucester haben es gebaut. Außerdem sind die meisten Könige in Westminster begraben, aber Isabella und Mortimer haben es verhindert, daß der alte König dorthin gebracht wurde.«

»Ein Jammer«, fand Crabtree. »In der Hauptstadt wird die Beerdigung eines Königs immer groß gefeiert. Der Wein fließt in Strömen, und wenn man sich sputet, kann man in Westminster ein paar Brocken vom königlichen Bankett abkriegen.«

»Ich frage mich wirklich, warum der Leichnam des alten Königs nicht nach Westminster verbracht werden durfte«, sinnierte Nicholas.

Scathelocke zuckte mit den Achseln. »Es ist bloß ein Gerücht, aber es gibt welche, die behaupten, Edward sei aus Burg Berkeley entkommen und habe sich in ein Land am Mittelmeer geflüchtet.«

»Der Herr sei uns gnädig!« hauchte Crabtree. »Demnach wäre der alte König also nicht tot?«

»Möglich wär's«, meinte Scathelocke.

Nicholas packte seinen Diener beim Arm. »Wo hast du dieses Gerücht aufgeschnappt?«

Scathelocke tippte sich an die Nase. »Kommt, kommt, Master! Ihr habt Eure Geheimnisse, und ich habe die meinen!«

Der Advokat hielt in seiner Erzählung inne und durchquerte die Stube, um seinen Weinbecher nachzufüllen. Seine Gefährten hatten vor Staunen die Münder aufgerissen. Selbst der taktvolle, fröhliche Chaucer musterte den Anwalt unter zusammengezogenen Brauen.

»Ist es wahr?« kreischte der Ablaßkrämer. »Ich bin in Gloucester gewesen und habe vor König Edwards marmornem Grabmal gebetet.«

»Von diesen Gerüchten habe ich auch gehört«, mischte sich der Mönch ein. »Offenbar ließ ein Mitglied unseres Dominikanerordens, Thomas Dunheved, unterstützt von seinem Bruder Stephen, im Spätsommer des Jahres 1327 Burg Berkeley angreifen.«

»Was geschah?« flüsterte die Priorin aufgeregt.

»Es heißt, die Dunheveds seien in die Burg eingedrungen und hätten den König befreit.« Er zuckte seine molligen Schultern. »Aber das könnte auch frei erfunden sein.«

»Was passierte mit den Dunheveds?« fragte der Verwalter mit scharfer Stimme.

Der Mönch rekelte sich. »Das ist auch so eine merkwürdige Geschichte. Sie und ihre Bundesgenossen wurden in den Kerker geworfen.«

»Hat man sie gehängt?« wollte der Vogt wissen.

»Nein, sie starben an einem Fieber.«

»Alle?« japste der Schreiber aus Oxford.

»Ja, sicher.« Das Lispeln des Mönchs wurde stärker. Er bewegte seinen kugelrunden Leib und schob die Kordel seiner Kutte höher über den Bauch. »Ja, sicher.«

»Merkwürdig«, meinte der Freisasse, »daß alle an einem Kerkerfieber starben.«

»Aye, und ich könnte Euch noch mehr erzählen.«

Der Mönch war nun in seinen Element. Er blickte zu dem Advokaten hin, doch der saß in seine eigenen Gedanken versunken da.

Der Mönch senkte die Stimme. »Thomas Dunheved, der

Dominikaner, war der Beichtvater des alten Königs. Als Isabella sich ihres Gatten entledigte, war er gerade nicht in England. Der alte König hatte Dunheved nach Rom entsandt« – jetzt flüsterte er nur noch –, »um dort seine Scheidung von Königin Isabella zu bewirken.«

»Unsinn!« widersprach der Verwalter barsch. »Die Heilige Mutter Kirche erlaubt keine Ehescheidungen.«

Der Mönch wackelte ärgerlich mit den Fingern. »Haltet mir keine Predigt, Sir, ich kenne das kanonische Recht. Der König wollte seine Ehe annullieren lassen. Und warum wohl?«

»Aber wenn der König fliehen konnte«, warf der Ablaßkrämer ein, »wer liegt dann in der Kathedrale zu Gloucester begraben?«

»Ich bin einmal dorthin gereist.« Die Frau aus Bath sprach, und von dem Honigwein, den sie getrunken hatte, waren ihre Wangen gerötet, und die Augen glänzten. »Mein Vater nahm mich mit, als ich noch ein Mädchen war. Uns waren die Gerüchte von der Ermordung Edwards II. zu Ohren gekommen. Bath liegt ja nicht weit von Gloucester entfernt.« Sie verschränkte die drallen Arme und genoß es sichtlich, über hochgestellte Persönlichkeiten zu tratschen. »Wir hatten davon gehört, wie man den alten König mit dem Gesicht nach unten auf den Boden gelegt und ihm einen rotglühenden Schürhaken in die Eingeweide gestoßen hatte, um ihn zu töten, ohne an seinem Körper Spuren von Gewaltanwendung zu hinterlassen.«

»Das wird wohl kaum gelungen sein«, fiel der Gerichtsbote ihr ins Wort. »Ich wette, an seinem Gesichtsausdruck konnte man erkennen, daß er nicht im Schlaf verschieden war!«

Die Frau aus Bath schlug mit der Hand nach ihm, aber der Gerichtsbote wich ihr behende aus.

»Sprecht nicht abfällig über die Toten!« schimpfte sie. »Man sagte, die fürchterlichen Schreie des Königs hätte man noch meilenweit gehört. Sein Leichnam wurde in einem offenen Sarg vor der Kathedrale zu Gloucester aufgebahrt, und um das Gesicht des Toten hatte man ein Tuch gebunden. Natürlich ist es gut möglich«, räumte die Frau aus Bath ein, »daß die Menschen hingehen und das erblicken, was sie zu sehen erwarten; jede Veränderung würden sie als durch den Tod bewirkt betrachten. Vielleicht lag gar nicht Edward II. in dem Sarg. Und das ist der Grund«, schloß sie triumphierend, »weshalb die böse Isabella den Leichnam nicht nach Westminster bringen ließ.«

»Angenommen, der alte König konnte wirklich fliehen«, beharrte der Ablaßkrämer, »wieso hat er dann nie ein Lebenszeichen von sich gegeben?«

»Das kann ich mir denken«, höhnte die Frau aus Bath. »Man sagt, er hätte versucht, mit seinem Halbbruder Edmund of Kent in Verbindung zu treten. Mortimer bekam es heraus, schickte Kent aufs Schafott, und das war das Ende vom Lied.«

»Ob das das Geheimnis ist?« Chaucer, oder Sir Topaz, wie er sich selbst zu nennen beliebte, meldete sich aus der Kaminecke, wo er zusammen mit dem Ritter saß. »Master Advokat, ist das das große Geheimnis?«

Der finster dreinblickende Anwalt schüttelte den Kopf und lächelte.

»Nun, was ist es dann?« fragte Chaucer. Der Advokat zwinkerte ihm zu und nippte an seinem Becher. Nun wandte sich der Ritter mit ernster Miene an ihn.

»Worüber Ihr sprecht, Sir, ist Verrat!«

»Verrat!« spottete der Rechtsanwalt. »Kommt, Sir! Ich zettele keine Verschwörung gegen unseren edlen Herrscher, den König, an, noch mache ich gemeinsame Sache mit seinen Feinden. Ich gebe lediglich eine Geschichte zum besten, und was dieses Gespräch unter uns Pilgern betrifft, so handelt es sich bloß um Klatsch!« Er stand auf und streckte sich. »Wenn Ihr wollt, dann kann ich meine Geschichte aber an diesem Punkt beenden.«

Ein Chor aus Schreien der Enttäuschung folgte seinen Worten.

»Erzählt weiter«, brummte der Ritter. »Schließlich ist es wirklich nur eine Geschichte, oder?«

»Was denn sonst?« parierte der Anwalt, während er die Priorin unverwandt anstarrte.

Die rutschte nervös auf ihrem Stuhl hin und her und begann vor Verlegenheit, ihr Schoßhündchen zu streicheln.

»Ich möchte Euch gern etwas fragen«, sagte sie mit leiser Stimme.

»Fragt ruhig, Madam.«

»Warum hat dieser Rechtsanwalt die Frau, die er liebte, niemals besucht?« Die Priorin zuckte elegant mit den Schultern. »Gewiß, sie heiratete seinen Bruder.« Sie hob den tränenumflorten Blick. »Aber beide hätten sich sehr gefreut, ihn zu sehen.«

Der Advokat machte eine halbe Verbeugung. »Das ist eine berechtigte Frage, Madam, und sehr gewandt formuliert. Aber es gibt Dinge, die läßt man am besten ruhen, manche tiefen Wasser unserer Seele dürfen nicht aufgerührt werden.« Er lächelte dünn. »Vielleicht fühlte sich der Held in meiner Geschichte zu sehr gekränkt. Wie Ihr sehr wohl wißt, Madam, vermag das Herz nur eine gewisse Last an Kummer zu tragen.«

Der Dichter Chaucer, der den kleinen Vorfall aufmerksam beobachtete, kniff die Augen zusammen und wandte sich halb dem Ritter zu.

»Glaubt Ihr, daß die Geschichte wahr ist?« flüsterte er aus dem Mundwinkel.

Der Ritter legte die Hand auf den Schwertknauf und blickte hoch.

»Master Chaucer, wißt Ihr nicht, daß es keine Lügen gibt, nur verdrehte Wahrheiten?«

Chaucer grinste, erhob sich und ging zu dem Advokaten.

»Sir, Harry, der Gastwirt, soll Euren Becher nochmals füllen. Wir bitten Euch, fahrt fort mit Eurer spannenden Erzählung.«

TEIL V

KAPITEL 1

Am nächsten Morgen machten sich Nicholas und seine Begleiter auf den Weg nach Castle Rising. Die Festung stand auf einem Hügel und war von einem hohen Wall und einem tiefen Graben umgeben. Sie ritten über die untere Zugbrücke und kamen in den Außenhof. Vor ihnen erhoben sich das Torhaus und die Mauer des Innenhofs, der von einem weiteren tiefen Graben geschützt wurde. Ein wuchtiger, quadratischer Bergfried überragte die gesamte Anlage.

»Uneinnehmbar«, murmelte Scathelocke. »Kein Wunder, daß die Franzosen zurückgeschlagen wurden. An dem Graben, in den man die Toten warf, sind wir vorbeigeritten«, fügte er hinzu. »Jetzt ist er von Gestrüpp überwuchert.«

Nicholas blickte sich in dem Außenhof um. Verlassen lag er da, nur ein paar räudige Köter und magere Hühner stöberten nach etwas Freßbarem. Die Schuppen und Außengebäude standen leer und machten einen verwahrlosten Eindruck. Niemand arbeitete in der Schmiede, die Stalltüren standen offen, und in den Stallungen verrottete das Stroh.

Als sie jedoch den zweiten Burggraben überquerten und durch das große Torhaus in den Innenhof gelangten, änderte sich das Bild – hier ging es lebhafter zu. Längs der Mauern lungerten Soldaten herum, Kinder rannten umher und scheuchten die Gänse und Enten, deren Geschnatter vom ehernen Klang eines Schmiedehammers übertönt wurde.

Nicholas konnte sich denken, was passiert war. »Man hat die Garnison auf der Burg verkleinert«, erklärte er. »Nur noch der Innenhof wird bewohnt.«

Sie saßen ab und warfen die Zügel einem Pferdeknecht zu. Ein unrasierter, schmuddeliger Bediensteter näherte sich ihnen, Kinder und Tiere mit Fußtritten traktierend, und führte sie die breite Steintreppe zur Festung hinauf.

»Wem untersteht die Burg jetzt?« erkundigte sich Chirke.

»Ralph Aston«, antwortete der Mann in einem Dialekt, den Nicholas kaum verstehen konnte. »Seit die alte Königin tot ist, sind die meisten Leute abgezogen worden.«

Er geleitete sie in die große Halle im ersten Stockwerk. Der Raum war kahl, man hatte die Möbel und die Wandbehänge entfernt, und die Trostlosigkeit wurde nur noch von der Kälte übertroffen. In einem einzigen Kamin knisterte ein schwaches Feuer, und die Flammen versuchten, die grünen, saftigen Stämmchen in Brand zu setzen.

Sie fanden Aston in seinem Kontor hinter der großen Halle. Er war ein hochaufgeschossener Mann, dürr wie eine Bohnenstange, und schien ein cholerisches Temperament zu besitzen. Auf seinem fast kahlen, warzenbedeckten Schädel sprossen nur noch ein paar fettige, strähnige Haarbüschel. Bei ihrem Eintreten hob er kaum den Kopf, sondern schrieb einfach mit kratzender, quietschender Feder weiter.

»Master Aston?«

Jetzt endlich nahm der Kerl von ihnen Notiz und wischte sich die tropfende Nase an seinem schmutzigen Rockärmel ab.

»Was wollt Ihr?« ranzte er seine Besucher an.

»Wir wollen gar nichts«, parierte Nicholas gereizt. »Wir sind hier in einer Angelegenheit des Königs!« Dann stellte er sich und seine Begleiter vor.

Aston wurde blaß. Er schmiß die Feder hin, daß die Tinte nur so spritzte, und sprang eilfertig auf die Füße.

»Ich bitte um Vergebung«, stotterte er, »aber es treiben sich immer wieder Leute in der Burg herum, nur um Maulaffen feilzuhalten. Sie gaffen in jeden Winkel, weil hier früher die alte Königin wohnte. Möchtet Ihr etwas Wein? Die Herdfeuer sind zwar noch nicht angezündet, aber...«

Nicholas schüttelte den Kopf.

»Setzt Euch! Setzt Euch!« drängte Aston. Er wieselte durch den Raum und rückte Stühle zurecht. »Weshalb seid Ihr hier?«

Nicholas wünschte sich, der Kerl möge sich die Nase schneuzen. Er bemühte sich, nicht auf den Rotz zu achten, der sich auf der Oberlippe sammelte.

»Wir möchten uns die Sachen der alten Königin anschauen.«

Aston spreizte die Finger. »Master«, jammerte er, »alles ist weg. Ich könnte Euch durch die Zimmer und in ihre privaten Gemächer führen, aber Ihr werdet nicht das geringste finden.« Er holte tief Luft. »Die alte Königin lebte hier in Pracht und Prunk, aber eine Woche nach ihrem Tod schickte der König einen ganzen Zug Fuhrwerke aus Norwich. Ihre gesamte Habe wurde verladen – Gobelins, Wandbehänge, Teppiche, Möbel, Truhen und Kisten, Bücher, jeder Fetzen eines Manuskripts oder Dokuments. Innerhalb eines Tages war die Burg leergeräumt.«

»Ihr wohntet hier, als die Königin noch lebte?« fragte Nicholas.

»Ich war ein Verwalter«, erwiderte Aston. »Einer von vielen. Königin Isabella hielt sich ein großes Gefolge, und sie leistete sich einen aufwendigen Haushalt. Nun jedoch sind alle fort. Ein paar gingen in die Gascogne, nach Frankreich, andere traten Klöstern bei. Den königlichen Offizialen verschaffte man Posten überall im Land, bis hin nach Dover und Carlisle.«

»Sagt mir« – Nicholas zwang sich dazu, den Mann anzuschauen – »was für ein Mensch war die alte Königin?«

»Ich bekam sie nicht oft zu Gesicht. Sie war groß, machte immer ein ernstes Gesicht, kleidete sich wie eine Nonne, obwohl ihre Gewänder aus kostbarem Material bestanden. Die Dienstboten nannten sie ›die Kaiserin‹. Sie hatte ein herrisches Wesen, und niemand durfte ihr in die Quere kommen. Castle Rising regierte sie mit eiserner Faust. Und alles mußte vom besten sein.«

»Wart Ihr auch dabei«, hakte Scathelocke ein, »als die Franzosen mit einer Streitmacht hier landeten und die Burg angriffen?«

»Und ob!« schnaubte Aston. »Aber den Kerlen wurde der Garaus gemacht, noch ehe sie das Torhaus erreichten. Wie stark befestigt Burg Rising ist, merkt man erst, wenn man sich im Innern befindet.«

Nicholas zog die Augenbrauen zusammen. »Und weshalb griffen die Franzosen an?«

Aston blickte überrascht drein. »Eine gute Frage, Master Chirke. Könnt Ihr sie beantworten?«

Nicholas schmunzelte und zuckte die Achseln.

»Es gibt nur eine Schlußfolgerung. Bestimmt wußten die Franzosen von den hohen Wällen und Türmen, den tiefen Gräben, dem befestigten Torhaus und der großen Garnison.«

Aston beugte sich vor. »Und?«

»Eine Burg kann man entweder durch Gewalt oder durch eine List einnehmen«, argumentierte Nicholas. »Besitzt Burg Rising Nebeneingänge?«

Aston nickte. »Einer befindet sich im Südosten, der andere im Südwesten.«

»In diesem Fall«, fuhr Chirke fort, »werden die Franzosen mit heimlicher Unterstützung aus der Burg gerechnet haben. Und als diese Hilfe ausblieb, wurden sie geschlagen.«

»Meint Ihr, die alte Königin wollte ihnen helfen?«

»Entweder sie selbst, oder jemand aus ihrem Gefolge.«

»Der Herr steh uns bei!« flüsterte Aston. »Allerdings brannte sie darauf, nach Frankreich zurückzukehren.«

»Habt Ihr das selbst gehört?« fragte Crabtree und verschränkte die Arme vor der Brust, denn im Raum war es bitterkalt.

»O ja, das wurde unter den Dienstboten gemunkelt. Zehn Jahre zuvor hatte der französische König angeblich darum gebeten, Isabella nach Frankreich zu schicken, um an einem Friedensschluß zwischen seinem Reich und England mitzuwirken.« Aston rieb sich die Hände. »Aber darauf ließ sich unser König nicht ein, er ist zu gerissen. Er behielt seine Mutter hier.«

»Sie durfte also nicht gehen?«

»Nein. Der König besuchte sie manchmal. Er machte viel Aufhebens um seine Mutter, überhäufte sie mit großzügigen Geschenken, aber Isabella hat Burg Rising nie verlassen.« Aston schürzte die Lippen. »Gelegentlich durfte sie an einer Pilgerreise nach Walsingham teilnehmen, aber nur mit einer militärischen Eskorte aus Bogenschützen, Hellebardieren und berittenen Bewaffneten.«

Chirke hörte mit halben Ohr zu und versuchte, Astons Nase zu ignorieren. Er starrte auf das Manuskript, das unter der Pergamentrolle lag, auf der Aston herumgekritzelt hatte. Er fühlte sich an Berisfords Haus und Mawsbys Tod erinnert. Ein Angstschauer lief ihm über den Rücken. Berisford, ein Sodomit, der sein Geheimnis aufs strengste hütete, war ein Richter gewesen. Mawsby, vermutlich auch ein Homosexueller, war lediglich ein einfacher Sekretär.

»Master Chirke?«

Nicholas blickte hoch.

»Master Chirke«, wiederholte Aston. »Was wollt Ihr wissen?«

»Wie ist die alte Königin gestorben?« fragte Nicholas hastig.

»Sie starb an der Pestilenz. Tagelang lag sie allein in ihrer Kammer, dann trat der Tod ganz plötzlich ein. Ihren Leichnam kleidete man in den Habit der Armen Klarissen. Man legte sie in einen Sarg, und dann begannen die Begräbnisfeierlichkeiten.«

»Und was war mit Vallence?«

Aston lächelte säuerlich. »Ach, dieser hübsche Knabe! Er war ihr Günstling und bestand darauf, den Leichnam der alten Königin für die Beisetzung herzurichten.« Aston zog die Nase hoch. »Keiner hatte was dagegen. Die Königin starb an der Pest, und der Knappe war ihr einziger Favorit – es hieß nur immer ›Vallence hier und Vallence da‹. Für die Königin reiste er nach London, Windsor, Sheen und Nottingham, dabei immer gekleidet wie ein Geck.«

»Wann verließ er Castle Rising?«

»Ach, zusammen mit dem Sarg. Er begleitete die tote Königin nach London. Warum fragt Ihr?«

Chirke schüttelte bloß den Kopf und fuhr fort, auf das Manuskript zu starren; er merkte nicht mal, daß Crabtree und Scathelocke ihn neugierig ansahen.

»Sind vielleicht ungewöhnliche Vorfälle passiert, während die Königin auf der Burg weilte?« erkundigte sich Nicholas.

»Na ja, ich war nicht die ganze Zeit über hier. Der Haushalt lief jedenfalls wie am Schnürchen.« Aston schielte sehnsüchtig zur Tür, als wünschte er sich, seine Besucher würden gehen. »Nein, etwas Ungewöhnliches ist nicht passiert. Nicht, daß ich wüßte.« Um seine Ungeduld zu bekunden, trommelte er heftig mit den Fingern auf der Tischplatte. »Möchtet Ihr etwas Bestimmtes sehen? Ich zeige Euch, was Ihr wollt.« Er sah sie erwartungsvoll an. »Ach ja!« Aston preßte sich die Hand gegen den Mund. »Master Chirke, Ihr fragtet mich, was für ein Mensch die alte Königin war. Eben fiel mir noch etwas ein. Sie trieb gern einen Schabernack!«

»Was meint Ihr damit?«

»Nun ja, das Kommando über die Burg hatten eine Reihe von Rittern, Vertrauensleute des Königs, von ihm selbst ausgewählt. Diese wurden jedoch regelmäßig gegen Neuankömmlinge ausgetauscht, ungefähr alle drei oder vier Jahre, für den Fall, daß sich jemand mit der alten Königin zu sehr anfreundete. Schließlich verfügte sie über große Überredungskünste.«

»Ihr spracht von Schabernack.«

»Ja, sicher. Offenbar haßte die alte Königin ihre von ihrem Sohn ausgesuchten Bewacher, und sie hielt sie gern zum Narren. Sie versteckte sich.«

»Sie versteckte sich?« rief Nicholas.

»Ja. Während der Monate vor ihrem Tod passierte es ganz regelmäßig, daß sie aus ihren Gemächern verschwand. In der ganzen Burg herrschte dann eine Aufregung wie in einem umgekippten Bienenstock. Soldaten und Bedienstete flitzten hin und her, Boten schwärmten aus und brachten die gesamte Gegend wieder in Aufruhr. Auf einmal war die alte Königin dann wieder da. Seelenruhig lustwandelte sie durch eine Galerie oder einen Korridor und genoß ganz offensichtlich das Chaos und die Verwirrung, die sie stiftete.«

Aston hielt inne und wischte sich die Nase an seinem Ärmel ab.

»O ja, die alte ›Kaiserin‹ wußte schon, was sie tat!«

»Für wie lange hielt sie sich versteckt?« fragte Crabtree.

»Ach, ihre Abwesenheit dauerte ungefähr einen Vormittag oder einen Nachmittag. Ein paar Mal wurde die Königin bei Tagesanbruch vermißt und kreuzte erst spät abends wieder auf. Es bereitete ihr ganz einfach Freude, ihre Bewacher zu narren.«

»Aber wo hätte sie sich dann verstecken können?« fragte Nicholas.

Aston spreizte die Finger. »Castle Rising gleicht einem Kaninchenbau, Master Chirke, überall gibt es Winkel und geheime Gänge. Glaubt mir, wenn Ihr Euch hier verlaufen würdet, besonders jetzt, da die Burg fast menschenleer ist, könnte es anderthalb Tage dauern, bis man Euch findet.«

Nicholas nickte und rieb sich die Arme. »Guter Lord Aston«, murmelte er, »es ist eisigkalt hier!«

Aston stand auf und rückte ein Holzkohlebecken näher heran. Crabtree schob seinen Stuhl nach vorn, wobei er um ein Haar Nicholas angerempelt hätte, um sich die Hände über der Glut zu wärmen.

»Ja, ja, sie war schon ein richtiges Luder«, fuhr Aston fort und setzte sich wieder hin. »An manchen Tagen wiederum fand man sie in der Kapelle, vor ihrem Prie-dieu kniend wie eine Nonne. Nun ja, das alles ist nun vorbei. Soll ich Euch durch die Burg führen?«

Nicholas schüttelte den Kopf. »Nein, nein. Aber wenn Ihr es gestattet, dann schauen meine Gefährten und ich uns auf eigene Faust um.«

Aston nickte heftig mit dem Kopf. Nicholas, der froh war, dem schmierigen Aston mit seinen unappetitlichen Angewohnheiten zu entkommen, ging in die große, öde Halle zurück.

»Was haltet ihr davon?« fragte er seine Begleiter.

Crabtree blickte neugierig in die Runde. Er sah die Spinnweben und die kahlen Stellen an den Wänden, wo man die Gobelins abgenommen hatte.

»Gott steh uns bei, Master! Diese Burg muß ein regelrechtes Höllenloch gewesen sein!«

»Wir sollten ruhig ein wenig herumstöbern«, meinte Scathelocke. »Aston hat zwar gesagt, hier gäbe es nichts mehr zu sehen, aber« – er zuckte mit den Schultern – »man weiß ja nie.«

»Und was ist, wenn wir wirklich nichts mehr finden?« greinte Crabtree. »Master, ich friere, ich bin hungrig, und ich habe mir einen Wolf geritten. Ich bin es leid, durch das platte Land zu pilgern! Hier ist es kalt, düster, und die Leute erinnern mich an Vogelscheuchen. Ich will nach London zurück!«

Nicholas grinste und schlug ihm auf die Schulter.

»Tugend ist eine Zier, Master Crabtree, und seit du den Schoß deiner Mutter verlassen hast, bist du nicht mehr über einen so langen Zeitraum tugendhaft gewesen.«

»Hatte er denn eine Mutter?« spottete Scathelocke.

»Und einen Vater obendrein!« schnappte Crabtree ärgerlich. »Das kann nicht jeder von sich behaupten.«

Die beiden Männer lieferten sich ein gutmütiges Wortgefecht, bis Nicholas dazwischenfuhr und bestimmte, daß sie jetzt zu ihrem Rundgang durch die Burg aufbrächen.

Aston hatte recht, Castle Rising erinnerte an eine Gruft. Die Kammern waren kahl und leer, die Galerien und Korridore finster und kalt. Hin und wieder, in den privaten Gemächern der Königin, erhielt man eine Ahnung von der einstigen Pracht. Die Deckenleisten waren vergoldet, und einige Wände waren mit atemberaubend schönen bunten Bildern bemalt, die Szenen aus der Bibel darstellen. Aber die Zimmer waren völlig leergeräumt, die königlichen Beschaffer hatten gründliche Arbeit geleistet.

»Die hätten selbst eine Nadel in einem Heuhaufen gefunden«, brummte Nicholas. »Wenn sie die Wände hätten herausreißen und mitnehmen können, hätten sie es auch noch getan.«

Treppauf und treppab liefen sie und spähten in viele Zimmer. Hin und wieder begegneten sie einem Dienstboten oder einem Soldaten, doch die wirkten phlegmatisch; und wenn man sie nach einem Weg fragte, gaben sie nur mundfaul Antwort.

»Kein Wunder, daß die alte Königin Streiche spielen konnte«, meinte Crabtree und peilte in ein düsteres Gelaß. »Ebensogut könnte man versuchen, Mäuse auf einem Heuschober zu fangen. Hier wimmelt es von Falltüren, versteckten Nischen und Gängen.«

Nicholas nickte. »Das erinnert mich ein bißchen an das große Geheimnis der alten Königin«, sagte er. Vor dem Eingang zur Burgkapelle blieb er stehen. »Und ich sage euch noch etwas, meine teuren Gefährten. Ich habe einen Entschluß gefaßt. Wenn wir wieder in London sind, suche ich Sir Amyas Petrie auf. Ich erzähle ihm alles, was ich weiß, behaupte, die Aufgabe überstiege meine Fähigkeiten, und wenn es ihm nicht paßt, soll er zum Henker gehen!«

Crabtree griente von einem Ohr zum anderen, doch Scathelocke blickte unbehaglich drein. Nicholas schenkte ihm keine Beachtung. Was hat die ganze Schnüffelei für einen Zweck, fragte er sich. Egal, in welche Richtung sie sich wandten, ihre Nachforschungen endeten in einer Sackgasse. Er betrat die Kapelle und blickte sich in dem düsteren Raum um. Sämtliche Fenster waren mit hölzernen Läden versperrt.

»Aston scheint kein Mann des Gebets zu sein«, murmelte er, und seine Worte hallten in einem hohlen Echo wider. »Crabtree, zünde diese Fackeln an.«

Der gehorchte, und in der Kapelle flackerten Lichter auf. Chirke warf einen Blick in die Runde.

»Ein großer Raum«, meinte er.

Er rief sich die Anlage der Burg ins Gedächtnis zurück und stellte fest, daß sich die Kapelle im Erdgeschoß am hinteren Ende der Festung befinden mußte. Ein einfach geschnitzter Lettner trennte den Altarraum vom Mittelschiff. Durch das Schnitzwerk erblickte Nicholas Stufen und einen erhöhten Altar.

Die Fensterläden klapperten unheimlich in einem kalten Luftzug, der die Fackeln lodern ließ; über dem Boden und an den Wänden tanzten bizarre Schatten. Es war ein finsterer, trostloser Ort, bar jeder Einrichtung, mit Ausnahme eines großen, hochlehnigen Stuhls, der von Bänken an jeder Seite flankiert vor dem Lettner stand.

»Da muß sie gesessen haben«, flüsterte Nicholas. Er lächelte. Er hörte, wie Crabtree im Altarraum rumorte, vermutlich stöberte er nach wertvollen Gegenständen, die er stehlen konnte.

Nicholas blickte fragend zu Scathelocke hinüber, der mit dem Rücken zur geschlossenen Tür dastand.

»Was ist los, Mann?«

»Es ist gespenstisch hier«, hauchte Scathelocke. »Grausig. In diesem Raum haust ein böser Geist.«

Wie als Antwort auf Scathelockes Bemerkung, klopfte es an der Tür. Nicholas' Herz machte einen Sprung. Scathelocke wirbelte herum und riß die Tür auf. Hereingeschlurft kam eine alte Frau. Sie trug ein staubiges graues Gewand; ihr gelbliches, zerfurchtes Gesicht wurde von einem Grinsen verzerrt, das von einem Ohr zum anderen zu reichen schien; das graue Haar hing ihr in fettigen Strähnen um den Kopf. Im Fackelschein sah Nicholas den irren Blick in ihren Augen. Aus einem Mundwinkel tröpfelte Speichel, den die Frau mit wild flatternder Zunge aufzulecken suchte.

»Nanu, nanu!« krächzte die Alte. Sie glotzte Nicholas an, der am liebsten vor dem Gestank zurückgewichen wäre, den sie verströmte. »Nanu, nanu!« wiederholte sie. »Leute des Königs, was? Was habt ihr hier zu suchen?« Mit schwarzgeränderten Fingernägeln kratzte sie sich die Wange, während sie sich umsah. »Gespenster!« sagte sie, wie um Scathelockes Ahnung zu bestätigen. »Hier gibt es Gespenster!«

»Gespenster, gute Frau?« hakte Nicholas nach.

Das alte Weib schielte ihn von der Seite her an und grinste verschmitzt.

»O ja, Gespenster. Hier lungert kein Soldat herum, jedenfalls nicht mehr, seit die alte Königin tot ist. Sie behaupten, sie hätten Isabellas Geist hier entlangwandeln sehen.«

Die Alte begann die Königin nachzuahmen; die Schultern durchgedrückt, den Kopf nach rechts und nach links drehend, dabei die Hände ringend, spazierte sie auf und ab.

»Das pflegte sie zu tun«, erklärte die Alte mit meckernder Stimme und kam zu Nicholas zurück. »Sie lief hin und her, hin und her, entweder in den Galerien vor ihrem Gemach oder in der Kirche.« Sie senkte die Stimme. »Sie liebte diesen Ort. Gott weiß, warum! Gott weiß, warum! Und jetzt ist sie fort, alle bedeutenden Leute sind verschwunden. Nur die arme Agnes ist noch da, wäscht die Kleider und schrubbt die Böden. Ach ja, alles, was Rang und Namen hat, ist weg!«

Übergangslos machte die Alte kehrt und schlurfte zur Tür hinaus.

Crabtree, der von seinem Posten hinter dem Lettner aus die Pantomime beobachtet hatte, gesellte sich wieder zu ihnen und grinste Scathelocke an.

»War das deine Liebste?«

Scathelocke machte eine rüde Geste mit den Fingern.

»Holt die Fackeln!« befahl Nicholas.

Er schnappte sich selbst eine und zog sie aus der verrosteten Halterung. Dann betrat er den Altarraum, der leer war bis auf ein großes Kruzifix, das die vor Schmerzen gekrümmte Gestalt des leidenden Christus trug. Nachdem er sich umgeschaut hatte, kehrte er in das dunkle Mittelschiff zurück.

Erst dann merkte er, daß die Kapelle reichlicher verziert war, als er zuerst angenommen hatte. Ein begabter Künstler, vermutlich ein Hofmaler, der in Diensten der alten Königin stand, hatte die Wände des Mittelschiffs mit farbigen Szenen aus der Bibel und Bildern von Heiligen geschmückt. Etliche Heilige waren französischer Abkunft. Eingedenk ihrer Kindheit, die sie in Frankreich verbrachte, hatte die alte Königin den Maler angewiesen, ihren frommen Vorfahren, den Heiligen Louis, besonders herauszustellen. Viele Szenen handelten vom Leben dieses frommen Königs. Ab und zu blieb Nicholas stehen und vertiefte sich in den Anblick der Bilder. Viele erkannte er als Kopien der Gemälde in La Sainte Chapelle zu Paris, wo er vor einigen Jahren gewesen war.

Crabtree kam zu ihm. Gemeinsam verweilten sie vor dem Bild eines enthaupteten Mannes, der seinen eigenen Kopf auf einem silbernen Teller trug.

»Wer soll das sein, Master?«

»Johannes der Täufer«, antwortete Nicholas zerstreut. »Komm, Scathelocke«, rief er dann. »Hier gibt es nichts für uns.«

Sie verließen die Kapelle, holten ihre Pferde aus den Stallungen und ritten in die Ortschaft zurück.

Crabtree und Scathelocke stichelten sich immer noch gegenseitig, wobei einer versuchte, den anderen zu übertrumpfen. Crabtree beharrte darauf, daß das alte Weib, das sie vorhin getroffen hatten, gut zu einem Mann von Scathelockes Aussehen und Vermögen passen würde.

Nicholas hörte ihrem Gezänk mit halbem Ohr zu, als sie später in der Schankstube saßen und sich etwas zum Essen bestellten. Ihre abendliche Mahlzeit bestand aus einer dicken Gemüsesuppe mit Rindfleisch, gekochtem Huhn mit einer Füllung aus Weintrauben und einem Krug Wein.

In der Stube war es warm; in der Feuerstelle brannte ein großer Stapel Holz, und die Flammen schlugen bis hinauf in den Kamin. Andere Reisende trafen ein. Crabtree tändelte mit einer jungen Priorin, die ein teures Gewand aus grauer Wolle trug, und deren hübsches Gesicht von einem strahlendweißen, gestärkten Nonnenschleier umrahmt wurde. Auch Nicholas sah sich die Frau genauer an. Der Schleier und die Haube verdeckten ihr Gesicht zum größten Teil, doch die Rehaugen und der volle, rote Mund, ließen sich nicht verbergen.

Nicholas fragte sich, wie eine solche Frau dazu kam, einem religiösen Orden beizutreten. Aus ihren kostbaren Ringen und aus der manierlichen Art, wie sie aß, schloß er, die Dame müsse eine Frau von adligem Geblüt sein, die der Welt entsagt hatte.

Die Priorin sprach leise mit ihrer Begleiterin, einer hageren, ernsten Frau, welche die gleiche Tracht trug. Wahrscheinlich reiste sie zu ihrem Schutz mit, oder sie bekleidete in der Priorei einen wichtigen Posten. Die junge Priorin schien von Crabtrees fröhlichem Lächeln recht angetan zu sein, und sie erhob keinen Einwand, als er die Schankstube durchquerte und ihr zuerst seine Gegenwart, dann seine Unterhaltung aufdrängte.

»Möchtet Ihr etwas Wein?« fragte Crabtree. »Oder ein frisches Mundtuch? Wie waren die Wege? Wohin reist Ihr?«

»Unser Ziel ist die Priorei zu St. Austen bei Kenilworth.«

»Tatsächlich?« plapperte Crabtree drauflos. »Ein wunderbarer Ort – das Gebäude ist aus honigfarbenem Stein gebaut, und der Met, der einem dort kredenzt wird, ist der beste in der ganzen Grafschaft.«

Nicholas sah belustigt zu; Scathelocke brummte mißbilligend.

»Er ist ein rechter Einfaltspinsel, Master«, raunte er Nicholas zu. »Wahrscheinlich läßt die Priorin ihn für ihre Mahlzeit bezahlen und schickt ihn dann fort.«

Dann stand er auf und stapfte davon, unter dem Vorwand, nach den Pferden sehen und sich aufs Ohr legen zu wollen. Nicholas bestellte sich noch einen Becher Wein. Später verließ er die warme Schankstube und begab sich in seine Kammer. Eine Weile stand er am Erkerfenster und blickte auf den Hof vor den Stallungen hinab. Vom Meer her braute sich ein dichter Nebel zusammen, den die kalte Nachtbrise landeinwärts trug. Der Nebel dämpfte die Geräusche und verwandelte die Fackeln der Knechte und Diener in matte Lichtpunkte.

Hinter der Taverne verlief die Straße, die über das Moor nach Norwich führte. Nicholas überlegte, ob er sein Elternhaus besuchen sollte. Vielleicht wären Robert und Beatrice sogar erfreut, ihn zu sehen. Sein Bruder war ein gewitzter, schlauer Bursche und konnte ihm womöglich noch einen guten Rat geben, wie er seine gegenwärtige Aufgabe lösen sollte. Oder wäre es das beste, gleich nach London zurückzukehren, Sir Amyas Petrie aufzusuchen und ihm zu gestehen, daß der Fall ihn überforderte?

Er seufzte, stellte den Becher auf den Tisch und legte sich aufs Bett. Er lauschte den Geräuschen, die von der Schankstube nach oben drangen – Teller klapperten, die Schankburschen wurden gerufen, man hörte leises Stimmengesumm und gelegentliches Gelächter.

Seine Gedanken wanderten zurück zu der verlassenen, finsteren Burg, den kahlen, grauen, steinernen Galerien und der leeren, seelenlosen Kapelle. Womit hatte die alte Königin ihren Sohn derart erschrecken können? Warum war Vallence so erpicht darauf, England zu verlassen und nach Frankreich zu fliehen?

Nicholas rieb sich das Gesicht. »Eine venezianische Galeere«, murmelte er vor sich hin. »Eine venezianische Galeere sollte ihn zu einem französischen Hafen bringen. Wieso eine Galeere? Wieso eine Galeere?«

»Führt Ihr Selbstgespräche, Master?«

Nicholas erschrak. Scathelocke stand in der Tür.

»Ich habe nach den Pferden gesehen, sie sind gestriegelt und gefüttert. Unsere Sättel habe ich eingeschlossen, und dieser Tölpel Crabtree schäkert immer noch mit der Priorin.« Scathelocke zog sich einen Schemel heran und setzte sich zu Nicholas neben das Bett. »Was ist denn so besonders an einer venezianischen Galeere?«

»Ich frage mich, weshalb Vallence England mit einer venezianischen Galeere verlassen wollte.«

Scathelocke zuckte die Achseln. »Ist es ein schnelles Schiff?«

»Das schon, aber eine königliche Kogge kann sie leicht einholen, vorausgesetzt, ein günstiger Wind füllt die Segel.«

»Worauf wollt Ihr hinaus, Master?«

Nicholas rieb sich die Augen. »Das weiß ich selbst nicht«, gab er zu. »Und da ist noch etwas. In Astons Schreibstube sah ich etwas, das mich an Mawsby erinnerte. Mawsby hatte etwas geschrieben, kurze Zeit später trieb er tot im Karpfenteich. Zuerst glaubten wir, er habe den Namen Patricius herausgehört, nun wissen wir, daß es Patroclus war. Vermutlich wurde Mawsby von diesem Weibsbild, das sich Nachtschatten nennt, getötet. Aber vielleicht hatte Mawsby den Brief, den er schrieb, bereits abgeschickt. Möglicherweise hatte Mawsby sogar an genau die Person geschrieben, die Nachtschatten aussandte, um ihn zu ermorden. Wer könnte das wohl sein?«

Scathelocke schüttelte den Kopf und begann, die Schnüre an seinem braunen Lederwams zu lösen. Nicholas starrte auf das schlichte Kruzifix an der Wand. Er erinnerte sich an das Gemälde, das er in der Kapelle von Castle Rising gesehen hatte.

»Seltsam«, murmelte er, »ich habe Bilder von Johannes dem Täufer gesehen, oder besser gesagt, von seinem Kopf, den Salome in einer Schale trug, aber noch nie ein Gemälde, auf dem der enthauptete Heilige seinen eigenen Kopf auf einem Teller präsentierte.« Sein Kiefer klappte herunter. »Großer Gott!« hauchte er. »Scathelocke!« Er schwang die Beine vom Bett.

»Was ist los, Master?«

»Das war gar nicht Johannes der Täufer«, sagte Nicholas. »Das war St. Denis! Kennst du die Legende? Nun ja«, fuhr er fort, ohne auf eine Antwort zu warten, »er ist der Schutzpatron von Paris, ein früher Märtyrer; nachdem die Heiden ihn enthauptet hatten, hob er seinen eigenen Kopf auf und ging damit nach Montmartre, wo jetzt die große Abtei steht, die man ihm geweiht hat.« Nicholas sprang auf die Füße. »Scathelocke, St. Denis ist der Schutzpatron der französischen Monarchie. Vallence sagte, St. Denis wüßte von dem großen Geheimnis. Verstehst du nicht?« ereiferte er sich, während Scathelocke ihn mit unbewegtem Gesicht anstarrte. »Wir dachten, Vallence wollte mitsamt dem großen Geheimnis auf einer venezianischen Galeere nach Frankreich flüchten. Das war ein Irrtum! Das Geheimnis befindet sich noch in Castle Rising. Es muß irgendwo in der Kapelle stecken, und den Schlüssel, um es zu finden, enthält das Bild von St. Denis!«

Scathelocke kratzte sich den Bart. »Genau, und deshalb brauchte er eine Galeere«, ergänzte er nachdenklich. »Nur eine Galeere kann in die kleinen Buchten der Küste von Norfolk hineinfahren.«

»Du hast es erfaßt!« rief Nicholas aufgeregt. »Das hatte Vallence geplant. Er wollte gar nicht nach Frankreich, er wollte nach Castle Rising zurück, um den Beweis für das Geheimnis der alten Königin aus der Kapelle zu holen.«

»Aber warum hat er Berisford gegenüber diese Andeutung gemacht?« fragte Scathelocke.

Nicholas kratzte sich den Kopf. »Ich weiß es nicht, aber morgen früh gehst du ins Dorf und kaufst Spaten, Spitzhacken und einen Ledersack, um die Werkzeuge darin zu tragen. Wir nehmen uns noch einmal Castle Rising vor.«

Er war ganz außer sich vor Erregung.

»Niemand wird uns belästigen«, meinte er, aus dem Fenster spähend. »Die Festung ist nichts weiter als ein leeres Mausoleum. Die Geschichte über das Gespenst der alten Königin, das dort herumspuken soll, hält Besucher fern.«

Er legte sich wieder aufs Bett und blickte zur Zimmerdecke empor. In Gedanken ging er noch einmal durch, was er entdeckt hatte, und er schwor sich, den Fall ganz aufzugeben, sollte ihre morgige Suche ergebnislos bleiben. Seine Lider wurden schwer, und er nickte ein.

Als er ein paar Stunden später aufwachte, lag Scathelocke auf seiner Bettstatt und murmelte im Schlaf vor sich hin. Crabtree, anscheinend betrunken wie ein Lord, streckte in dem einzigen Sessel des Zimmers alle viere von sich; sein Kopf war nach hinten gesunken, der Mund stand weit offen, und er schnarchte wie ein Schwein. Nicholas stand auf und schleppte den protestierenden Kerl zu seinem Strohlager. Crabtree öffnete halb die Augen.

»Bildschön«, murmelte er. »Schön wie der junge Tag.«

Nicholas grinste, als er die Decke über ihn breitete.

»Laß die Priorin lieber in Ruhe. Und jetzt schlaf gut. Morgen gehen wir nach Castle Rising zurück. Scathelocke wird dir sagen, was zu tun ist.«

Chirke stellte sich ans Fenster und blickte hinab auf den

nebelverhangenen Hof. Er hörte Geräusche von den Pferden und mußte wieder an Mawsby denken, der kurz vor seinem Tod einen Brief geschrieben hatte; vielleicht hatte dies seine Ermordung bewirkt. Eine kurze, versiegelte Nachricht. Sicher hatte Mawsby einen Burschen aus der Nachbarschaft mit dem Brief losgeschickt und dann auf eine Antwort gewartet. Die hatte er bekommen!

Nicholas stellte sich bildhaft vor, wie Nachtschatten, die begehrte Hübschlerin, an die Tür von Berisfords Haus klopfte. Mawsby machte auf und ließ seine Mörderin herein. Doch an welche Person hatte der Sekretär den Brief geschrieben? Plötzlich lief Nicholas ein eisiger Schauer über den Rücken.

»Unmöglich!« murmelte er. »Nein, das kann nicht sein!« Er ließ sich auf das Bett plumpsen. »Großer Gott!« japste er. »Herr, steh mir bei, was immer da kommen mag!«

Ein Stück weiter den Flur entlang saßen die Priorin und ihre Gefährtin in ihrem geräumigen Zimmer. Sie hatten die Nonnengewänder abgelegt und wärmten sich über einem Kohlebecken die Hände.

»Er hat dir ja ganz schön den Hof gemacht!« murmelte die ältere der beiden Frauen.

Die Priorin, die ihren Herren besser als Nachtschatten bekannt war, bewegte die Finger und lächelte.

»Und er ist ein Plappermaul!« fuhr die hagere Frau fort.

Nachtschatten kaute an ihrem Mundwinkel.

»Die meisten Männer hören sich selbst gern reden«, meinte sie. »Wenn wir morgen herausfinden, wohin sie als nächstes gehen, treffen wir eine Entscheidung.«

KAPITEL 2

Am nächsten Morgen kehrten sie nach Castle Rising zurück, lange, bevor der Nebel sich hob, oder die Hähne, die nach Tageslicht hungerten, zu krähen begannen. Niemand nahm von ihnen Notiz. Man hatte die Burg leergeräumt, und die bitteren Erinnerungen, die die alte Königin hinterlassen hatte, dämpften jedwede Neugier. Aston begrüßte Nicholas Chirke und seine Begleiter kurzangebunden. Er machte nicht mal eine Bemerkung über den Ledersack, den Crabtree trug und der vom Wirt der Taverne *Sea Barque* ausgeliehenes Werkzeug enthielt: einen Spaten und eine Spitzhacke.

Zu dritt begaben sie sich zur Kapelle. Crabtree ließ den Sack mit lautem Geschepper zu Boden fallen.

»Vorsichtig!« warnte Nicholas. »Die Sachen gehören nicht uns.«

»Wir hätten unser eigenes Werkzeug im Dorf kaufen sollen, wie Ihr es vorhattet«, entgegnete Crabtree.

»Damit hätten wir bloß Zeit verschwendet«, versetzte Nicholas. »Je eher wir uns auf die Suche machen, um so besser.«

Sie betraten die trostlosen Kapelle und schlossen hinter sich die Tür. Scathelocke holte einen Feuerstein hervor und zündete die Fackeln an; im Mittelschiff, besonders an der Stelle, wo sich das Bild von St. Denis befand, wurde es hell. Nicholas prüfte die Wand, aber die Ziegelmauer war massiv. Dann wandten sie ihre Aufmerksamkeit dem Fußboden zu; er war so verstaubt und schmutzig, als sei er jahrelang nicht mehr gefegt worden. Anfangs entdeckten sie nichts, keinen Riß keine Spalte. Nicholas fluchte enttäuscht. Scheinheilig erinnerte Crabtree ihn daran, daß sie sich in einer Kirche befanden.

»Was wir jetzt tun, ist bereits Gotteslästerung und Frevel«, parierte Nicholas den Seitenhieb.

In der Hocke kauernd, blickte er den Mittelgang entlang. Er begann, den Fußboden gründlich zu untersuchen, wobei er auf allen vieren kroch. Nach ein paar Minuten hielt er inne, zückte den Dolch und stocherte in dem Mörtel zwischen zwei Steinfliesen herum. Nichts rührte sich von der Stelle, und er gab seine Bemühungen auf. Scathelocke und Crabtree kamen zu ihm.

»Seht mal dorthin, Master«, rief Scathelocke.

Er nahm eine Fackel und trat ein Stück weiter ins Mittelschiff hinein. Nicholas folgte ihm. In der Ecke einer Steinplatte hatte er ein kleines Gitter entdeckt.

»Und da ist noch ein Rost!« flüsterte Crabtree.

Im Schein der Fackeln sah Nicholas sich um.

»Unter dem Fußboden muß sich eine Höhle oder ein Keller befinden«, meinte er. »Aber wie gelangen wir hinein?«

Alle drei krochen über die Steinplatten und leuchteten mit den Fackeln jeden Winkel aus. An einer Stelle, wo der Mörtel ziemlich frisch zu sein schien, blieb Nicholas stehen. Hastig kratzte er die Fuge aus.

»Das ist der Eingang!« rief er erregt. »Schaut euch das an!«

Als er die flackernde Pechfackel tiefer hielt, erkannte er, daß sich eine Steinplatte von den übrigen unterschied. Obwohl es so aussah, als sei sie fest mit den benachbarten Fliesen verbunden, war der sie einfassende Mörtel locker und sandig, und trotz ihres Gewichts ließ sie sich anheben wie eine Falltür. Darunter gähnte ein schwarzes, tiefes Loch. Nicholas senkte die Fackel. In ihrem unruhigen Licht sah er, daß eine Steintreppe nach unten führte.

»Scathelocke, du kommst mir nach!« befahl er. »Und du, Crabtree, bleibst hier oben!«

Er stieg die Treppe hinab. Scathelocke kletterte ihm vorsichtig hinterher. Drunten angekommen, hielt Nicholas die Fackel hoch – und unterdrückte nur mit Mühe einen Aufschrei.

Nie würde er vergessen, was er in dem unsteten Licht sah. Da waren ein Tisch, ein Stuhl, ein Prie-dieu, eine kleine Truhe, ein Korb – und ein Bett. Darauf lag, gewandet in kostbare Roben, der bis auf das Skelett verfallene Leichnam einer Frau. Das Fleisch war verdorrt, die Nase nur noch ein Loch, und um den totenschädelähnlichen Kopf lag das Haar in stumpfen Strähnen. Der klaffende, zahnlose Mund schien sie anzugrinsen. Scathelocke ließ die Fackel fallen, hielt sich den Bauch und sackte gegen die Wand.

»Master, wer ist das?« keuchte er.

Nicholas trat näher an das Bett heran; er hielt sich die Nase zu, um den Verwesungsgeruch nicht einatmen zu müssen. Sorgfältig betrachtete er das Skelett. An den Fingerknochen blitzten Juwelen; ein Arm lag über der Brust, der andere baumelte neben dem Bett. Nicholas ging in die Hocke. Er hob den Becher und den kleinen Krug auf, die am Boden lagen, und schnupperte vorsichtig daran.

»Ist alles in Ordnung?« rief Crabtree von droben.

»Ja«, brüllte Nicholas zurück. Er verschaffte sich rasch ein Bild von der Umgebung. Auf dem Prie-dieu lag ein Stundenbuch. Der Weidenkorb enthielt vermutlich Nahrungsmittel und Wein. Er öffnete die Schatulle, doch sie enthielt nur Kinkerlitzchen – eine Brosche und eine reich verzierte Halskette. In der hinteren Ecke, unter einem der Gitter, befand sich ein kleiner Abtritt, der sich vermutlich in den Burggraben entleerte. Dann ging er noch einmal zu dem Skelett zurück.

»Na, komm schon, Scathelocke«, drängte er. »Wir haben nicht viel Zeit!«

Scathelocke stand wieder aufrecht, doch sein Gesicht war mit einem dünnen Schweißfilm bedeckt.

»Master, ich kann nicht. Es ist verboten.«

Verwundert starrte Nicholas ihn an. »Was ist verboten?«

Scathelocke schüttelte den Kopf. Nicholas zuckte die Achseln, schloß die Augen und hob den Leichnam vom Bett. Er hatte das Gefühl, als würde er Gevatter Tod selbst umarmen. Die Bekleidung war staubig und ein bißchen feucht; die mageren Gliedmaßen schienen ein Eigenleben zu besitzen. Er legte die gespenstischen Überreste auf den Boden und tastete mit flinken Bewegungen das Bett ab. Unter der Matratze fühlte er einen Lederbeutel, den er rasch hervorzog. Der Beutel war oben mit einer Kordel verschnürt und mit purpurfarbenem Wachs versiegelt. Ohne viel Federlesens verstaute er ihn in seinem Wams. Droben erklang ein Geräusch, als habe sich Crabtree, des Wartens müde, hingesetzt. Ein letztes Mal blickte sich Nicholas im Kellergeschoß um.

»Wir gehen jetzt«, sagte er zu Scathelocke. »Mir reicht's fürs erste, wir können ja noch einmal wiederkommen.«

Das brauchte er Scathelocke nicht zweimal zu sagen. Ein abschließender Blick durch die grausige Totenkammer, und Nicholas kletterte zufrieden die Stufen hoch. Als er halb aus der Falltür hinaus war, sah er Crabtree auf dem Boden liegen; das Gesicht des Mannes war schneeweiß, die Lider flatterten, und aus dem Mundwinkel tröpfelte Blut.

»Master!« stöhnte er.

Chirke drehte sich um. Scathelocke, der vorausgegangen war, stand mit verschränkten Armen da und glotzte zwei grauverhüllte Gestalten an, die am Eingang zur Kapelle herumlungerten.

»Hierher, Master Chirke, schnell! Schnell!«

Die Stimme klang tief und heiser, und ein Anflug von Lachen schwang in ihr mit. Als Nicholas durch das düstere Mittelschiff spähte, kamen die beiden Gestalten näher. Die erste schlug die Kapuze zurück. Verzweifelt schloß Nicholas die Augen. Das letzte Mal hatte er dieses hübsche Gesicht in der Taverne vor Newgate gesehen. Er verfluchte seine Torheit. Die Priorin, dessen Bekanntschaft Crabtree letzten Abend gesucht hatte, war keine Nonne, sondern die Metze und Meuchelmörderin Nachtschatten.

Nun posierte sie elegant wie eine Hofdame, goldene Locken umrahmten ihr bleiches, herzförmiges Gesicht. In ihren Augen blitzte der Schalk, wie wenn sie das Spiel genösse und sich auf ein rasches Ende freute. Nicholas' Hand zuckte zum Dolchgriff, doch die graue Gestalt neben Nachtschatten hob eine kleine Armbrust; der Bolzen sirrte über Nicholas' Kopf hinweg und traf die Säule hinter ihm. Scathelocke machte einen Schritt nach vorn, aber nun zielte Nachtschatten mit ihrer eigenen Armbrust, während ihre Begleiterin einen neuen Bolzen in den Schußkanal schob.

»Klettert endlich aus dem Loch, Master Chirke, und stellt Euch neben Euren Gefährten!«

Voller Verzweiflung blickte Nicholas zu Crabtree; in diesem Moment bohrte sich der Armbrustbolzen tief in den Bauch des am Boden liegenden Mannes.

»Großer Gott!« hauchte er.

»Er stirbt!« sagte Nachtschatten leise. »Ihr könnt von ihm

Abschied nehmen.« Sie wedelte mit der Hand. »Aber seid nicht traurig, Ihr folgt ihm gleich hinterdrein.«

Nicholas hievte sich aus der Falltür und eilte zu Crabtree, der sich krümmte und die Knie anzog. Kein fröhlicher Ausdruck mehr auf dem weißen, schlaffen Gesicht, die Augen blickten wie die eines erschrockenen Kindes. Sanft rollte Nicholas ihn auf den Rücken. Crabtree hustete, und blutiger Schaum trat auf seine Lippen.

»Es tut mir leid, Master«, keuchte er. »Was für ein Ende für einen so gerissenen Kerl wie mich. In London erzählt Ihr es niemandem weiter, versprecht Ihr es? Die Weibsbilder standen in der Tür, ehe ich wußte, was los war. Sagt Scathelocke . . .«

Crabtrees Lider zuckten. Sekundenlang versteifte sich sein ganzer Körper, dann wurden die Augen trübe, Blut schoß aus dem Mund, und der Kopf fiel zur Seite. Nicholas fühlte an seinem Hals, ob noch Leben in ihm steckte, aber Crabtree war tot. Nicholas blickte über die Schulter zu den beiden Frauen.

»Du mordende Hure!« schleuderte er Nachtschatten entgegen.

»Steh auf, Chirke. Geh zu deinem Maulaffen feilhaltenden Freund!«

Ihre Armbrust war aufs neu gespannt; der gezackte Bolzen wartete nur darauf, aus dem Schußkanal zu schnellen.

»Ich nehme an, dein Herr und Gebieter hat dich geschickt!«

»Stimmt genau! Es war ein Kinderspiel, euch zu folgen – zuerst nach Norwich, dann nach Castle Rising. Und jetzt bist du hinter das Geheimnis gekommen, nicht wahr?« Nachtschatten lächelte. »Wer hätte gedacht, was für ein gerissenes Biest die alte Isabella war!« Mit einer Kopfbewegung deutete sie auf die Falltür. »Sie muß die alte Krypta gefunden haben, oder zumindest den Teil davon, der fertiggestellt wurde, ehe die Erbauer dieses traurigen Steinhaufens ihr Vorhaben abbrachen. Ein brillanter Plan! Vorzugeben, an der Pestilenz oder einer anderen Seuche zu sterben! Keiner würde es wagen, in die Nähe ihres Leichnams zu kommen. Der Sarg wurde versiegelt, in eine Bleikiste gelegt und nach London gebracht, wo der König und die anderen Machthaber des Landes davor trauerten. Ich frage mich, was er enthalten hat – eine Statue? Oder Steine?«

Nachtschatten schnupperte und rümpfte die Nase, als ihr der vom Keller aufsteigende Gestank entgegenwehte. »Dann ein rasches Begräbnis in London, während Vallence eine venezianische Galeere anheuert. Das Schiff sollte in eine der kleinen Buchten an dieser Küste einlaufen, er wollte in die mittlerweile verlassene Burg zurück, um seine Herrin aus ihrem Versteck zu holen.«

Nachtschatten legte den Kopf schräg. Ihre Gefährtin stand stumm neben ihr und rührte sich kaum.

»Wer hat dir das alles erzählt?« stammelte Nicholas.

Die Hure hob elegant die Schultern, während sie Nicholas unverwandt in die Augen blickte.

»Sobald ich hier eintraf, wußte ich, was du gefunden hattest. Alles liegt ganz klar auf der Hand. Nur eine Frau vermag einen solchen Plan auszuhecken; und nur ein Mann, wie dieser törichte Vallence, konnte ihn verpfuschen. Er hat sich überstürzt von Greyfriars davongemacht; wäre er noch einen Tag länger in der Stadt geblieben, hätte er es bestimmt geschafft. Vermutlich hatte die Königin Vorräte für mehrere Wochen bei sich. Binnen sieben Tagen nach ihrem vorgeblichen Tod hätte sie sich in Freiheit befinden können.«

»Wieso hat sie ihr Versteck nicht verlassen?« fragte Scathelocke.

»Der Stein kann nur von außen entfernt werden«, erklärte Nicholas. »Aber was hätte sie ohne Vallence und ohne die Galeere tun können?«

»Wie mag sie wohl gestorben sein?« fragte Nachtschatten mit ehrlichem Interesse.

»Letzten Endes wäre sie verhungert«, erwiderte Nicholas. »Vielleicht wäre sie so schwach geworden, daß sie das Bewußtsein verloren hätte. Aber Tatsache ist, daß sie es vorzog, auf römische Art zu sterben.«

»Du meinst, sie hat Selbstmord begangen?«

»Ja. Überzeug dich, daß ich recht habe.«

Nachtschatten lächelte grimmig. »Ich bitte dich, Chirke, ich bin nicht so dumm, wie du aussiehst. Ich weiß, was du gefunden hast, ich sah das triumphierende Grinsen auf deiner häßlichen Visage, als du aus dem Loch hervorkamst. Und jetzt gib es mir!«

»Wovon sprichst du?«

Nachtschatten streckte die Hand aus. »Komm schon, wirf es hierher!« Sie zeigte auf eine Stelle vor ihren Füßen. »Nahe genug, damit ich es erreichen kann!«

Nicholas sah Scathelocke an, der mit glasigem Blick zurückstarrte. Dann schob er eine Hand in sein Wams – und im selben Moment flog die Kapellentür krachend auf.

»Was ist hier los? Was ist hier los?« Das alte Weib, das sie bereits gestern gestört hatte, schlurfte herein.

Nachtschatten und ihre Gefährtin wirbelten herum. Die Alte taumelte zurück, als ein Bolzen sie in den Hals traf, und sackte wie ein Bündel Lumpen vor der halboffenen Tür zu Boden. Scathelocke preschte vor, während Nicholas sich auf Nachtschatten stürzte. Er spürte den Luftzug, als der Armbrustbolzen an seinem Gesicht vorbeisurrte, dann bekam er die Hübschlerin zu fassen, und sie stürzten beide hin.

Nachtschatten fühlte sich warm und geschmeidig an, und sie wand sich unter seinem Griff wie eine Katze. In heller Panik versuchte Nicholas, ihre Hände festzuhalten, die sich unter den Falten der Robe verbargen. Aus Angst, sie könne bereits ihren Dolch gezückt haben, ließ er sie los und verpaßte ihr einen Fußtritt. Behende wie eine Tänzerin rollte sie sich ab, ließ die Armbrust fallen und erhob sich halb, in der Hand ein italienisches Stilett.

Nicholas wollte sich hochrappeln, doch sein Fuß verfing sich in seinem Mantel; er strauchelte und landete wieder auf dem Boden. Dann stürmte Nachtschatten auf ihn zu, wie ein furiöser Racheengel, mit beiden Händen den Griff des Stiletts umklammernd.

Nicholas hörte das Zischen eines Armbrustbolzens, und das schöne Gesicht der Kurtisane verwandelte sich in einen blutigen Brei, als das Geschoß sie zwischen Mund und Nase traf. Hurtig wälzte er sich zur Seite, und die Hure schlug neben ihm auf dem Steinboden auf. Scathelocke stand über dem Leichnam ihrer Gefährtin, die ausgestreckt dalag; die Kapuze war zurückgefallen, und die Kehle von einem Ohr zum anderen aufgeschlitzt.

Scathelocke warf die Armbrust weg, krümmte sich und hielt sich den Leib, wie wenn er sich erbrechen müsse. Eine Weile konnte Nicholas nur stocksteif dastehen und das Bild, das sich ihm darbot, anstarren. Er zitterte heftig, ihm war schlecht, und seine Beine schienen ihn nicht mehr tragen zu wollen. Er versuchte, etwas zu sagen, doch seine Kehle war ausgedorrt, und die Zunge schien angeschwollen zu sein.

Er wollte sich bewegen, doch es ging nicht. Nie würde er diesem verfluchten Ort entfliehen können! Endlich hatte er sich so weit gefangen, daß er wieder laufen konnte. Er rannte beinahe zur Kapellentür und schlug sie zu. Dann ging er zu Scathelocke zurück.

»Es ist vorbei«, murmelte er und legte eine Hand auf Scathelockes Schulter.

Der starrte wortlos auf die am Boden liegenden Leichen.

»Ich weiß!« ranzte Nicholas ihn an. »Wir müssen sie fortschaffen. Na los, Scathelocke, je schneller wir damit fertig sind, desto eher können wir gehen!«

Er sah sich in der Kapelle um und entdeckte den Weinschlauch, den der arme Crabtree neben der Säule abgelegt hatte. Dankbar eilte er hin und hob ihn auf. Der Wein sprudelte in seinen Mund, benetzte sein Gesicht und tropfte über sein Wams. Nachdem er sich gestärkt hatte, reichte er Scathelocke den Schlauch.

»Um Gottes willen, trink, Mann! Beeil dich, denn wenn uns jemand hier erwischt, werden wir die Burg niemals verlassen!«

Scathelocke gehorchte. Danach schleiften sie die Leichen die Treppe hinunter in das Kellergelaß. Zuerst Crabtree. Dann die alte Frau, die auf der Stelle tot gewesen war; der Armbrustbolzen hatte ihren Hals durchschlagen und beim Austreten eine blutige, gezackte Wunde gerissen. Zum Schluß kamen die beiden Mörderinnen an die Reihe.

Schwitzend und fluchend setzten sie den Stein wieder an seinen Platz und versuchten, mit ihren Stiefeln die Blutpfützen auf dem Boden zu verwischen. Endlich verließen sie die Kapelle, holten ihre Pferde, auch das von Crabtree, und preschten im Galopp über die Zugbrücke. Draußen vor der Burg zügelte Nicholas seinen Gaul und blickte in das weiße Gesicht seines Dieners.

»Gott steh uns bei, Scathelocke, und möge er der Seele des armen Crabtree gnädig sein!«

»Amen«, murmelte Scathelocke. Er kratzte sich das Gesicht und stülpte sich die Kapuze über, um sich vor dem eiskalten Wind zu schützen.

»Wir sollten fliehen, Master.«

»Wohin?« fragte Nicholas. »Nach Frankreich, um dort verhört zu werden? Du hast vielleicht keine Familie, Scathelocke, aber bei mir ist das anders. Wie du weißt, habe ich meine Schwester Catherine, John, die Zwillinge, und meinen Bruder in Norwich.« Er schüttelte den Kopf. »Wir müssen nach London zurück, aber wir nehmen nicht die Straße. Wir reiten nach Yarmouth, lassen die Pferde dort und besteigen ein Schiff, das in die Themse einläuft.«

»Sie werden auf uns warten«, meinte Scathelocke.

»Das weiß ich«, entgegnete Nicholas, indem er sein Wams berührte. »Aber ich habe das Geheimnis der Königin bei mir. Es ist eine Gefahrenquelle, doch gleichzeitig könnte es uns schützen. Na los doch, je rascher wir von hier wegkommen, um so besser.«

Sie ritten den ganzen Tag lang und erreichten Yarmouth am späten Nachmittag. Dort kauften sie sich eine Passage auf einer kleinen Kogge, die Vorräte nach East Watergate transportierte. Der stämmige, rotgesichtige Kapitän verlangte einen hohen Preis, und alles, was sie dafür bekamen, war ein Lager aus alten Säcken auf Deck.

Aber das Essen war überraschend heiß und schmackhaft, und die Wettervorhersagen des Kapitäns bewahrheiteten sich – von einem frischen Nordwind getrieben, machte das Schiff gute Fahrt. Nicholas und Scathelocke standen nach den Vorgängen auf Burg Rising immer noch unter Schock. Nicholas fühlte sich mitschuldig an Crabtrees Tod, und er vermißte das alte Schlitzohr mehr, als er gedacht hatte.

»Lieber Gott, hilf mir!« murmelte er, während er an Deck der Kogge stand und die nebelverhangene Küste von Essex betrachtete. »Mein Leben lang, Scathelocke, habe ich mich nach Aufgaben gesehnt, und auf der Suche nach Arbeit bin ich in St. Paul's hin und herscharwenzelt. Und jetzt sieh mich an! Die

Mächtigen des Landes vertrauen mir und haben mich zu ihrem Favoriten erkoren.« Er lachte bitter. »In Wirklichkeit hat man mir einen Giftkelch gereicht, der fest an meinen Händen klebt. Gott weiß, was in London noch alles passieren wird!«

»Ich gehe fort«, beschied ihm Scathelocke unvermittelt. Er lächelte dünn, als er Nicholas' verblüfften Gesichtsausdruck sah. »Versteht mich jetzt nicht falsch, ich habe keine Angst. Ihr wart mir ein guter Herr, Master Chirke. Catherine und John waren wie eine Schwester und ein Bruder zu mir. Und die Zwillinge werden mir sehr fehlen.« Scathelocke lehnte sich gegen ein Fell und starrte hinaus auf die Nebelbänke. »Aber ich könnte für euch alle eine Gefahr bedeuten. Letzten Endes kommt die Wahrheit immer heraus.«

»Was ist die Wahrheit?«

»Ich glaube, Pilatus stellte dieselbe Frage und bekam keine Antwort. Weshalb sollte ich versuchen, eine zu finden? Ich kehre noch einmal mit Euch zu Eurem Haus zurück, um meine Sachen zu holen, aber danach gehe ich fort.«

Scathelocke weigerte sich, eine Erklärung für seinen Entschluß zu geben. Chirke begab sich unter Deck und ließ sich eine Unschlittkerze geben; dann öffnete er den Beutel, den er in der Todeskammer der alten Königin gefunden hatte, und zog eine dünne Rolle Pergament heraus. Er studierte sie sorgfältig. Es überraschte ihn nicht, daß die Nachricht, die sie enthielt, in einer Geheimschrift abgefaßt war; vermutlich stammte sie von irgendeinem Schreiber oder gar der alten Königin selbst. Die Lettern waren kühn geschwungen, standen jedoch sehr dicht nebeneinander. Es konnte Monate dauern, die Botschaft zu entschlüsseln.

Jede einzelne Zeile prüfte er genau. Hin und wieder erkannte er bestimmte Worte – ›Palmer‹, ›Universität‹, ›Oxford‹. Auf dem schmalen Rand befand sich ein sonderbares Zeichen. Er rollte das Pergament wieder zusammen und tat es in den Beutel zurück, den er mit einer Schnur an seinem Hals befestigte. Eine Zeitlang saß er da und horchte auf das Ächzen und Knarren des Schiffs. Eine braunbepelzte, langschwänzige Ratte huschte einen Balken entlang, im Maul ein Stück Zwieback.

»Wir sind genauso«, murmelte er vor sich hin. »Kreaturen

der Finsternis, ständig auf der Jagd nach einem fetten Happen, von dem wir uns Wohlergehen versprechen.«

Er lehnte sich gegen die gepichten Holzbalken und nickte ein. Scathelocke kam nach unten und half ihm, sich bequemer zu betten. Am nächsten Morgen wurden sie von Fußgetrampel auf einem der oberen Decks und den Rufen des Kapitäns geweckt. Nicholas rappelte sich hoch und streckte sich, um die verkrampften Gliedmaßen zu lockern. Wieder brüllte der Kapitän etwas, und er schüttelte Scathelocke, der noch halb schlief.

»Sie haben die Themse gesichtet.«

Sie gingen an Deck. Der Nebel hatte sich gelichtet, und eine schwache Sonne kämpfte sich durch den Dunst; in dem matten Licht sah man das schlammige, träge Wasser der Flußmündung. Nicholas sah den Kapitän und gesellte sich zu ihm. Scathelocke beobachtete, wie die beiden heftig miteinander diskutierten. Geld wechselte den Besitzer, der vorher widerborstige Seemann wirkte besänftigt, und Nicholas kam zu Scathelocke zurück.

»Was gibt's, Master?«

»Sie bringen uns stromaufwärts nach Westminster, und bei King's Steps lassen sie uns an Land gehen. Das ist sicherer. Es könnte sein, daß Leute von der Hafenaufsicht in East Watergate auf uns warten. Ich möchte eine alte Bekanntschaft erneuern, ohne gestört zu werden.«

Der Kapitän hielt sein Wort, und zwei Stunden später betraten Nicholas und Scathelocke am Kai von Westminster festen Boden. Die Umgebung war bereits zum Leben erwacht. Aalverkäufer, Kohlenjungen, Wasserverkäufer und der übliche Schwanz scharfäugiger Bettler wimmelten umher. In den Gassen vor dem Palast waren die kleinen Buden bereits geöffnet; gegen die Kälte dick vermummte Ladenbesitzer priesen lautstark ihre Waren an.

Nicholas und Scathelocke achteten auf niemanden; auf einem kopfsteingepflasterten Weg durchquerten sie das bewachte Tor und gelangten in den großen, mit vielen Dachgiebeln versehenen Palast, an den sich die königlichen Gärten, Hallen und Abteigebäude anschlossen.

Nicholas kannte sich hier gut aus, doch die ehrfurchtgebietende Abteikirche mit ihren verschnörkelten Steinmetzarbeiten, die wie verzaubert in der diesigen Luft zu schweben schienen, raubte ihm immer wieder aufs neue den Atem. Ihn überkam ein Anflug von Wehleidigkeit, als er sich an die Zeit erinnerte, als er ganze Tage lang auf der Suche nach Arbeit hier herumlungerte; doch dann erblickte er einen Soldaten in der königlichen Livree, der ihn argwöhnisch musterte, und er marschierte forschen Schrittes weiter. Eilig führte er Scathelocke durch das Gewimmel von Menschen, und schließlich betraten sie die Hallen des Palastes.

In den zahlreichen Winkeln und Alkoven tagten trotz der frühen Stunde bereits die verschiedenen königlichen Gerichtshöfe. Jeder Gerichtshof war mit einer Kordel abgegrenzt. Auf hochlehnigen Stühlen thronten die Richter in ihren roten Roben; vor ihnen saßen die schlicht gekleideten Schreiber und die in schwarze Talare gehüllten Anwälte um lange, ovale Tische.

Nicholas durchquerte die Halle. Er ging einen Korridor entlang und zu einer hintere Pforte hinaus, die auf einen in grauen Stein gefaßten Innenhof führte.

»Master, wohin gehen wir?« fragte Scathelocke.

»Wir statten dem Gedächtnis der Krone einen Besuch ab«, erwiderte Nicholas geheimnisvoll.

Er klopfte an eine Tür. Ein alter, glatzköpfiger Mönch machte ihnen auf. Seine lange, schwarze Kutte wurde in der Taille von einer gelblichen Kordel gehalten. Mit triefenden Augen glotzte der Mönch Nicholas an.

»Was wollt Ihr?«

»Erkennt Ihr Euren alten Freund nicht mehr, Elias?«

Der Mönch kniff die Augen zusammen und trat einen Schritt vor.

»Gott sei meiner Seele gnädig, das ist ja Nicholas!«

Der Kopf des Mannes zuckte zurück wie bei einem Vogel; die vorgestülpten Lippen berührten beinahe die überhängende, spitze Hakennase. »Was wollt Ihr?«

»Ein wenig von Eurer Zeit.«

Der alte Mönch schmunzelte und winkte sie in seine Kammer. Verwundert blickte Scathelocke sich um. In der Mitte des Raumes standen ein Tisch und Stühle; die Wände waren vom

Fußboden bis zur Decke mit Borden und Regalen bedeckt. Darauf lagen unzählige Pergamentrollen, manche vergilbt vor Alter, andere glatt und weiß wie Schnee. Es duftete nach Tinte, Wachs und Pergament.

»Was ist das für ein Ort?« fragte er verdutzt.

»Das Gedächtnis der Krone«, wiederholte Nicholas und lächelte dabei den alten Mönch an. »Hier werden geheime Dokumente aufbewahrt, außerdem die Unterlagen über sämtliche Fälle, die von der Ersten Strafkammer des Hohen Gerichtshofs und den königlichen Schwurgerichten behandelt wurden.«

Elias kam mit einem Tablett und Bechern zurück.

»Kein verwässertes Zeug«, sagte er, »sondern guter Rotwein, den ich aus der Abteiküche gestohlen habe.«

Nicholas und Scathelocke nahmen jeder einen Becher, und der alte Archivar bedeutete ihnen, sich an den Tisch zu setzen. Scathelocke öffnete seinen Mantel.

»Es ist warm hier drin«, meinte er. »Obwohl ich nirgendwo einen Kamin oder Kohlebecken sehe.«

»Oho!« Elias hob warnend einen knochigen Finger. »Ein Feuer dürfen wir in diesem Raum nicht entzünden!« Er zeigte auf die mit Metallschirmen versehenen Kerzen, die aufgereiht auf dem Tisch standen. »Selbst die Kerzen müssen Metallschirme haben und dürfen nur brennen, wenn ich im Zimmer bin.« Er deutete auf die hintere Wand. »Nebenan befindet sich die Palastbäckerei, und auf der anderen Seite liegt die Küche. Von dort strömt genug Wärme herüber. Und nun zu Euch. Was genau möchtet Ihr wissen?«

»Wäre es möglich«, begann Nicholas, »einen Blick in die Unterlagen des Schwurgerichts der Stadt Oxford zu werfen? Es geht um eine Angelegenheit, die passiert sein muß, als König Edward II. in seinem neunten Jahr regierte.«

»Natürlich! Natürlich!«

Die Finger an den Lippen, bewegte sich Bruder Elias zwischen den Regalen. Während er auf und ab lief, sprach er mit sich selbst. Dann blieb er stehen, stieß einen lauten Ruf aus, stellte eine ramponierte Leiter gegen eine Wand und kletterte vorsichtig hinauf. Eine Zeitlang schob er Pergamentrollen hin und her, schnalzte mit der Zunge und drehte sich immer wieder, wie um Entschuldigung heischend, zu Nicholas um.

»Hier ist sie! Hier ist sie!« murmelte er. »Jede Rolle ist gekennzeichnet. Aha, das hätten wir! Oxford, 9 Edward II., 1316.« Sorgfältig prüfte Elias die Beschriftung. »Am Johannistag trafen die Richter in Oxford ein. Aber seht selbst nach.«

Er kraxelte die Leiter hinunter und gab Nicholas die lederne Pergamentrolle. Der legte sie auf den Tisch und breitete sie aus. Scathelocke stöhnte, als er sah, wie lang die Rolle war.

»Das sind mindestens sechzehn Membranen«, meinte Nicholas und zeigte auf die Nähte. »Der Schreiber fertigte die Berichte an, die sämtliche Gerichtsurteile enthalten. Dann nähte man die einzelnen Membranen zusammen und bewahrte sie hier auf, als die königlichen Richter nach Westminster zurückkehrten.«

»Wonach sucht Ihr?« fragte Scathelocke.

Nicholas fuhr mit dem Finger die linke Spalte entlang, in der die Namen der Kläger jedes einzelnen Falles aufgeführt waren.

»Palmer«, sagte er. »Ich suche Simon Palmer.«

Bruder Elias widmete sich wieder seinen anderen Pflichten; Scathelocke blieb bei Nicholas und sah besorgt, wie die Stundenkerze niederbrannte. Nicholas prüfte alle Fälle, die im Sommer Anno 1316 in der Universität zu Oxford vor einen königlichen Richter gebracht worden waren. Er überflog die Berichte, die von Mord, Vergewaltigung, Brandstiftung, Straßenraub, Gotteslästerung und Meineid handelten – ein trauriger Katalog menschlichen Elends. Nach jedem Fall hatte der Schreiber die Strafe notiert, zum Beispiel eine Geldbuße oder *susp per coll,* ›am Halse aufgehangen‹. Ohne auf Scathelockes Murren und Bruder Elias' Hin- und Herschlurfen zu achten, fuhr Nicholas mit seinen Nachforschungen fort, bis . . .

»Großer Gott!« hauchte er. »Bruder Elias?«

»Was gibt's, Nicholas?«

»Sucht bitte die Unterlagen der Ersten Kammer des Hohen Gerichtshofs für mich heraus. Haltet Ausschau nach einem Fall, in den ein gewisser Simon Palmer verwickelt war und der sich 1316 oder 1317 zugetragen hat. Außerdem brauche ich eine Liste der Exekutionen in Smithfield oder an einem anderen Ort in London. Ihr findet sie in den Berichten, in denen die Einweisungen in den Kerker aufgeführt sind.«

Eilfertig hastete Elias los. Nicholas überhörte Scathelockes Bitten, ihn aufzuklären, und las weiter.

»Was ist es?« Scathelocke packte sein Handgelenk. »Master, was habt Ihr gefunden?«

Nicholas blickte hoch und nickte Elias zu, der in den Pergamentrollen herumstöberte und gleichzeitig die Ohren spitzte.

»Worauf ich gestoßen bin, Scathelocke«, flüsterte Nicholas, »ist die Geschichte von Simon Palmer aus Christchurch Meadows und einer Sau.«

»Master, habt Ihr den Verstand verloren?«

»Nein, Scathelocke; aber ich glaube, ich habe die Wahrheit gefunden.«

Er rollte das Pergament wieder zusammen und beobachtete Elias, der in den Regalen kramte und dabei eine Menge Staub aufwirbelte. Endlich schien er fündig geworden zu sein. Er kratzte sich den Kopf und kam mit zwei Pergamentrollen zurück, die an den Enden ziemlich grob beschnitten waren.

»Ich verstehe das nicht«, sagte er. »Das ist der Bericht der Ersten Kammer für die Jahre 1316 bis 1318, doch jemand hat ihn in zwei Teile geschnitten und eine Membran herausgenommen. Wer könnte das wohl gewesen sein?«

Der alte Archivar schürzte die Lippen und reckte sich zu seiner vollen Größe auf. Seine Augen blitzten.

»Das ist nicht nur Diebstahl, es ist Verrat! Wer immer das getan hat, sollte sich dafür vor einem königlichen Gericht verantworten müssen!«

»Ich bezweifle, ob man den – oder die – Missetäter finden wird«, meinte Nicholas. »Vermutlich sind die längst gestorben.« Er ignorierte Elias bestürzten Blick. »Habt Ihr die Liste der Hinrichtungen durch den Strang?«

Elias begab sich in einen anderen Teil seiner Schatzkammer. Dieses Mal kehrte er mit einem Ausdruck des Triumphs im Gesicht von der Suche zurück.

»Ja, ja, ich habe sie gefunden. Palmer, sagtet Ihr? Simon Palmer? Ein Student aus Oxford?«

Nicholas nickte.

»Er wurde gehängt, aber hier steht nicht, warum. Im November des Jahres 1316 bestieg er in Smithfield das Schafott. »Aber hier steht nicht, warum«, wiederholte er. »Und ich begreife nicht, wieso jemand meine Aufzeichnungen zerstört hat.« Er hob den Kopf und schaute verdutzt in die Runde – der Raum war leer.

Nicholas, Scathelocke am Ärmel mit sich ziehend, flitzte bereits durch den Hof; im Geschwindschritt durchquerten die beiden Männer den Palast zu Westminster, dann sausten sie die King's Steps hinunter, die ans Flußufer führten. Scathelocke protestierte, aber Nicholas weigerte sich, seine hastig hervorgestoßenen Fragen zu beantworten. Endlich hockten sie in einer gemieteten Barke und ließen sich stromaufwärts nach Queenshithe rudern.

»Master, Ihr seid sonst nie unhöflich«, beklagte sich Scathelocke. »Aber Ihr habt Euch nicht mal die Mühe gegeben, Euch zu verabschieden!«

»Elias wird mich schon verstehen«, erwiderte Nicholas und zog sich die Kapuze tief in die Stirn, um sich vor dem klammen Nebel auf dem Fluß zu schützen. »Jetzt weiß ich, was passiert ist, jedenfalls glaube ich, daß ich das Rätsel gelöst habe.«

»Warum dann diese Eile?«

»Ich mache mir Sorgen wegen Catherine und John. Wahrscheinlich wird man die hübsche Nachtschatten bald vermissen, und wenn die Drahtzieher dieses heimtückischen Spiels uns nicht finden, werden sie Geiseln nehmen.«

»Wollt Ihr Euch denn verhaften lassen, Master?«

Nicholas spähte zum anderen Flußufer hinüber. »Ja, das will ich. Wenn sie mich in Gewahrsam haben, lassen sie die anderen in Ruhe. Und wenn ich erst in ihrer Gewalt bin, werde ich die volle Wahrheit erfahren.«

KAPITEL 3

Nicholas wurde nicht enttäuscht. In Queenshithe gingen sie an Land und pflügten sich durch die Menschentrauben, die sich um die Marktstände drängten. Endlich erreichten sie Catherines und Johns Haus. Kaum hatte Nicholas die Hand auf den Türklopfer gelegt, da löste sich aus einer Gasse ein Trupp königlicher Bogenschützen, die von einem Ritter angeführt wurden. Der Ritter trat auf Nicholas zu und legte ihm die Hand auf die Schulter, während die Bogenschützen sie schweigend umringten.

»Nicholas Chirke, ich bin Sir Godfrey Evesden. Hiermit verhafte ich Euch im Namen des Königs.«

Sofort packten zwei Bogenschützen Nicholas. Sie wollten ihm die Hände fesseln, der Ritter schnauzte sie jedoch an, daß so viel Vorsicht nicht nötig sei.

Nicholas wollte mit den Fäusten gegen die Tür hämmern und sich davon überzeugen, daß Catherine und ihre Familie wohlauf waren, doch der junge Ritter hielt ihn kopfschüttelnd davon ab.

»Laßt es lieber bleiben, Sir. Wenn Ihr irgendwelche Sperenzchen macht, dann lasse ich Euch an Armen und Beinen fesseln.« Er deutete auf einen Meisterbogenschützen, der ein wenig hinter seinen Kameraden stand. »Dieser Mann hat den Befehl, Euch bei einem Fluchtversuch einen Pfeil zwischen die Schulterblätter zu schießen.«

»Wieso sind wir verhaftet?« begehrte Scathelocke auf. »Welches Verbrechen legt man uns zur Last?«

»Verbrechen?« Mit grimmiger Miene wandte sich der Ritter ihm zu. »Verbrechen? Ihr seid des schwersten Verbrechens angeklagt, das es gibt – Verrat! Und unter diesen Begriff fallen eine Menge Dinge. Jetzt marschieren wir zum Fluß hinunter.«

Nicholas sah Scathelocke an und zuckte die Schulter. Widerstand wäre zwecklos gewesen. Diese Männer waren keine

Stadtbüttel oder Lehrbuben, die in irgendeiner Uniform steckten, sondern meisterliche Bogenschützen, die ihr Ziel niemals verfehlen würden.

»Wohin gehen wir?« fragte der junge Advokat.

»Wir machen eine Flußfahrt zum Tower!«

Der Ritter schnippte mit den Fingern. Umringt von ihren Bewachern, schritten Nicholas und Scathelocke durch die Gassen zu den Kais zurück. Eine königliche Barke brachte sie stromaufwärts zum Tower. Sie schossen nur so unter der London Bridge hindurch, wo der Fluß brodelte und schäumte. Nicholas wandte den Blick ab – er wollte die verwesenden Köpfe der Verräter nicht sehen, die man über dem Tor aufgespießt hatte. Ihm war schlecht, und er kämpfte gegen die aufsteigende Panik an, die seine Beine schlottern ließ und ihm die Kehle zuschnürte.

Eine dichte Nebelbank nahm ihnen die Sicht. Chirke hatte den Tower immer für einen finsteren, trostlosen Ort gehalten, doch wie sie nun inmitten der wabernden Nebelschleier die Barke verließen, erkannte er, daß alles noch viel schlimmer war.

Einschüchternd ragten die hohen, dunklen Mauern und Zinnen vor ihnen auf; die massigen Wachhäuser wirkten bedrohlich. Heiser krächzende, gelbschnäbelige Raben mästeten sich an den abgetrennten Köpfen und Gliedmaßen der Verräter, die man auf die Mauerkronen gespießt hatte; längs des Flußufers standen Galgen mit herabbaumelnden Leichen.

Am Löwentor wurden sie von einem Offizier in königlicher Uniform angehalten und befragt. Erst nachdem ihre Bewacher Rede und Antwort gestanden hatte, zog man das Fallgatter hoch, und sie durften den düsteren Gang passieren, der in die ringförmige Toweranlage führte. In den wirbelnden Nebelschleiern vermochte Nicholas nicht viel zu erkennen. Er hörte die Rufe der Wächter, die hoch über ihnen auf den Mauern standen, und aus den Stallungen erklangen klappernde und klirrende Geräusche.

Der Ritter brachte sie quer über die weitläufige Grünfläche zum White Tower; doch anstatt hineinzugehen, bogen sie nach links ab und betraten die königlichen Quartiere. Dort führte man sie in einen düsteren Raum mit hoher, gewölbter Decke.

Auf dem Boden lag frische Binsenstreu. Die Wände waren mit blutroten Stoffbahnen verhangen, und es herrschte ein trübes Licht, da die Fensterläden geschlossen waren.

An dem wuchtigen Schreibtisch saß eine Gestalt mit dem Rücken zum Feuer. Zu beiden Seiten des Tisches spendeten Kerzen in schmiedeeisernen Kandelabern Licht, doch dahinter lag der Raum im Schatten. Bei ihrem Eintreten hob der Mann den Kopf, und Nicholas' Herz setzte ein paar Takte aus, als er das finstere Gesicht von Sir Amyas Petrie erkannte.

»Kommt herein, Nicholas«, forderte Sir Amyas ihn auf. Mit einem Wink bedeutete er ihm, auf dem Stuhl vor dem Schreibtisch Platz zu nehmen. »Willkommen daheim.«

Dem Ritter gab er zu verstehen, er möge sich entfernen. Sir Godfrey schubste Nicholas nach vorn und ging, die Tür leise hinter sich schließend. Für Scathelocke hatte Sir Amyas nur einen flüchtigen Blick übrig, dann schenkte er ihm keine Beachtung mehr. Nicholas hingegen behandelte er mit äußerster Zuvorkommenheit.

»Sitzt Ihr bequem?«

Nicholas lehnte sich auf dem Stuhl zurück und nickte.

»Möchtet Ihr etwas Wein?«

»Ja, gern.«

Sir Amyas füllte einen Pokal bis zum Rand und schob ihn über den Tisch. Nicholas warf einen Blick über die Schulter zurück. Scathelocke stand ein Stück weiter hinter ihm, hatte die Arme über der Brust verschränkt und starrte ins Feuer. Sir Amyas nahm seinen Platz wieder ein. Nicholas versuchte zu erkennen, was sich in den dunklen Tiefen hinter dem Schreibtisch verbarg. Er war fest davon überzeugt, daß sich dort noch eine Person verbarg. Einmal glaubte er, einen Blick auf blondes Haar und ein seidenes Gewand zu erhaschen. Sir Amyas musterte ihn aufmerksam; ihm entging nicht, wie sehr Nicholas sich anstrengte, in die Düsternis zu spähen.

»Nein, wir sind nicht allein«, kam Sir Amyas seiner Frage zuvor. »Aber das geht Euch nichts an. Ihr hattet doch eine bestimmte Aufgabe zu erfüllen, nicht wahr?«

Nicholas schmunzelte in sich hinein. Sir Amyas lupfte die Augenbrauen.

»Fandet Ihr diese Aufgabe so amüsant?«

Nicholas betrachtete den mächtigen Mann mit dem ordentlich gebürsteten schwarzen Haar und den verhüllten Augen.

»Was ist, Verwandter?« Sir Amyas stützte die Ellenbogen auf der Tischplatte auf und spielte mit dem purpurfarbenen Ring an seiner linken Hand. »Eure Aufgabe scheint Euch belustigt zu haben, aber habt Ihr sie auch erfüllt?«

»Besser als Ihr denkt, Verwandter!«

Das Lächeln auf Sir Amyas' Gesicht erlosch. »Na schön!« schnarrte er. »Laßt uns zuerst über Berisford reden. Was ist ihm zugestoßen?«

»Er wurde von einem berufsmäßigen Meuchelmörder namens Wormwood getötet, der versuchte, Auskünfte aus ihm herauszuprügeln. Als Berisford tot war, unternahm Wormwood den tolpatschigen Versuch, den Mord als Selbstmord darzustellen. Er wickelte Berisfords Leichnam in eine Plane aus Segeltuch und schaffte ihn nach Primrose Hill. Später wickelte er den Toten aus und legte ihn in einen Graben; es sollte aussehen, als habe sich Berisford dort in sein Schwert gestürzt.«

»Und warum hat Wormwood das alles getan?«

»Weil der Hüter der Tore, der König der Bettler, ihn dafür anheuerte.«

»Was bezweckte der Hüter der Tore damit?«

Nicholas lächelte verschlagen. »Verwandter, das solltet Ihr eigentlich wissen. Er glaubte, Berisford würde das große Geheimnis kennen, das Vallence angeblich mit nach London gebracht hatte.«

»Wußte Berisford denn Bescheid?«

Nicholas spähte über Sir Amyas' Schulter in die Düsternis. Er konnte das rasche Atmen der Person hören, die sich dort versteckte.

»Nein, Berisford wußte gar nichts. Vallence flüsterte ihm lediglich zu, daß das Geheimnis in irgendeiner Verbindung zu St. Denis stünde. Zu Berisfords Pech wußte der Hüter der Tore, daß er ein Sodomit war, und er zwang ihn, sich in Wormwoods Haus zu begeben. Die Gerüchte, man hätte Berisford zu verschiedenen Zeiten in der Stadt gesehen, wurden absichtlich verbreitet, um Verwirrung und Zweifel zu stiften.«

Sir Amyas bewegte sich in seinem Sessel und legte die Fingerspitzen gegeneinander.

»Was war mit Fromlich?«

»Fromlich war nur ein Opfer. Er hatte mit Berisfords Ermordung genausowenig zu tun wie der große Khan der Tataren. Als man ihn nicht mehr brauchte, wurde er von einer Kurtisane getötet, einer berufsmäßigen Meuchelmörderin namens Nachtschatten, die vermutlich auch Wormwood den Garaus machte.«

Nicholas wußte nicht, ob es an der Wärme im Zimmer lag oder an dem würzigen Rotwein, aber er fühlte sich entspannt und zuversichtlich – vielleicht war er das heimtückische Spiel auch nur leid.

»Ich verstehe.« Sir Amyas drehte sich um, als horche er auf die Rufe der Wachen draußen. Irgendwo tief im Innern des Towers begann eine Glocke zu läuten.

»Und all das war das Machwerk des Hüters der Tore?«

»Ja. Er hatte von dem großen Geheimnis gehört, deshalb benutzte er Berisford, Wormwood, Fromlich und Nachtschatten, um seine eigenen Ziele zu erreichen. Aber um das zu erzählen, bin ich doch sicher nicht hier«, fuhr Nicholas fort. »Der Ritter sagte mir, ich sei wegen Verrats verhaftet worden.«

Sir Amyas grinste schief. »Man hat Euch gesehen, wie Ihr Euch in einer Taverne mit französischen Agenten unterhalten habt.«

»Aye, und sie wurden ermordet, wie ein paar ihrer Gefährten, aber nicht von mir!« Nicholas griff nach dem Pokal und trank einen großen Schluck. »Und wenn ich ein Verräter wäre, weshalb sollten die Franzosen mich dann vor Castle Rising angreifen? Ich bin ihr Feind, nicht ihr Helfershelfer. Es gibt keinen einzigen Beweis, der mich als Verräter darstellen könnte.«

Sir Amyas beugte sich vor und füllte Nicholas' Pokal nach.

»Verrat ist eine sonderbare Blume«, meinte er. »Sie blüht in vielen Formen.«

»Das gleiche gilt für Mord!« gab Nicholas zurück. »Aber warum treibt Ihr Euer Spiel mit mir, Sir Amyas? Fragt mich doch lieber nach dem Geheimnis!«

Sir Amyas sah ihn mit durchbohrendem Blick an. »Habt Ihr das Rätsel?«

»Allerdings, das habe ich.«

»Wenn Ihr Unterlagen von Bedeutung habt, dann gebt sie mir.«

»Die bekommt nur der Hüter der Tore.«

Sir Amyas Miene verfinsterte sich. Nervös peilte er über seine Schulter. »Was soll das heißen?«

Nicholas faßte in sein Wams und warf den Lederbeutel auf den Tisch.

»Ich sagte, ich würde sie nur dem König der Bettler geben, was hiermit geschieht. Sir Amyas Petrie, Sheriff von London, laßt uns offen reden – Ihr seid der Hüter der Tore.«

Mit halboffenem Mund stierte Sir Amyas ihn an.

»Eine Unverschämtheit!« zischte er.

»O doch, Ihr seid der König der Bettler«, beharrte Nicholas. »Vermutlich sogar mit dem Segen der hohen Herren, denen Ihr dient. Ein ausgefuchster Plan, Londons Unterwelt zu beherrschen! Überall gibt es Diebe, Einbrecher, Räuber und Betrüger. Wenn man sie schon nicht ausrotten kann, dann ist es besser, sie zu beherrschen. Und das tut Ihr auf eine ganz gerissene Art. Ihr seid sowohl der König der Verbrecher als auch der Sheriff.«

Mit Gesten unterstrich Nicholas seine Worte. »Ihr wart dabei, als Vallence in St. Bartholomew starb, und Ihr hörtet, was er flüsterte. Ihr ließet Fromlich aufgrund gefälschter Beweise verhaften. Ihr kanntet Berisfords Schwäche. Und vor allen Dingen wußtet Ihr über Patroclus Bescheid. Mawsby schickte Euch den Namen, stimmt's? Zuerst dachte ich, er würde es nicht tun, aber er war durch und durch der getreue Sekretär, der Nachrichten an seine Obrigkeit weitergab. Aber Mawsby hätte plaudern können, deshalb schicktet Ihr Nachtschatten mit einer Würgeschlinge zu ihm, und mit dem armen Mawsby war es zu Ende. Ihr habt Nachtschatten überallhin dirigiert, Ihr wußtet auch, wo Wormwood zu finden wäre. Nur weil diese Hure unter Eurem Schutz stand, konnte sie sich überall in der Stadt frei bewegen, ohne von einem Vertreter des Gesetzes behelligt zu werden.«

Nicholas zuckte mit den Schultern und fuhr nach einer kurzen Pause fort: »Das alles ergibt durchaus einen Sinn. Ihr wärt nicht der erste Sheriff von London, der die Verfemten und die Wolfsköpfe von St. Paul's beherrscht. Und Ihr werdet auch nicht der letzte sein. Auf diese Weise macht Ihr euch die Verbrecherwelt untertan. Ihr könnt verlorenes oder gestohlenes Eigentum einziehen, und eine Streitmacht von Spitzeln steht Euch zur Verfügung. Falls irgendein Verbrecher zu keck wird, dann – hei-ho! – wird er verhaftet, in Newgate eingesperrt und in Tyburn gehängt, bevor er weiß, wie ihm geschieht!«

Sir Amyas beleckte seine Lippen. Nicholas legte erneut eine kurze Pause ein und schöpfte Atem. Der unruhig flackernde Blick des Sheriffs ermutigte ihn, seinen Verdacht vollständig offenzulegen.

»Ich sage nur die Wahrheit«, betonte Nicholas. »In Lincolnshire wurden die Cotterell- und die Ashby-Folville-Banden von genau dem Sheriff angeführt, der sie eigentlich vernichten sollte. In London ist es genauso.« Er spreizte die Finger. »Um hinter das große Geheimnis zu kommen, war Euch jedes Mittel recht. Berisford war Euer Werkzeug. Ich auch. Ihr benutztet Eure gedungenen Meuchelmörder, um die Wahrheit auszugraben.«

»Und was ist die Wahrheit?« fragte Sir Amyas.

»Ich erzähle die Geschichte von Anfang an«, erklärte Nicholas nüchtern, »damit Ihr begreift, wieviel ich weiß und wie groß Eure Schuld ist.« Er schwieg ein Weilchen, um seine Gedanken zu ordnen. »Ihr, Sir Amyas, seid sowohl der Sheriff von London wie der Hüter der Tore. Ich bin mir sicher, daß andere Sheriffs vor Euch genauso heuchlerisch gehandelt haben.« Er hob eine Hand, um Sir Amyas' Einwände zu stoppen. »Nach Vallences Tod versuchtet Ihr als Sheriff und als Hüter der Tore, hinter sein Geheimnis zu kommen. Damit hattet Ihr zwar keinen Erfolg, aber Ihr entdecktet, wo Berisford seinen schwachen Punkt hatte. Daß Vallence ihn erkannt und ihm etwas zugeflüstert hatte, machte Euch neugierig. Deshalb beauftragtet Ihr Berisford, in der Angelegenheit zu ermitteln.

Doch Berisford versagte, und in Eurer Eigenschaft als Hüter der Tore, wandtet ihr andere Methoden an. Wormwood erpreßte Berisford, indem er ihm drohte, ihn als Sodomit bloßzustellen. Später folterte und tötete er den armen Mann. Fromlich wurde verhaftet und des Mordes an Berisford bezichtigt. Blueskin, der Grabräuber, verschwand. Das hielt jeden davon ab, sich mit den näheren Umständen von Berisfords Tod zu beschäftigen und sich zu fragen, ob seine Ermordung nicht vielleicht mit seinen Ermittlungen zusammenhing. Denn sowohl Fromlich als auch Blueskin kamen als Täter in Frage. Dann engagiertet Ihr mich. Mittlerweile war Fromlich überflüssig geworden, deshalb mußten er und seine Verwandte sterben.«

Nicholas machte eine Pause.

»Warum man die Verwandte umbrachte, weiß ich nicht. War es als Warnung für mich gedacht? Oder hatte Nachtschatten die Frau bereits aufgesucht? Wußte sie vielleicht etwas? Jedenfalls wurde sie aus dem Weg geräumt. Ihr triebt Euer Spiel weiter. Ihr erlaubtet mir, in der Stadt herumzutappen. Eure Handlanger, allen voran Nachtschatten, behielten derweil die Dinge im Auge. Crabtree« – Nicholas kämpfte darum, seine Stimme gleichmütig klingen zu lassen – »wurde gewarnt, nicht mit mir zusammenzuarbeiten, um die große Kluft zwischen dem Gesetz und der Bruderschaft der Gesetzlosen in dieser Stadt zu betonen.« Über die Schulter lächelte Nicholas jetzt Scathelocke zu. »Aber Crabtree war kein Feigling. Es paßte ihm nicht, bedroht zu werden, wie Ihr sehr wohl wißt, deshalb tat er sich mit mir zusammen und war ein nützlicher Führer durch die verschlungenen, finsteren Pfade von Londons Unterwelt.«

Nicholas zuckte die Achseln. »Letzten Endes sollte ich gar keine förmliche Lösung des Falls präsentieren. Sobald wir die Wahrheit herausgefunden hätten, war uns dasselbe Ende wie dem armen Fromlich zugedacht. Hin und wieder saht Ihr Euch genötigt einzugreifen. Als die Franzosen versuchten, mich zu bestechen, wurden sie ermordet. Mawsby machte eine kleine, skandalöse Entdeckung, und Ihr ließet ihn erdrosseln, bevor er hätte mißtrauisch werden können.« Wieder blickte Nicholas seinen Diener Scathelocke an. »Wir waren Eure Jagdhunde«, sagte er. »Ihr schicktet uns los, damit wir etwas aufstöberten – eine Nachricht, deren Bedeutung uns vielleicht unklar blieb, mit der Ihr aber etwas anfangen konntet. Habe ich recht, Verwandter?«

Sir Amyas zuckte die Schultern. »Ich weiß nicht, was ich zu Euren Ausführungen sagen soll«, versetzte er trocken.

Scathelocke hüstelte, wie um ein Lachen zu unterdrücken. Sir Amyas warf ihm einen verächtlichen Blick zu und hob warnend einen Finger.

»Ihr, Sir, schweigt still, denn ich weiß, wer Ihr in Wirklichkeit seid!« Er wandte sich wieder Nicholas zu. »Und nun zu dem Geheimnis, Verwandter.«

»Isabella von Frankreich, die Mutter unseres gegenwärtigen Königs, wußte von einem üblen Skandal – einem Skandal, der auf einem Manuskript notiert ist, das sich in diesem Beutel befindet. Jahrelang versuchte sie, nach Frankreich zu flüchten, um dort ihr Geheimnis zu verkaufen, aber ihr Sohn sperrte sie auf Burg Rising ein und ließ sie strengstens bewachen.«

»Warum hat sie nicht einfach einen Brief geschrieben?« unterbrach ihn Sir Amyas.

»Das ging nicht.« Nicholas rieb sich das Gesicht. Plötzlich merkte er, wie müde er war, und er nahm sich vor, keinen Wein mehr zu trinken. »Dieses Geheimnis mußte man persönlich überbringen und einen feierlichen Eid darauf schwören, daß es sich um die Wahrheit handelte. Die Jahre vergingen. Königin Isabella wurde immer verzweifelter, und dann heckte sie einen riskanten Plan aus. Um nach Frankreich zu kommen, würde sie alles aufs Spiel setzen, selbst ihr eigenes Leben. Sie gab vor, an der Pest erkrankt zu sein und dann zu sterben. Ihr einziger Verbündeter war ihr Knappe Vallence.

In Isabellas Sterbezimmer legte Vallence eine Statue oder einen Stein in den Sarg und versiegelte diesen in einer Bleikiste. Isabella versteckte sich. Sie kannte die geheimen Gänge und Schlupfwinkel in Castle Rising. Die Festung ist ein wahrer Kaninchenbau, und sie hatte achtundzwanzig Jahre lang Zeit gehabt, jeden Winkel und jede Nische zu erforschen. Dabei entdeckte sie eine geheime unterirdische Kammer, eine nicht fertiggestellte Krypta, die unter dem Fußboden der Kapelle liegt.

Mit Vallences Hilfe verbarg sie sich dort. Vallence begleitete den Sarg nach London, wo er mit großem Pomp und feierlichem Zeremoniell in Greyfriars, bei Newgate, begraben wurde. Vermutlich mit Unterstützung von französischen Agenten in England heuerte Vallence eine venezianische Galeere, die in die schmalen Buchten von Norfolk einlaufen konnte. Er wollte zur inzwischen verlassenen Burg Rising zurück und seine Herrin an Bord nehmen.«

Nicholas hielt inne und starrte Sir Amyas an. Der Sheriff war blaß geworden; nervös beleckte er die Lippen, und immerzu spähte er über seine Schulter zu der Person hin, die irgendwo im Schatten lauerte.

»Isabella versteckte sich also in der Burg?«

»Ja, aber sie machte zwei Fehler. Erstens unterschätzte sie ihren Sohn, der wußte, welch enge Beziehung Vallence zu ihr hatte. Zweitens hatte sie Vallence nicht gut genug instruiert. Ihr Knappe ging überstürzt vor und weckte dadurch das Mißtrauen des Königs, der glaubte, seine Mutter habe ihrem treuen Gefolgsmann das skandalöse Geheimnis anvertraut.« Nicholas zuckte mit den Schultern. »Den Rest kennt Ihr.«

»Dann ist Isabella verhungert?«

»Das bezweifle ich. Als Vallence nicht zurückkam, merkte sie, daß sie einen Fehler gemacht hatte. Vielleicht hätte sie sogar aus ihrem Versteck entkommen können, aber wozu? Also nahm sie Gift.«

»Und wie wollt Ihr das alles beweisen?«

»Schickt Eure zuverlässigsten Männer nach Castle Rising. Dort sollen sie den Fußboden in der Kapelle aufreißen. In einem unterirdischen Gelaß finden sie den Leichnam der Königin« – Nicholas' Stimme nahm einen harten Klang an – »neben meinem toten Freund Crabtree. Außerdem finden sie die Leichen der beiden Mörderinnen, die Ihr gedungen habt, und die einer alten Frau, die mir mit ihrem ziellosen Hin- und Hergeschlurfe das Leben rettete.« Nicholas beugte sich über den Tisch. »Meine Geschichte ist zu Ende, Verwandter. Jetzt kennt Ihr das Geheimnis. Wie wollt Ihr Euer Wissen benutzen?«

Mit leicht bebenden Fingern öffnete Sir Amyas den Beutel. »Habt Ihr Euch das angesehen?«

Nicholas nickte. »Ja, aber nicht verstanden. Doch ich habe es kopiert. Die Kopie liegt wohlverwahrt an einem geheimen Ort, versehen mit meiner eidesstattlichen Erklärung.«

Sir Amyas zog das Manuskript aus dem Beutel und legte es

auf den Tisch. »Wartet draußen«, befahl er. »Ihr und Eure« – mit der Hand wedelte er in Scathelockes Richtung – Kreatur.«

Nicholas gehorchte. Schweigend folgte ihm Scathelocke hinterdrein. Als sie im Korridor standen, sahen sie den Ritter und die Bogenschützen, die die Zugänge zu den Treppen versperrten. Scathelocke wich Nicholas' Blick aus.

Nicholas war sich darüber im klaren, daß Sir Amyas Petrie sich jetzt mit seinem Herrn und Gebieter beriet. Doch wer mochte das sein – der blonde König Edward, oder sein kriegerischer Sohn, der Schwarze Prinz? Er wußte, daß in diesem Augenblick über sein Leben entschieden wurde; sollte er zu Tode gebracht werden, dann waren auch Scathelocke, Catherine, John, Beatrice und Robert nicht sicher. Vermutlich würde man sie alle umbringen.

»Ich glaube nicht, daß ich Euch je wiedersehen werde, Master«, sagte Scathelocke unglücklich.

Nicholas sah ihn an. »Erzähl mir jetzt, wer du wirklich bist«, drängte er.

Lächelnd schüttelte Scathelocke den Kopf. »Warum sollte ich? In wenigen Minuten werden wir erfahren, welches Los uns beiden bestimmt ist.«

Die Tür des Zimmers flog auf, und Sir Amyas befahl ihnen einzutreten. Nicholas spähte angestrengt in das Dunkel hinter dem Schreibtisch – er war sich sicher, daß die Person, die dort die ganze Zeit über lauerte, den Raum nun durch eine Geheimtür verlassen hatte.

»Setzt Euch! Setzt Euch!«

Sir Amyas lächelte breit, aber Scathelocke, der stehen mußte, behandelte er immer noch wie Luft.

»Nun ja, Verwandter.« Sir Amyas setzte sich bequem in seinem Stuhl zurecht und strahlte Nicholas an. »Ihr sollt in den Genuß weiterer Privilegien kommen. Ich . . .«

Nicholas unterbrach ihn brüsk. »Und was ist mit Berisford, der heimtückisch ermordet wurde und nun in seinem Grab verrottet? Was ist mit dem armen Fromlich und seiner Verwandten, deren Leben ausgelöscht wurde, wie man eine Kerzenflamme erstickt? Und was ist mit all den anderen? Mawsby wurde mit einer Schlinge erwürgt. In Burg Rising kam eine harmlose alte Frau ums Leben. Was ist mit Crabtree? Wer will an diesen Leuten wiedergutmachen, was man ihnen angetan hat? Was ist mit den Franzosen, die man in einer Gasse niederschoß wie Ungeziefer? Nein, Verwandter«, Nicholas spuckte die Worte voller Verachtung aus. »Ich lehne Euer Angebot ab. Lieber strolche ich weiter durch St. Pauls's, mager und hungrig wie ein Wolf. Ich habe meine eidesstattliche Erklärung hinterlegt, und ich vertraue auf Gott und das bißchen Gerechtigkeit, das es in dieser armseligen Stadt vielleicht noch gibt.«

Sir Amyas beugte sich weit über den Tisch vor. »Dann hört mir gut zu, Chirke«, sagte er heiser. »Wenn Ihr bei Eurer Meinung bleibt, werdet Ihr den Tower nicht lebend verlassen. Und Euer Gefährte, Scathelocke, wird verhaftet.«

»Unter welchem Vorwand?«

Sir Amyas lehnte sich zurück. »Verrat. Aber auch, weil er ein Jude ist. Und wie Euch bekannt sein dürfte« – Sir Amyas weidete sich an Nicholas' offensichtlicher Verblüffung – »wurden die Juden 1290 aus England verjagt. Sie dürfen nicht zurückkommen, es sei denn, sie befinden sich im Besitz einer Sondererlaubnis. Und Scathelocke, oder Christopher Ratolier, wie er mit richtigem Namen heißt, besitzt diese Erlaubnis nicht.«

Nicholas schwenkte herum und funkelte Scathelocke an.

»Ist das wahr?« fragte er.

Scathelocke nickte. »Haßt Ihr die Juden etwa auch, Master?«

Nicholas blinzelte und schüttelte den Kopf. »Wieso hast du es mir verschwiegen? Mir wäre es egal gewesen. Aber ich hätte dich schützen können.«

Scathelocke erwiderte seinen Blick und lächelte. »Mich kann niemand beschützen, Master. Ich wußte genau, was ich tat. In London leben Juden – ganz legal; sie haben die Erlaubnis, sich hier aufzuhalten. Mir ist dies nicht gestattet, aber ich fungiere als ihr Agent und Bote. Ich reise unerkannt – jedenfalls glaubte ich das – zwischen den hier ansässigen Juden und den Angehörigen unseres Volkes im Ausland hin und her.« Er zuckte die Achseln. »Es war nur eine Frage der Zeit, bis man mich enttarnte. Wie dem auch sei, jemand anders wird meinen Platz einnehmen.«

»Ich hätte es mir denken können«, murmelte Nicholas. »Du

hast nie die Messe besucht; deine Gebete sprachst du allein in deiner Kammer. Und obwohl du einen herzhaften Appetit hast, rührtest du gewisse Speisen, die Euch verboten sind, niemals an. Crabtree wußte Bescheid, nicht wahr?«

»Ja«, antwortete Scathelocke. »Aber er verriet mich nicht, und dafür war ich ihm dankbar. Männer wie unser Sheriff durchschauten mich ebenfalls, aber wenn sie mich in Ruhe ließen, dann nur, um mich später als Waffe gegen Euch zu benutzen. Ich hätte schon viel früher flüchten sollen«, fügte Scathelocke erbittert hinzu, »doch Ihr brauchtet Hilfe, und Ihr hättet geglaubt, ich würde Euch aus purer Feigheit im Stich lassen.«

»Hast du eine Familie?« fragte Nicholas.

»Meine Familie wurde in Bremen ermordet – von Christen.« Scathelocke zeigte mit dem Finger auf Petrie. »Geht nicht auf seine Vorschläge ein, Master. Menschen wie ihn habe ich tausendmal in tausend Städten getroffen – es sind finstere Gesellen, dem Bösen verfallen.«

Sir Amyas wollte hochfahren, doch Nicholas schlug mit der Faust auf den Tisch.

»Keine Drohungen, Sir Amyas!«

Sir Amyas sank schweratmend auf den Stuhl zurück.

»Ich bin noch nicht fertig«, sagte er hämisch. »Die Kommissionäre des Königs heben Truppen aus für den neuen Krieg gegen die Franzosen. Euren Schwager, John Gawdy, wird man zu den Waffen rufen. Desgleichen Euren Bruder Robert, der Ländereien bei Norwich besitzt. Wahrscheinlich könnte man ihn auch dazu überreden, Land zugunsten der Krone abzutreten.«

»Ihr seid ein Schuft!« schimpfte Nicholas. »Ein Mörder, ein Dieb, und ein Erpresser!«

»Meint Ihr das wirklich?« brüllte Sir Amyas. »Ihr wißt ja gar nicht, wovon Ihr redet, Chirke! Das Königreich braucht eine eiserne Hand, die regiert, und einen guten Prinzen, wenn es nicht in einen Bürgerkrieg gestürzt werden soll, wie andere Länder. Isabella war eine Jezabel. Sie und ihre Geheimnisse stellten für die Krone eine Bedrohung dar und gefährdeten den rechtmäßigen Anspruch unseres Königs auf den Thron von Frankreich.«

»Was spielt das für eine Rolle?« fragte Nicholas erschöpft.

»Was das für eine Rolle spielt?« kreischte Sir Amyas. »Das Leben geht weiter, aber nicht für Euch! Scathelocke wird in Smithfield auf einem Scheiterhaufen brennen, und John verreckt auf irgendeinem französischen Schlachtfeld – aber nicht durch meine Schuld, sondern durch Euren aufgeblähten Stolz. Nehmt mein Angebot an!«

»Nehmt an, Master!« murmelte Scathelocke. »Master Chirke, bei allem, was Euch heilig ist, geht auf jeden Vorschlag ein!«

Nicholas schloß die Augen. Bilder huschten durch seinen Kopf; Catherine, blaß und verzweifelt; die Zwillinge, die um ihren Vater weinten; der sanftmütige John, der in einem schlammigen Graben irgendwo in der Normandie sein Leben ausröchelte; Scathelocke auf einem Scheiterhaufen in Smithfield; Robert und Beatrice, verfolgt und geschurigelt von königlichen Kommissionären und Steuereintreibern. Er machte die Augen wieder auf.

»Ich nehme Eurer Angebot an, das schwöre ich. Aber unter Bedingungen, die ich stelle. Erstens verlange ich, daß man Scathelocke freies Geleit garantiert, damit er England sicher verlassen kann, außerdem muß man ihn mit Silber für seine Bemühungen entlohnen. Einverstanden?«

»Einverstanden!« schnappte Sir Amyas. »Aber binnen vierundzwanzig Stunden muß er verschwunden sein. Wenn er zurückkehrt, ist er des Todes. Was wollt Ihr sonst noch?«

»Einen Brief des Königs, der John Gawdy bestimmte Vorrechte zugesteht, als da sind Begünstigung beim Handel, lebenslange Befreiung von Steuern, dem Schildpfennig und dem militärischen Dienst. Das muß auch für seine Söhne gelten.«

Sir Amyas zuckte mit den Schultern. »Einverstanden.«

»Binnen einer Woche muß ihm das Schriftstück zugestellt werden. Den gleichen Brief erhält mein Bruder.«

»Einverstanden.«

Nicholas lehnte sich zurück. »Ich will, daß für Berisford, Mawsby und Crabtree Messen zur Erlösung ihrer Seelen gesungen werden. Was Ihr mit Euren eigenen Handlangern zu tun gedenkt, weiß ich nicht, aber Crabtree erhält ein ehrenvolles Begräbnis auf dem Friedhof zu St. Mary atte Bowe.« Er rückte seinen Stuhl nach hinten, stand auf und ging zur Tür.

»Chirke!«

Nicholas drehte sich um.

»Ihr seid befördert worden, und diese Gunst müßt Ihr annehmen«, sagte Sir Amyas mit sanfter Stimme. »Der König besteht darauf!«

»Aye, und ich weiß auch, warum. Als Anwalt der Krone muß ich auf das Heilige Sakrament schwören – den feierlichsten Eid, den ein Mensch leisten kann – niemals die Geheimnisse des Königs zu verraten.«

Sir Amyas nickte. »Ihr könnt jetzt gehen, und Master Scathelocke auch. Wenn er den Tower verläßt, muß er sich in der *Three-Cranes*-Taverne in der Vintry einquartieren.« Er hob eine Hand. »Keine Bange, dort passiert ihm nichts. Morgen früh, bei Tagesanbruch, bringt ihm ein Mann des Sheriffs Briefe, die ihm freies Geleit garantieren, außerdem Geld. Danach begleitet er ihn zum Hafen und bringt ihn an Bord einer Kogge, die Dordrecht in Hainault anlaufen wird. Falls Scathelocke die Taverne verläßt, ehe der Bote eintrifft, wenn man ihn aufgreift, wie er durch die Straßen Londons spaziert, oder wenn er sich weigert, das Land zu verlassen, wird er als Wolfskopf behandelt und hingerichtet. Und nun geht!«

Scathelocke und Nicholas verließen den Raum. Der Ritter geleitete sie zum Fluß zurück. Vor dem Flußtor, als sie wieder allein waren, drehte sich Scathelocke um.

»Ihr hattet keine Wahl, Nicholas. Jeder andere hätte genauso gehandelt wie Ihr.«

Nicholas blinzelte, um seine Tränen zu verbergen, und blickte zum verhangenen Himmel empor.

»Weißt du was«, flüsterte er, »gerade hat sich mein sehnlichster Wunsch erfüllt, aber ich bin nicht glücklich darüber. Ich will diese Beförderung nicht mehr.« Scathelocke den Rücken zuwendend, marschierte er das Ufer entlang. Er blickte aufs Wasser, über das sich dichte Nebelschwaden wälzten. »Du hättest es mir sagen sollen«, rief er über die Schulter Scathelocke zu. »Mir hätte es nichts ausgemacht. Christopher Ratolier oder

Henry Scathelocke, wie immer du dich nennen magst, du warst nie mein Diener, sondern immer mein Freund.«

Er hörte, wie der Kies hinter ihm knirschte. Als er sich umsah, war Scathelocke fort.

»Scathelocke!« brüllte er. »Scathelocke!«

Nur das Krächzen der Krähen antwortete ihm. Rings um ihn her waberte der Nebel und hüllte ihn ein.

»Um der Liebe Gottes willen!« schrie er.

»Lebt wohl, Nicholas«, ertönte aus dem milchigen Dunst eine geisterhafte Stimme. »Lebt wohl, und möge Euch Euer Gott stets beschützen. Ich werde Euch nie vergessen. Sucht nicht in der *Three-Cranes*-Taverne nach mir. Ihr seid in Sicherheit, aber ich traue Sir Amyas Petrie nicht. Vor Einbruch der Nacht habe ich England verlassen!«

Wild blickte Nicholas um sich, doch er konnte nicht feststellen, aus welcher Richtung die Stimme kam. Seufzend ging er zur Fähre, die an der Ufertreppe wartete. Während er die eisigen Tränen verfluchte, die seine Wangen benetzten, starrte er auf den Tower zurück, dessen Zinnen aus dem Nebel emporragten.

»Gott verdamme euch alle!« knurrte er. »Gott verdamme euch mitsamt euren Geheimnissen!«

EPILOG

Der Advokat hörte auf zu sprechen. Er strich sich mit der Hand über die Augen und verbarg sein Gesicht dann hinter dem Bierhumpen.

»War das Eure eigene Geschichte?« fragte die Frau aus Bath. »Seid Ihr dieser Nicholas Chirke?«

Der Advokat hielt sein Gesicht immer noch hinter dem Krug verborgen, doch aus dem Augenwinkel beobachtete er seinen Freund, den Verwalter.

»Was ist?« hakte Harry, der Gastwirt, nach. »Seid Ihr nun Nicholas Chirke?«

Der Advokat senkte den Krug und bedachte die Priorin mit einem matten Lächeln. Die starrte ihn mit Tränen in ihren schönen Augen an. Beinahe unmerklich schüttelte er den Kopf und sah dann zu dem Gerichtsboten hin, der ihm plump zuzwinkerte.

»Kommt schon«, tönte der Mönch. »Ihr könnt es uns ruhig erzählen.«

»Meine Geschichte ist zu Ende«, erwiderte der Advokat.

»Gewiß, aber was war das Geheimnis?«

»Wenn ich es Euch verriete, dann wäre es ja kein Geheimnis mehr«, versetzte der Advokat.

Darauf erhob sich einstimmiges Gemurre.

»Ihr könnt es uns doch nicht vorenthalten!« begehrte Harry, der Gastwirt, auf.

»Doch, Sir, ich kann es, und ich werde es!«

Der Advokat schob seinen Stuhl zurück und ging quer durch die Schankstube. Die Priorin wollte gleichfalls aufstehen, doch der Advokat sah sie nur an, schüttelte den Kopf und ging hinaus in den Garten. Es hatte aufgehört zu regnen. Die Luft war übersättigt vom Duft der Kräuter und wilden Blumen. Er entfernte sich von der Taverne, bis er eine Bank erreichte, die durch eine Hecke vor den Blicken seiner Reisegefährten verborgen war. Dort setzte er sich hin, barg sein Gesicht in den Händen und fing an zu schluchzen.

»Scathelocke, Scathelocke«, murmelte er. »Ich wünschte, du wärst jetzt hier. Ich bin bis an die Grenze gegangen, aber ich habe sie nicht überschritten.«

Erschrocken blickte er hoch, als er Schritte hörte. Da er gegen die Sonne blickte, konnte er zuerst nicht erkennen, wer sich ihm näherte. Dann gewahrte er die in eine braune Kutte gehüllte Gestalt des Priesters.

»Wenn Ihr wollt, dann gehe ich wieder«, sagte der Priester leise. »Aber Ihr saht so verzweifelt, so niedergeschlagen aus, daß ich Euch einfach nachgehen mußte.«

Der Advokat lächelte. »Merkt man es mir so deutlich an, Vater?«

»Allerdings.« Der Priester streckte die Beine und ordnete sein staubiges Gewand. »Ihr hattet Scathelocke gern, und nach dem, was Ihr uns über ihn erzählet, war er mir auch sympathisch. Ich dachte mir schon, daß er Jude sein müsse.«

»Wie kamt Ihr darauf?«

»Er haßte Isabells Vater; Philip von Frankreich hat die Juden erbarmungslos verfolgt.«

»Wollt Ihr mir die Beichte abnehmen?«

»Wenn Ihr es wünscht.«

Der Advokat bekreuzigte sich.

»Segnet mich, Vater, denn ich habe gesündigt. Es ist viele, viele Jahre her, seit man mir die Absolution erteilte. Mein Name ist Nicholas Chirke. Ich bin Advokat, habe großen Einfluß, und in Westminster sowie in den Gerichtshöfen genieße ich ein hohes Ansehen. Mir fehlt es an nichts – aber meine Seele habe ich vielleicht verloren. Ich habe Unzucht getrieben; ich habe mich dem Suff ergeben; ich habe falsches Zeugnis geredet wider meinen Nächsten. Ich habe die Großen dieser Welt begünstigt und die Schwachen verachtet. Doch meine größte Sünde ist die Feigheit. Ich trage ein Geheimnis mit mir herum.«

Der Priester hob die Hand. »Wollt Ihr mir gleich hier davon erzählen?«

»Deshalb unternehme ich die Pilgerreise nach Canterbury«,

fuhr der Advokat heiser fort. »Um am Grab des Heiligen Märtyrers niederzuknien. Ich will mein Gesicht gegen sein marmornes Grabmal drücken und ihm meine Geheimnisse enthüllen. Vielleicht findet meine Seele dann Ruhe.«

Der Priester nickte. »Erzählt mir, was Euch so bedrückt.«

Mit einer Kopfbewegung deutete Chirke auf die Taverne.

»Da drinnen habe ich gelogen. Ich kannte das Geheimnis. Ich fertigte keine Kopie an, das sagte ich nur, um mich zu schützen. Wißt Ihr, als ich das Manuskript studierte, das ich aus der Sterbekammer der Königinmutter mitnahm, bemerkte ich einen Verweis auf die Unterlagen der Ersten Kammer des Hohen Gerichtshofes. Als ich diese einsah, wie ich in meiner Geschichte erzählte, stellte ich fest, daß ein bestimmtes Protokoll entfernt worden war. Doch das Manuskript aus dem Sterbezimmer füllte die Lücken.«

»Was war es?« fragte der Priester.

»Ihr dürft es niemandem weitererzählen, Vater.«

Der arme Priester lächelte. »Das Beichtgeheimnis verpflichtet mich zum Schweigen.«

Chirke stand auf und sah sich im Garten um.

Erst als er sich davon überzeugt hatte, daß sie allein waren, setzte er sich wieder hin und begann, dem Priester ins Ohr zu flüstern.

»Vater, hört Euch das an: in jener Angelegenheit habe ich eigene Nachforschungen betrieben. König Edward III. war ein mächtiger, nobler König, nicht wahr?«

Der Priester nickte.

»Er führte Krieg gegen die Schotten und nahm ihren König gefangen; weil seine Mutter Französin war, erhob er Anspruch auf den Thron von Frankreich. Seine Armeen verwüsteten das Land von Calais bis zu den Pyrenäen.«

»Gott möge ihm vergeben!« fiel der Priester ihm ins Wort.

»Aye, aber der Krieg geht immer noch weiter. Sein Vater«, fuhr Chirke mit heiserer Stimme fort, »war Edward II. Er heiratete Isabella, eine Prinzessin aus Frankreich. Die Ehe war unglücklich. Edward war dafür bekannt, daß er seine Buhlknaben liebte und die königlichen Pflichten haßte. Er bevorzugte statt dessen rustikalere Tätigkeiten: Mit Vorliebe deckte er

Dächer, pflügte Felder und hob Gräben aus. Kein Wunder, daß die Adligen ihn einen Bauern nannten.«

Der Advokat legte eine Pause ein und sah einem hellfarbigen Schmetterling nach, der wie ein Stück von einem Gazeschleier über dem Kräutergarten schwebte.

»Im Jahre 1316 gab es an der Universität zu Oxford einen jungen Studenten mit Namen Simon Palmer, der behauptete, der legitime Sohn von Edward I. zu sein, und daß Edward von Carnarvon, Isabellas Ehegemahl, ein Hochstapler sei. Seine Aussagen wurden von einem Tribunal überprüft, das im Refektorium des New-Hall-Kollegiums zusammentrat; die königlichen Richter Oyer und Terminer waren anwesend.

Palmer bestand darauf, er sei der erstgeborene Sohn des Königs. Als kleiner Junge, hätte er im Palast von König Edward I., in Woodstock, auf dem Hof gespielt, wo eine Sau ihn angegriffen und ihm das linke Ohr abgebissen hätte. Die alte Kinderfrau, in deren Obhut er sich befand, habe sich vor dem jähzornigen Temperament des alten Königs so gefürchtet, daß sie ihn kurzerhand gegen einen Bauernbuben austauschte.«

Der Advokat befeuchtete seine Lippen. »Palmer brachte Beweise bei; selbst der Kommissionär meinte, er sähe dem alten König auffallend ähnlich. Er zeigte dem Tribunal die Narbe, wo die Sau ihm das linke Ohr abgerissen hatte. Seine Geschichte erklärte natürlich auch, warum der König, der in Wirklichkeit ja bäurischer Abkunft war, sich mit Vorliebe rustikalen Beschäftigungen widmete.«

Chirke blickte zu den Wolken empor, die sich zu weißen Schleiern auflösten. »Laut Protokoll, das ich in Burg Rising fand, produzierte Palmer gewisse Dokumente; daraufhin brach man die Anhörung ab und gab den Fall an die Erste Kammer des Hohen Gerichtshofs weiter.«

»Aber als Ihr dort nachforschtet, waren die Unterlagen verschwunden?«

»Genau«, erwiderte der Advokat.

»Und was haltet Ihr von der ganzen Sache?« fragte der Priester.

»Ich glaube, daß Palmer recht hatte. Später wurde er gehängt. Die meisten der beweiskräftigen Dokumente sind verschwunden, aber er könnte wirklich der rechtmäßige König von England gewesen sein. Deshalb ließ Mortimer in der Universität zu Oxford Nachforschungen anstellen, und deshalb statteten er und Isabella dem Hohen Gerichtshof zu Westminster einen heimlichen Besuch ab.«

Mit Gesten unterstrich der Advokat seine Ausführungen. »Es würde außerdem erklären, wieso in der Nacht, als man Mortimer verhaftete, das Wort ›Palmer‹ fiel und weshalb man Mortimer in aller Eile nach London brachte und es ihm während seines ganzes Prozesses nicht gestattete zu sprechen.«

Der Advokat hielt inne, als eine Tür geöffnet wurde und wieder zufiel. Er stand auf, doch es war nur der Ritter, der in die Stallungen ging, um nach den Pferden zu sehen. Dann blickte er auf das bleiche Gesicht des Priesters hinab.

»Deshalb brannte die Königin darauf, nach Frankreich zu fliehen«, fuhr er fort. »Sie wollte sich rächen, nicht nur an den Plantagenets von England, sondern auch an ihrem toten Ehegemahl und an dem Sohn, der ihren Liebhaber töten ließ und sie in einer kalten, grauen Burg einsperrte.« Er lachte bitter. »Angenommen, ihr wäre die Flucht geglückt, was für einen Aufruhr hätte es gegeben! Der große Edward III., ein Bauernsohn, der eifernd die Throne Frankreichs und Schottlands für sich beanspruchte und ganz Europa in einen verheerenden Krieg verwickelte, hatte nicht einmal das Recht, seine eigene Krone zu tragen!«

Der Priester barg sein Gesicht in den Händen. »Gott steh uns bei!« flüsterte er. »Und obwohl Ihr darüber Bescheid wißt, hat man Euch am Leben gelassen?«

»O ja. Sie haben Angst, ich könnte irgendwo Dokumente versteckt haben. Vielleicht eine Kopie des Manuskripts, das ich aus dem Sterbezimmer der alten Königin mitnahm. Ich glaube, nicht einmal Sir Amyas Petrie kannte das ganze Geheimnis, wirklich im Bilde waren nur der alte König und sein Sohn, der Schwarze Prinz. Und die beiden sorgten dafür, daß es mir gut erging. Ich habe einen sicheren Posten, heimse fette Gebühren ein, häufe Besitztümer an.« Er setzte sich wieder neben den Priester. »Aber was hülfe es dem Menschen, so er die ganze Welt gewönne und nähme doch Schaden an seiner Seele?

Wegen mir starb Crabtree, und Scathelocke wurde verbannt.«

»Was wurde aus Catherine und John?«

»John starb am Schlagfluß. Catherine nahm den Schleier und zog sich in ein Kloster nahe Sempringham zurück.«

»Und die Zwillinge?«

»Einer ist ein erfolgreicher Kaufmann, der andere möchte Anwalt werden und studiert an den Rechtsschulen in London.«

Nicholas Chirke blinzelte, um seine Tränen zu verbergen.

»Mein Bruder Robert starb, ehe ich mich mit ihm aussöhnen konnte. Beatrice wurde Priorin, damit sie weiterhin Macht ausüben und in Wohlstand leben kann, so wie sie es gewohnt war. Aber manchmal« – seine Stimme senkte sich zu einem Flüstern – »wenn ich in einer Taverne sitze, schließe ich halb die Augen und stelle mir vor, daß Scathelocke neben mir sitzt; dann höre ich wieder, wie er lacht und mit Crabtree scherzt.« Er kaute auf seiner Lippe. »Ich hätte die Wahrheit sagen sollen«, fuhr er leise fort, »aber sie beobachten mich immer noch, selbst auf dieser Pilgerfahrt. Jedes Jahr reise ich nach Canterbury, um für Crabtrees Tod zu büßen. Ich knie vor dem Grab des Heiligen Märtyrers Thomas und bete für Crabtree, für Scathelocke, für Robert, Catherine und John.«

»Wer beobachtet Euch?« wollte der Priester wissen.

»Ach, mein Freund, der Verwalter. In London bewohnt er ein Haus neben meinem. Wohin ich auch gehe, er folgt mir nach. Anfangs dachte ich, er suche meine Nähe, weil er mich gern hätte, doch dann entdeckte ich ein Muster in seinem Verhalten. Er ist nichts weiter als ein Spion.«

»Was geschah danach auf Burg Rising?« erkundigte sich der Priester.

»Ich war noch einige Male dort. Nachtschatten, ihre Komplizin und die alte Frau hatte man auf dem Burgfriedhof begraben. Ein schlichtes Holzkreuz markiert die Stelle. Crabtrees Leichnam ließ ich nach London überführen.«

»Und was passierte mit der toten Isabella?«

»Die Krypta wurde zugeschüttet. Vor drei Jahren war ich dort, nur aus Neugier. Ich glaube, sie haben den Leichnam der alten Königin in dem Loch gelassen. Auf einen Stein hat jemand die Worte geritzt: ›Isabella Regina.‹

Der alte König hat das Grab seiner Mutter in Greyfriars nie verschönern lassen. Warum auch? Es lag ja niemand darin.« Er stand auf. »Nun, Vater, habt Ihr meine Beichte gehört.«

Der Priester klopfte mit der Hand auf den Platz neben sich. »Setzt Euch wieder hin, bitte.«

Der Advokat gehorchte, und mit leiser Stimme erteilte der Priester ihm die Absolution.

»Welche Buße wird mir auferlegt, Vater?«

Ein Lächeln überzog das verhärmte Gesicht des Priesters. »Vergeßt Eure Vergangenheit«, sagte er. »Seid glücklich. Benutzt Euren Reichtum dazu, Gutes zu tun. Betet für diejenigen, die vor Euch heimgegangen sind.«

»Ist das alles, Vater?«

»Nein. Wenn Ihr wieder in London seid, geht nach St. Paul's zurück und wandert durch die Gänge. Aber haltet Ausschau nach der Witwe, dem armen Mann, den Waisen und Bedürftigen. Setzt Euch für deren Rechte ein, werdet ihr Anwalt. Dann werden der Geist von Crabtree und der von Scathelocke Euch begleiten, so wie Christus und alle seine Engel stets bei Euch sind.«

Der Advokat lächelte, und der Priester stieß ihn leicht in die Rippen.

»Und nun laßt uns unsere Reise fortsetzen. Mir scheint, die Frau aus Bath hat uns eine köstliche Geschichte zu erzählen.«

ANMERKUNG DES AUTORS

Viele Einzelheiten der Geschichte spiegeln die historische Wahrheit wider. Isabellas Invasion hat sich tatsächlich ereignet. Edward II. wurde auf Burg Berkeley gefangengehalten; Isabella und Mortimer wurden schließlich durch einen überraschenden nächtlichen Handstreich in Nottingham gestürzt. Mortimer verfrachtete man nach Süden, und während seines Prozesses war er geknebelt. Er war einer der ersten, die in Tyburn gehängt wurden. Isabella verbannte man nach Castle Rising; Ende 1340 weigerte sich ihr Sohn, Edward III., strikt, seine Mutter nach Frankreich reisen zu lassen. Nach ihrem Tod wurde Isabella in aller Eile zu Greyfriars begraben (die Ruinen sind heute gegenüber der U-Bahn-Station St. Paul's zu besichtigen). Bevor die Kirche zerstört wurde, ignorierte man seltsamerweise Isabellas Grab, obwohl man Mortimers sterbliche Überreste später exhumierte und nach Wales überführte. Die kahlen Ruinen von Castle Rising stehen noch, und angeblich spukt dort Isabellas Geist. In der Burg befindet sich ein schlichter Gedenkstein mit der Inschrift *Isabella Regina.*